伊坂幸太郎

이사카 고타로

발표하는 작품마다 큰 반향을 일으키고 이름 앞에 항상 '천재'라는 수식어가 따라다니는 작가. 한국을 비롯해 미국, 프랑스, 중국, 대만 등 10여 개국에 번역되었으며, 국경을 넘어 수많은 ⋯⋯ 고등학생 때 부모님에게 선물 ⋯⋯ 력에 내던질 수 있다면 그것만큼 ⋯⋯ 보고 작가가 되기로 결심했다. ⋯⋯와 교타로西村京太郎의 이름과 ⋯⋯ 조합한 필명 이사카 고타로는 베스트셀러 ⋯⋯가를 닮으라는 바람을 담아 가족들이 지어 주었다고 한다.

2000년『오듀본의 기도』로 신초미스터리클럽상을 수상하며 등단했고, 2002년『러시 라이프』로 평단의 주목을 받기 시작했다. 2003년 추리소설 독자를 넘어 대중적인 인기를 얻은『중력 삐에로』를 시작으로 2004년『칠드런』『그래스호퍼』, 2005년『사신 치바』, 2006년『사막』, 2008년『골든 슬럼버』로 여섯 차례 나오키상 후보에 올랐으나 '집필에 전념하고 싶다'는 이유를 들어 이를 고사한다. 2004년『집오리와 들오리의 코인로커』로 요시카와에이지 문학신인상을 수상한 데 이어, 같은 해『사신 치바』로 일본추리작가협회상 단편 부문에서 수상. 2008년『골든 슬럼버』로 야마모토슈고로상과 서점대상뿐만 아니라 2009년 '이 미스터리가 대단하다!' 1위에 올라 3관왕을 달성했다. 서점대상 제1회부터 제6회까지 매회 최고작 10위권에 선정된 유일한 작가로, 2017년에는『화이트 래빗』『AX』, 2018년에는『후가와 유가』, 2019년에는『고래머리의 왕』을 발표했고, 2020년에는『역소크라테스』로 시바타렌자부로상을 수상하는 등 변함없이 왕성한 작품 활동을 이어 가고 있다.

기상천외하고 독창적인 세계관을 중층적이고 정교한 구성력과 경쾌한 필치로 풀어내는 것이 작품의 특징이다.『아이네 클라이네 나흐트무지크』를 비롯해 13개 작품이 영화화되는 등 이사카 고타로의 작품은 영화나 연극, 만화, 드라마 같은 다른 분야로도 확장되어 독자들에게 또 다른 재미를 선사하고 있다.

**명랑한 갱이
지구를 돌린다**

Youkina Gang ga Chikyu wo Mawasu

by Kotaro Isaka

Copyright © 2003 Kotaro Isaka / CTB
All rights reserved.

Originally published in Japan by SHODENSHA Publishing Co., Ltd.
Korean translation rights in Korea reserved by Hyundae Munhak Publishing Co., Ltd.
under the license granted by Kotaro Isaka arranged through CTB, Inc.
and JM Contents Agency Co.

이 책의 한국어판 저작권은 JM 콘텐츠 에이전시를 통한 저작권자와의
독점 계약으로 (주)현대문학에 있습니다. 저작권법에 의해 한국 내에서
보호를 받는 저작물이므로 무단 전재와 복제를 금합니다.

명랑한 갱이
지구를 돌린다

이사카 고타로 장편소설

김선영 옮김

H
현대문학

2인조 은행 강도는 그다지 바람직하지 않다.
둘이서 얼굴을 맞대고 있다 보면
언젠가 한쪽이 성질을 부릴 게 뻔하다.
재수도 없다.
가령 부치와 선댄스는 총을 든 보안관들에게
포위당했고, 톰과 제리는 사이가 좋아도 싸운다.
그에 비하면 3인조는 나쁘지 않다.
세 개의 화살은 부러뜨리기 어렵고
세 명이 모이면 문수보살만큼 현명하다.
나쁘지 않지만, 가장 좋은 것도 아니다.
삼각형은 안정적이지만 뒤집으면 위태롭다.
게다가 3인승 자동차는 찾아보기 힘들다.
도주 차량에 셋이 타나 넷이 타나
마찬가지라면 넷이 낫다. 다섯 명은 갑갑하다.
그런 이유로 은행 강도는 네 명이다.

제1장

악당들은 사전 조사를 하고, 은행을 습격한다

'개가 꼭 도둑만 보고 짖는 것은 아니다'

나루세 1

사전 조사 미리 봐 두는 일. 예비 점검. 남보다 먼저 여행 혹은 식사를 하기 위한 핑계. "○○ ○○ 때는 맑았는데 말이야."

"나루세 씨, 경찰복을 입었으면 당연히 경찰관이죠." 옆자리의 구온이 입을 비죽거렸다.

나루세는 어깨를 으쓱했다. "산타클로스 옷을 입은 남자들은 대개 산타클로스가 아니야."

구온은 그들이 지나온 방향을 엄지손가락으로 가리키며 다시 말했다. "말도 안 돼. 저건 어디로 보나 경찰이라고요."

나루세는 마지못해 걸음을 멈추었다. 인도 뒤쪽을 보며 고개를 들었다. 햇볕은 따사롭지만 여름은 아직 멀어, 거리 분위기는 느긋했다. 30미터쯤 떨어진 곳에 우체통이 보인다. 그 옆에서 짙은 남색 유니폼을 입은 남자가 통행인을 불러 세우고 있었다. 격투기 선수처럼 몸집이 탄탄했다.

"나루세 씨는 저게 가짜라는 거예요?"

"저 남자는 거짓말을 하고 있어."

"그럴 리 없어요." 그렇게 말하는 스무 살의 구온은 호기심 넘치는 강아지 같았다.

"지금 저기서 누구하고 얘기하고 있지? 저건 거짓말을 하는 표정이야. 아무나 일반인을 붙잡고 불심검문 흉내를 내는 거지."

"하지만 무슨 이유로?"

"전에 철도 마니아가 승무원으로 변장하고 열차에 탔다는 뉴스를 들은 적이 있어. 승객을 상대로 검표까지 했다나. 아마 그런 부류겠지. 마니아라는 건 향상심, 향학열이 왕성하잖아. 누구나 지식을 가득 채우고 나면 실천에 옮기고 싶어지는 법이야."

"경찰 마니아? 평범한 경찰로밖에 보이지 않는데." 구온은 관찰하듯 고개를 쭉 빼며 말했지만 바로 수긍했다.

"하지만 나루세 씨가 하는 말이니 맞겠죠."

"내가 아무리 우긴들 고래가 포유류라는 사실은 변함없지만."

"확인해 볼까요?"

"고래를?"

"아뇨. 경찰인지 아닌지."

"그만둬. 우리는 할 일이 있잖아." 나루세는 표정을 바꾸지 않았다. "일부러 엮일 필요는 없어."

"하지만 저게 가짜 경찰이라면 저 사람, 권한도 없는 주제에 멋대로 불심검문을 하고 있다는 뜻이잖아요?"

"그렇지."

"그건 나쁜 짓 아닌가요?"

"우리에게 중요한 건 은행 사전 조사야."

"하지만 가짜 경찰도 용서할 수 없는데."

"용서해 줘."

"가짜 경찰은 질서를 어지럽혀요." 구온은 그렇게 말하더니 왔던 길을 되돌아가기 시작했다.

은행 강도가 할 말은 아닌데. 한숨을 겨우 참고 나루세도 뒤를 따라갔다. 시계를 보니 아직 은행이 문을 닫을 때까지 두 시간쯤 남았다.

안경 쓴 회사원이 굽실굽실 인사를 하며 유니폼을 입은 남자로부터 떨어지려는 참이었다.

당당하게 인도 한복판에 서서 심각한 얼굴로 주위를 둘러보는 남자의 모습은 어디로 보나 경찰이었다. 경찰모도 똑바로 쓰고 있다.

하지만 다가갈수록 나루세의 확신은 강해졌다. 이 남자는 경찰이 아니다.

나루세는 거짓말을 꿰뚫어 보는 재주가 있다.

지하에 흐르는 수맥을 무의식적으로 감지할 수 있는 사람이 있듯이, 사람들이 하는 거짓말을 알아보았다. 동작이나 표정, 말투로 금세 알 수 있다.

땀을 흘린다. 얼굴을 찌푸린다. 필요 이상으로 웃는다.

코를 긁적인다. 눈썹을 문지른다. 콧구멍이 커진다. 나아가 말머리에 "거짓말이 아니야"라고 선언할 때도 있다. 다양한 방법으로 사람들은 자기 거짓말을 알려 준다. 나루세는 '거짓말을 들키지 않았다'고 믿는 사람이 존재한다는 사실 자체가 놀라웠다.

"나루세 씨 지금 몇 살이더라?"

"서른일곱."

"옛날부터 거짓말에 민감했어요? 37년 내내?"

"처음부터 그랬던 것 같아. 처음부터 알았어. 사람이란 무언가를 속이기 위해 본심을 숨긴다는 것을."

어렸을 때 어머니가 "너 없이는 못 살아"라고 슬픈 표정을 지었을 때도 그게 본심이 아니라는 것을 나루세는 알았다. 실제로 어머니는 그 후 1년도 지나지 않아 집을 나갔고, 그래도 잘 살았을 터였다.

고등학생 때, 서점에서 만난 여자 친구가 "나도 그거 좋아해" 하고 나루세가 들고 있던 책을 가리켰던 것도 거짓말이었다.

7년 전에 아들 다다시가 자폐증이라는 사실을 알았을 때도 마찬가지였다. 장모가 "그게 무슨 상관이냐"라고 말했던 것도, 유감이지만 진실과는 동떨어진 곳에서 나온 말이었다.

"그러고 보니 교노 씨가 그랬는데." 구온이 입을 열었다.

"뭐라고?"

"세상에서 나루세 씨 부인만큼은 거짓말을 하지 않는다고."

"정확히는 이혼한 부인이겠지." 정정했다.

그녀는 거짓말을 하지 않는 여성이었다. 적어도 나루세에게는 그렇게 보였다. 결혼식 사진 촬영에서 V 사인을 했을 때도, 다다시의 자폐증을 알게 된 밤에 "최악이야" 하고 울었을 때도, 몇 년 전에 "만약 다시 태어나 아들을 낳더라도 우리 다다시가 좋아" 하고 미소를 머금고 다다시의 뺨을 어루만지며 "깜찍해 죽겠어"라고 장난스레 말했던 것도, 어느 하나 거짓말은 아니었다.

"반대로 교노는 입만 열면 거짓말밖에 안 해."

"나루세 씨는 고등학교 때 교노 씨하고 같은 반이었죠?" 구온이 물었다. "그때부터 거짓말쟁이였어요?"

"그 녀석은 태어나서 지금까지, 진실보다 거짓을 말한 횟수가 더 많아."

"영 농담 같지 않아서 무섭네요."

경찰 차림을 한 남자는 뒤를 돌아보고 있었다. 구온이 그 어깨를 툭툭 쳤다.

내 뒤에 서지 말라는 듯한 표정으로 유니폼을 입은 남자가 고개를 돌려 구온을 노려보았다. 나루세나 구온보다 머리 하나만큼이나 키가 크다. 어깨도 떡 벌어졌고 가슴팍도

탄탄해 보였다.

"어, 저기요." 구온이 말을 걸었다.

상대는 몹시 짜증스러운 표정을 지었다. 중대한 임무를 수행하고 있는 나에게 감히 말을 걸다니, 그렇게 말하는 듯 불쾌한 기색을 드러냈다.

구온이 불안한 눈빛으로 나루세를 쳐다보았다. '이 사람, 진짜인 거 아니에요?' 하고 되묻는 눈치였다. 확실히 경찰모부터 유니폼, 벨트에 찬 수갑과 무전기, 옆에 세워 둔 경찰용 자전거, 당당한 자세까지, 모든 것이 진짜 경찰처럼 보였다.

"당신 진짜 경찰 맞아?" 나루세가 물었다.

자세히 보니 상대는 아직 젊었다. 체격은 좋지만 이마에 여드름이 남아 있다. 얼굴에는 청년 특유의 감정을 상자에 쑤셔 넣은 듯한 그늘도 있었다.

"보면 모릅니까? 대체 갑자기 뭡니까?" 상대는 퉁명스럽게 대답했다.

나루세는 구온을 향해 고개를 끄덕였다. 틀림없다. 거짓말이다. 남자는 거짓말을 하고 있다.

"가짜 경찰 흉내는 죄가 되지, 아마?" 구온이 상대를 손가락질했다.

그러자 유니폼을 입은 남자가 뺨을 붉히더니 왼쪽 가슴께를 앞으로 내밀며 흥분한 목소리로 외쳤다. "뭐야, 이걸 봐! 이 인식표를 보라고!"

확실히 경찰 로고가 작게 그려진 배지 같은 걸 차고 있었다. 알파벳과 인식 번호도 보였다.

"유감이지만 가짜가 가짜 인식표를 달고 있을 뿐이잖아." 나루세는 태연하게 지적했다.

남자는 벌건 얼굴로 화가 난 듯 뺨을 실룩거렸다. "수첩도 있어!" 어디선가 반으로 접힌 카드 지갑 같은 물건을 꺼내 세로로 펼쳤다.

"진짜다." 구온이 무심코 놀라 외쳤다.

"진짜처럼 보일 뿐이야."

"경찰을 놀리지 마!" 남자가 신경질적인 목소리로 고함쳤다. 손을 휘휘 저으며 저리 가라고 손짓한다.

"그래. 구온, 빨리 가자." 이런 일에 끼어들고 싶지 않았다. 냉큼 사전 조사를 하러 가는 게 훨씬 유익하다.

"하지만 만약 가짜라면."

"만약이 아니야. 이 녀석은 가짜야."

"시끄러워!" 남자가 고함을 질렀다. 나루세에게 달려들려는 듯이 걸음을 내디딘 남자의 앞에 구온이 끼어들었다. 남자의 건장한 상반신에 부딪혀 구온이 휘청거렸다. "작작하지 못해!" 남자가 화를 냈다.

나루세는 냉큼 그 자리를 뜨고 싶었다. 괜한 다툼은 피하고 싶었고, 거짓말을 고집하는 청년을 보는 것도 내키지 않았다.

그때 구온이 입을 열었다. "아하, 이름이 노리오야?"

손에는 가죽 경찰수첩이 들려 있었다. 정확히 말하면 경찰수첩 같은 물건이다.

남자의 안색이 변했다. 한 손으로 유니폼을 뒤지고 있다.

나루세는 감탄했다. 구온이 경찰수첩을 훔치는 줄도 몰랐다.

구온은 그 경찰수첩을 살펴보더니 휴대전화를 꺼냈다. "흐음, 경찰에 문의해 봐도 될까? 이 이름에 이 인식 번호를 가진 사람이 있는지 확인해 보면 금방이지."

"아, 아니." 남자가 동요했다.

"거봐, 역시 진짜 경찰이 아니구나."

남자는 입술을 파르르 떨었다. 구온의 말투가 거슬렸는지 표정이 험악해졌다.

나루세는 어쩌면 가짜 경찰에도 두 종류가 있을지 모른다고 생각했다.

가짜라는 사실을 지적당했을 때 울컥해서 권총을 꺼내드는 사람과, 그렇지 않은 사람.

그들 앞에 있는 남자는 전자였다.

갑자기 거칠게 숨을 몰아쉬는가 싶더니 왼손으로 구온의 멱살을 움켜쥐었다.

그리고 오른손을 벨트로 뻗어 권총을 꺼내더니 구온에

게 들이댔다.

"날 바보 취급 하지 마!" 남자는 잔뜩 흥분한 상태였다.

나루세는 지긋지긋했다. 귀찮은 녀석과 얽히고 말았다 싶어 머리를 긁적였다. 주위 상황도 살피지 않고, 앞뒤 생각도 없이 무작정 소란을 피우는 젊은이는 질색이다.

구온이 남자의 박력과 눈앞의 권총에 움츠러들었다. "잠깐만. 스톱, 스톱."

"진짜 경찰은 그렇게 무턱대고 권총을 들이대지 않아." 나루세는 천천히 상대에게 다가갔다.

"날 바보 취급 하지 마!" 남자가 시뻘건 눈으로 외쳤다.

"누가 바보 취급 한다고 그래." 구온이 눈을 동그랗게 뜨고 손을 저었다. "20년이나 살았지만 당신을 바보 취급 한 적은 한 번도 없어. 항복, 항복."

"잘 들어." 나루세가 담담하게 말했다.

남자는 흥분한 얼굴로 시선만 힐끗 돌렸다.

"잘 들어, 우리는 자네를 놀리려는 게 아니야. 자네는 경찰이 아니야. 그렇지?"

남자는 대답하지 않았지만 듣기는 하는 것 같았다.

"그저 경찰 흉내를 내고 싶었을 뿐이야. 그렇지? 우리는 딱히 자네가 경찰 흉내를 내든, 집배원 흉내를 내든 관심 없어. 자네에게는 자네 할 일이 있고, 우리에게는 우리 할 일이 있어. 남이 일하는 방식에 참견하는 건 품위 없는 짓이지. 단지 여기 인도에서 일반인을 속이는 건 좋지 않아."

"속이다니?"

"자네는 사람을 불러 세워서 '경찰입니다만' 하고 불심 검문을 했잖아? 그건 거짓말이잖아. '경찰 비슷한 사람입니다만'이라고 하면 문제없지만." 나루세는 한쪽 눈썹을 치켜세우고 안쓰럽다는 표정을 지었다.

"속일 마음은 없어." 남자가 사납게 이를 드러냈다.

"게다가 자네가 그렇게 권총을 들고 있으면 지나가던 사람이 수상하게 여길지도 몰라. 경찰에 연락할지도 모르지. 만약 발포라도 하면 나도 경찰에 신고할 수밖에 없어. 그렇지? 그건 서로 귀찮잖아. 그리 되면 나도 시간을 빼앗기고, 자네도 앞으로 경찰 흉내를 내기 어려워질 거 아니야. 게다가 자네가 내 동료를 쏘면 생각보다 청소도 힘들어."

"어, 총에 맞는다고요?" 구온이 깜짝 놀라 외쳤다.

"다만 이대로 자네가 권총을 도로 넣고 자전거를 타고 이 자리를 떠나 두 번 다시 사람들을 속이지 않겠다면, 만약 그런다면 지금 이 불쾌한 대화는 없었던 거나 마찬가지지. 그렇지? 평화는 지속될 테고 나도 자네도 그러는 편이 기쁘지 않겠어?"

남자는 그쯤에서 겨우 굳어 있던 얼굴을 누그러뜨렸다. 뒤에 들러붙어 있던 '노여움의 신'이 떨어져 나간 것 같았다.

"어떻게 하는 게 현명한지 자네라면 알 거야."

남자는 한참 잠자코 있다가 뭔가 혼잣말처럼 중얼거렸다. 결국 포기한 듯 권총을 쥔 오른손을 내리더니 울먹이는 목소리로 말했다. "한번 해 보고 싶었을 뿐이야."

나루세는 얼굴을 찌푸렸다. 울먹거리며 말하는 젊은이도 질색이다.

"그냥 해 보고 싶었을 뿐이야." 남자는 어깨를 축 늘어뜨렸다.

구온이 난처하다는 표정을 지었다. 나루세도 똑같이 얼굴을 찌푸리며 남자를 쳐다보았다.

괜히 불쌍해졌어요, 구온이 그렇게 입을 뻐끔거리더니 "확실히 유니폼도 벨트도, 그 정도로 갖췄으면 한 번쯤 해 보고 싶어질 만해" 하고 고개를 저었다. "이해해."

나루세도 장단을 맞추었다. 남자의 등에 손을 살짝 얹고 격려하듯이 말했다. "자네는 제법 그럴싸한 경찰로 보여."

그러자 별안간 남자의 얼굴이 환해졌다.

철없는 녀석. 나루세는 기가 막혔다.

"응. 진짜보다 더 진짜 같아." 구온이 거듭 덧붙였다. "괜한 짓 하지 말고 서 있기만 해도 충분해."

"그 유니폼은 구하기 쉬워?" 나루세는 일단 물어보았다.

"이런 취미를 가진 사람들이 있어서 쉽게 구할 수 있어." 남자가 갑자기 활기 넘치는 목소리로 대답했다.

"아아, 그렇군."

"당신들이 원하면 구해 줄게."

"필요해지면 부탁할게." 고개를 숙이고 두루뭉술하게 대답했다. 필요할 리가 없다. "그 권총은 진짜야?"

"아아, 이거." 남자는 오른손을 앞으로 내밀며 자랑스럽게 콧등을 긁었다. "진짜 권총하고 똑같이 만든 거야. 봐, 보통 모델건하고 달리 총구에 구멍도 뚫려 있어."

그 점은 나루세도 이미 알고 있었다. "총알이 나와?"

"설마." 남자는 사람을 깔보는 태도로 웃더니 차도 쪽으로 권총을 돌렸다. 몸은 격투기 선수 같지만 얼굴은 소년이다.

나루세와 구온이 불안을 느낄 새도 없이 남자가 방아쇠를 당겼다. 그러자 탕 하는 소리와 함께 총구에서 꽃종이가 튀어나왔다.

"이게 뭐야? 그냥 폭죽이잖아!" 방금 전까지 그 총구를 마주했던 구온에게는 비난할 자격이 있어 보였다.

"멍청하긴!" 남자가 침을 튀기며 화를 냈다. "그런 파티 용품하고 같은 취급을 하다니!"

구온은 예예, 하고 입을 꾹 다물더니 부루퉁한 표정을 지었다.

나루세도 같은 마음이었다. 더 이상 상대하고 싶지 않았다.

"필요하면 유니폼도 총도 구해 줄게." 남자는 의욕에 넘쳐 코를 벌름거렸다. "몇 벌이나 필요해? 세 벌 정도면 수중에 있는데."

나루세는 이런 유니폼 마니아를 사회에 써먹을 좋은 방법이 없을까 생각하며 "아니, 동료가 넷이라 네 벌 필요한데"라고 말했다.

"세 벌이라면 준비해 줄 수 있는데."

결국 남자는 권총을 벨트에 꽂더니 바른 자세로 인사하고 세워 두었던 자전거에 올라타 그 자리를 떠났다.

나루세와 구온은 마주 보고 한숨을 쉬었다.

"세상에는 별 사람이 다 있네요."

"그러니 상관하지 말았어야지."

"대체 저 사람은 뭐였을까요?" 구온이 이해할 수 없다는 듯이 말했다.

"열광적인 경찰 마니아지. 유니폼을 모으다 보니 욕심이 났겠지. 그래서 거리에 나와 불심검문을 해 본 거야."

"경찰 흉내 내랴, 화내랴, 침울해하랴, 이상한 청년이네요."

"자네도 비슷한 나이잖아."

구온은 어깨를 으쓱하더니 "하지만 저런 차림을 하고 있으면 아무도 의심 안 하겠네. 다들 경찰이라고 믿겠어요."

"겉모습은 중요한 거야. 전에 이런 이야기를 들었어. 어느 강도단 일원이 장난삼아 경찰 모습으로 동료를 만나러 갔어. 아까 그 녀석처럼 유니폼 차림으로 말이야."

"어떻게 됐어요?"

"그 모습을 드러낸 순간, 머리에 총을 맞았어."

"거짓말이죠? 동료도 못 알아봐요?"

"사람은 겉모습에 속는다는 좋은 예야. 겉모습은 중요해."

"고작 유니폼에 속을까요?"

"내가 경찰 복장으로 돌아다니면 넌 아마 경례를 하고 길을 물으러 올 거야. 내기해도 좋아."

"설마요."

"네가 경찰복을 입고 있으면 아무도 넌 줄 모를 거야."

"설마요."

"총구에서 꽃종이가 튀어나오는 장난감 권총에 항복하는 남자가 있을 정도니까, 세상에 말이 안 되는 일은 없어."

"그거, 지금 날 놀리는 거죠?"

나루세는 어깨를 으쓱하고 사전 조사를 위해 은행으로 향했다.

교노 1

나눗셈 어떤 수가 다른 수의 몇 배인지 알아내는 계산법. 제법除法. 도출되는 값을 몫, 떨어지지 않고 남은 수를 나머지라고 한다.

교노는 카페 카운터 맞은편에서 고개를 끄덕이는 신이치를 보고 있었다.

"내가 바보인 줄 알아요?" 중학생 신이치는 그렇게 말했다. 또래 평균치보다 키는 조금 크지만 체중은 약간 덜 나가는, 그런 체형이다. 이목구비가 단정했다. 어머니 유키코가 자주 "신이치는 인기 많아"라고 자랑한다. "여자애들이 얼마나 전화를 해 대는데"라는 말도 했는데 부모 눈에만 그렇게 보이는 것은 아닌 듯했다.

"나눗셈쯤 나도 알아요." 신이치가 말했다.

"호오." 교노는 요란하게 감탄했다. "그럼 가령 6 나누기 3은 무슨 뜻인지 알아?"

그렇게 물으며 커피 잔을 닦아 가지런히 놓았다.

"답은 2." 신이치가 부루퉁한 목소리로 대답했다.

"내가 묻는 건 뜻이야. 6 나누기 3이 무엇을 의미하는가. 정답은 '6만 엔을 세 명의 강도가 나누면 2만 엔이 된다'는 뜻이지. 요컨대 말이야, 나눗셈이라는 건 갱들이 자기 몫을 계산하기 위한 계산법이야."

"그럼 나눗셈으로 떨어지지 않는 경우는 뭐예요?"

"예리하군." 교노가 끄덕였다. 두뇌 회전이 빠른 아이와 나누는 이야기는 즐겁다. "맞아. 10만 엔을 셋이서 나누면 3.333…… 이렇게 되어 딱 떨어지지 않지. 잘 들어, 세상에서 갱들이 분열하는 이유가 이거야. 갱은 나머지를 싫어해."

"순 거짓말." 신이치가 눈썹을 치켜세웠다.

"쌀쌀맞기는."

"교노 아저씨는 항상 거짓말만 하니까."

"맞아." 카운터에 있는 쇼코가 끼어들었다. 그녀는 분재 화분을 들어 올려 행주로 밑을 닦고 있었다. 하얀 꽃이 톡톡 핀 곡정초가 흔들렸다. "이 사람 말은 거의 거짓말이니까 곧이곧대로 들으면 안 돼."

"그런 거짓말쟁이하고 결혼했으면서." 신이치가 쇼코를 가리켰다.

"입담에 넘어간 거야. 나는 이 사람이 언젠가 '이 결혼은 거짓말이었어'라고 말할 날을 기대하고 있어."

"무슨 그런 황당한 소리를." 교노는 얼굴을 찌푸렸다.

"어쨌거나 이 사람 말을 믿어선 안 돼."

쓴웃음을 흘릴 수밖에 없었다. 거래를 제안하는 악마라

도 조금 더 신뢰해 줄 것 같다.

"설마 내가 믿을까 봐서요?" 신이치가 웃었다. "전에도 내 몸속에 있는 DNA를 전부 이어 붙이면 지구에서 태양까지 닿는 길이가 된다는 거예요. 반에서 그 얘길 했다가 애들한테 바보 취급 당했어요."

아니, 그건 진짜야, 라고 변명하려다가 그만두었다.

"그럼 이런 건 알아?" 교노는 대신 화제를 바꾸었다. "a=b라는 식이 있다고 치자."

"수학이라면 자신 있어요."

"그 두 변에 a를 곱하는 거야."

"$a^2=ab$가 되죠."

"좋았어. 다음으로 두 변에 a^2-2ab를 더해 봐."

거기서 신이치는 잠시 입을 다물더니 카운터 위에 손가락으로 가볍게 계산하는 시늉을 하다가 "$2a^2-2ab=a^2-ab$예요"라고 답을 냈다.

"좋아, 그럼 그걸 알기 쉽게 괄호로 묶어 봐."

"신이치는 중학생이잖아? 중학생인데 그런 걸 공부해?" 쇼코가 신이치를 뚫어져라 쳐다보았다.

"신이치는 인수분해도 수열도 할 줄 알아."

"다들 가르쳐 주니까." 신이치는 쑥스러운지 머리카락을 매만졌다.

교노는 물론이고 나루세나 구온도 신이치에게 무언가

를 가르쳐 주길 좋아했다. 사람에게는 가르치려는 욕구가 있다. 한 번뿐인 인생에 자신이 없으니 남에게 선생처럼 굴며 안심하는 것이다.

부탁도 받지 않았는데 신이치에게 여러 가지를 가르쳤다. 고등학교에서 배울 수학 공식을 비롯해 자동차 메이커가 숨기고 있는 불량 부품, 개봉 중인 청소년 관람 불가 영화의 내용, 마작 패, 요절한 재즈 가수의 이름, 자동차 운전 등, 기회가 있을 때마다 아는 지식을 보여 주었다.

"당신이 왜 아버지 노릇이야?" 쇼코가 타이르듯 말했다.

유키코는 결혼하지 않고 신이치를 낳았다. 신이치가 아버지라고 인식하기도 전에 그 남자가 집을 나가서 사실상 아버지는 없는 것이나 마찬가지였다.

"어차피 쓸데없는 것만 가르치고 있겠지."

쇼코는 여성치고는 키가 커서 교노하고 나란히 서도 눈높이가 비슷했다. 턱이 뾰족하다. 머리카락은 길고 윤기가 넘친다. 서른 중반이라는 나이에 걸맞지 않게 스타일이 좋았다.

카페 손님 중에는 "쇼코 씨는 결점이 없어서 부러워"라고 홀린 듯 말하는 사람도 있다. 그럴 때 쇼코는 "남편이 아기 새처럼 시끄러운 게 유일한 결점이야"라고 대답한다. "아아" 하고 알 것 같다는 표정으로 동의하는 손님이 있어 교노는 분통이 터진다.

"인생에서 미리 알아 두는 편이 유리한 일은 얼마든지 있어." 교노는 말했다.

"가령 어떤 거?"

"가령 그러니까." 말하면서 생각했다. "야구 중계 다음에 하는 프로그램을 녹화 예약할 때는 연장 경기 시간을 예상해야 한다거나."

"기가 막혀."

"세상에는 선배인 척하면서 쓸데없는 걸 가르치려 드는 사람이 많다는 것만이라도 배워 둬야 해."

신이치는 손가락으로 계산하고 있었다. "괄호로 묶으면 $2(a^2-ab)=a^2-ab$예요."

"좋아. 그럼 마지막으로 그 두 변을 (a^2-ab)로 나눠 봐."

으음, 하고 머릿속으로 잠시 나눗셈을 한 신이치는 "$2=1$이에요"라고 말했다. 그러더니 "어라? 이상해"라고 했다.

"그게 뭐야?" 쇼코도 교노에게 얼굴을 들이댔다. "$2=1$이라니 어떻게 된 거야? 정말 맞는 계산이야?"

"맞는다고 해야 할까, 맞지 않다고 해야 할까. 이상하지?" 교노는 손에 들고 있던 컵을 내려놓고 행주를 접은 다음 두 사람의 얼굴을 차례로 보았다.

"이건 고전적인 수학 트릭이야. 예전부터 모두 속았지. 중요한 건 처음에 $a=b$로 시작했다는 사실이야. 마지막에 a^2-ab로 나누지? 하지만 $a=b$라면 a^2-ab는."

"제로!"

"그래, 제로야. 나눗셈을 할 때 0으로 나누면 안 된다고 학교에서 배웠지?"

"0은 안 된다고만 들었어요."

"잘 들어. 아까도 말했듯 나눗셈이란 건 갱들이 자기 몫을 계산할 때 쓰는 거야. 그걸 0으로 나눈다는 게 무슨 뜻일까?"

신이치는 심각한 표정을 지었다. 앳된 티가 남아 있지만 총명함도 보였다.

"훔친 돈을 아무도 손에 넣을 수 없다는 뜻이지." 쇼코가 말했다.

"정답." 교노는 만족스럽게 끄덕였다. "당신은 미인인 데다가 현명하기까지 해."

"놀리는 거지?" 쇼코가 속내를 살피는 듯한 눈빛으로 쳐다보았다.

"정답." 교노는 한 번 더 되풀이했다. "당신은 미인인 데다가 현명하기까지 해."

이야기를 이어 나갔다. "어쨌거나 모처럼 훔친 돈을 한 사람도 손에 넣지 못하는 경우가 생기면 세상은 미쳐 버리는 거야. 2=1이라는, 말도 안 되는 세상이 찾아오는 거지. 이 세상의 종말이야."

"갱들이 실수해서 체포당하면 그렇다는 뜻이에요?"

"당신이 실수해도 나루세 씨는 실패할 것 같지 않은데."

"시끄러워."

거기서 화제가 끊겼다. 교노가 식기를 늘어놓는 소리가 규칙적으로 울릴 뿐이었다. 쇼코는 이미 앞치마를 벗고 스테레오 앞에서 CD를 고르기 시작했다.

교노가 신이치의 불안한 시선을 깨달은 것은 만년의 주트 심스가 연주하는 색소폰이 울리기 시작했을 때였다. 신이치의 시선은 가게 안을 헤매고 있었다. 말을 꺼낼 실마리를 찾고 있다는 것은 알았지만 바로 운을 떼지는 않았다.

결국 신이치가 "교노 아저씨" 하고 입을 열었다.

"왜?"

"교노 아저씨, 나, 왕따 당할지도 몰라요."

"어?" 교노는 무심코 쇼코와 얼굴을 마주 보았다.

순간적으로 말문이 막혔다.

잠시 후 간신히 "'왕따 당할지도 모른다'는 건 묘한 말이네"라고 말했다. "보통은 '왕따를 당했다'거나 '왕따를 당하고 있다'거나, 과거형 아니면 현재진행형이잖아. 미래의 이야기야?"

"미래의 이야기. 응, 맞아요. 앞으로, 아마, 그렇게 될지도 모른다는 뜻이에요."

"그거 어머니는 알고 계시니?" 쇼코가 물었다.

"아뇨." 신이치는 부정했다. "미래의 일이니까. 아직 아무도 몰라요"라고 농담처럼 말했다.

"미래의 일이라면 회피할 수 있어."

"미래를 회피?"

"그거 알아? 옛날에 지구에 운석이 떨어진다는 유언비어가 나돌았을 때, 어느 광신적인 종교인들이 합세해서 밀쳐 냈다는 거야. 지구의 위치를 운석 궤도에서 밀어내려 한 거지. 미래는 노력에 따라 바뀐다는 뜻이야."

"죽기 전에 당신이 쓸모 있는 말을 하는 걸 들어 보고 싶어."

"하지만 내 경우는 반대예요." 신이치가 고개를 저었다. "그렇게 되어야만 해요."

"왕따를 당해야만 한다고?" 마치 선문답처럼 들렸다.

"응." 신이치가 긍정했다.

한동안 침묵이 이어졌다. 교노는 하는 수 없이 입을 열었다. "우리가 해 줄 수 있는 일은 없어?" 무력한 어른들의 대표가 된 기분이었다.

옆에서 쇼코도 고개를 끄덕거리고 있다.

신이치가 계속 입을 다물고 있기에 "나는 뭐든 할 수 있어"라고 당당하게 말했다.

"그래, 당신이라면 분명 뭐든 할 수 있을 거야." 쇼코가 놀렸다.

"이래 봬도 복싱으로 전국 고교 체전에 나간 적도 있어."

오른팔에 알통을 만들어 툭툭 두드렸다. 쇼코는 어련하겠냐는 듯이 "예예" 하고 흘려 넘겼다. 교노는 반박하려 했지만 소용없는 짓 같아 포기했다.

신이치는 한동안 말없이 생각에 잠긴 듯했다. 그러더니 기분을 바꿔 보려는 건지 혼자 중얼거렸다.

"0으로 나누면 세상은 이상해지는 거지."

유키코 1

시간 ① 두 시각의 사이, 그 길이. 시각의 길이. ② 공간과 함께 인간의 인식 기초를 이루는 것. 인간이 평등하게 주어졌다고 믿고 있는 것 중 하나. 인간이 정확히 파악하고 있다고 안심하고 있는 것 중 하나. 인생의 충실함에 비례해 진행이 빨라진다. 지루함에 비례해 진행이 느려지며 수업 중에는 멈췄다고 착각할 때도 있다.

유키코는 코롤라를 몰고 혼초 대로를 빠져나가고 있었다.

구형 모델로, 핸들을 왼쪽으로 돌릴 때마다 긁히는 소리가 났다.

쓰고 있는 선글라스를 매만졌다. 마침 파란불로 바뀐 신호를 보며 핸들을 왼쪽으로 꺾었다.

고요 은행 입구 정면에서 시작해 363초. 카운트하고 있는 시간을 확인한다. 액셀을 힘껏 밟아 속도를 높였다.

은행에서 시작하는 도주 경로를 사전 답사하고 있었다.

일주일 동안 같은 코스를 몇 차례나 반복해서 운전했다.

머릿속에 무수한 주석을 단 지도와 시간표를 작성한다. 그런 감각이었다.

교차점 위치나 도로의 평균적인 정체 상태, 신호가 바뀌는 간격, 보행자의 수를 머릿속에 철저히 담는다. 어느 경로를 어느 정도 속도로 달리면 모든 신호를 파란불로 주파할 수 있는지 조사하고 있었다.

눈앞에 점점 다가오는 신호등이 빨간불에서 파란불로 바뀌었다. 예정대로.

유키코는 정교한 체내시계를 가지고 있다.

자기만의 특별한 능력이란 걸 깨달은 것은 10대 중반 때였다.

고등학교 때, 반 아이들 누구도 거들떠보지 않는 통통한 재즈 마니아가 있었다. 쉬는 시간에도 워크맨으로 재즈를 들어서 동급생들 사이에서는 별종으로 놀림 받았지만 유키코는 그 아이가 싫지 않았다. 분명 번들거리는 피부는 생리적으로 거북했지만 그것만 빼면 딱히 멀리할 이유도 없었다. 재즈 CD를 빌리면 주위 아이들은 "별종이 옮아"라고 충고해 주었고 그때마다 유키코는 쓴웃음을 지었다. "괜찮아, 별종은 모기를 매개로 기생하니까. 말라리아처럼. CD가 아니야."

별난 동물은 보호받는데 기묘한 사람은 배제당하다니 이상하다는 생각도 했다.

"리 모건의 이 노래, 좋네." 그 별종 동급생에게 그렇게 말한 적이 있다. "곡이 시작되고 147초쯤에서 리 모건의 트럼펫이 튀어나오는 부분이 완전 최고야."

"시계를 보면서 들어?" 그 아이가 아랫입술을 비죽였다.

"들으면 알잖아. 클리프 조던의 솔로는 71초 지나서. 원턴 켈리의 솔로는 233초."

그 아이가 수상쩍은 사람을 보듯 쳐다보기에 묘하다는 것을 깨달았다.

유키코의 몸속에서는 끊임없이 시계가 돌아가고 있다. 무슨 일을 하든 동시 진행으로 시간은 계측되고 있었다.

저녁 식사 준비가 전날보다 325초 더 걸렸다. 교차점에서 다음 교차점까지는 몇십 초였다. 텔레비전 광고가 나오기까지 앞으로 몇 초. 그런 것을 무의식중에 알고 있었다.

그것은 숨을 쉬거나 눈을 깜빡이는 작업과 똑같아서 누구나 의식하지 않고 그러는 줄 알았다.

"말도 안 돼." 유키코의 이야기를 들은 재즈 마니아는 그렇게 말했다. '별종'이라고 손가락질했다.

이것은 특기라기보다 굳이 말하자면 만성적인 피부염 또는 방광염 같은 귀찮은 덤일 뿐일지도 모른다는 것을 유키코는 자각하고 있었다.

브레이크를 밟았다. 눈앞의 신호가 빨간불로 바뀌었다. 혀를 찼다. 824초. 바뀌는 신호에 늦었다. 한 번 더.

머릿속으로 시간표를 새로 짰다. 몸에 기억된 시간과 신호의 타이밍을 다시 계산한다. 한 블록 전에 좌회전했어야 했나 반성했다. 액셀도 더 밟아야 했다. 재구축된 시간표를 머릿속에 흘려보낸다.

그때 문득 옛날에 사귀었던 남자를 떠올렸다. 그러니까 신이치의 아버지인 그 남자에 대해서.

어째서 갑자기 머릿속에 떠올랐는지 그녀도 모른다.

어쩌면 그 남자의 모습을 인도 어디서 보았는지도 모른다. 불가능한 일은 아니었다. 그 남자가 좋아하는 거리는 요코하마였고, 좋아하는 거리를 거니는 것은 누구나 하는 행동이다.

그 인간은 정말 몹쓸 남자였어. 지금 생각해도 변함없다.

어째서 그렇게나 도박을 좋아했을까? 어째서 그렇게나 겁쟁이였을까? 겁쟁이인 주제에 큰돈을 걸고, 무릎을 끌어안고 결과를 기다리는 모습은 마조히스트에 가까웠다.

빚을 지고는 하얗게 질려서 허둥거린다. 하얗게 질리려고 빚을 지는 것처럼 보였다.

남자의 이름은 '지미치'♥였는데 그게 또 위화감이 들었다. 그의 생활은 착실함이나 견실함과는 거리가 멀었기 때문이다.

소심하고, 늘 자기 위에 선 누군가의 안색을 살피는, 그런 타입의 남자다.

두 사람이 만난 건 유키코가 열여섯 살 때였다. 열 살 연상이었으니 지미치는 스물여섯 살이었던 셈이다.

당시에 다녔던 고등학교에서는 연상 남자와 사귀면 자기가 성장한다고 착각하는 친구가 여럿 있었다. 많았다. 나

♥ 일본어로 착실하다는 뜻.

이가 많은 남자와 사귀면 인생을 월반한다고 믿어 의심치 않는 친구도 있었다.

유키코에게는 그런 생각이 우스꽝스러울 뿐이었다. 시간을 들인다고 해서 사람이 우수해진다는 생각은 도저히 들지 않았고, 오히려 영혼의 품격이 떨어진다는 상상까지 했다.

지미치와 사귀는 동안 유키코가 지미치에게 느꼈던 것은 존경이나 감탄이 아니라 '10년을 더 살아도 이 모양이구나'라는 안도일 뿐이었다.

"남한테 의지하기만 하고, 부끄럽지 않아?" 지미치에게 그렇게 물은 적이 있다.

상황은 잊었지만 아마 말하지 않고는 못 배겼을 것이다.

"넌 정말 남을 의지하지 않으니까." 지미치는 질문에는 답하지 않고 반대로 기가 막힌다는 듯이 말했다.

확실히 유키코는 타인에게 의지하지 않는다.

의지할 방법도 몰랐고, 주위 사람들에게 기대도 하지 않는다. 부모의 영향이리라.

유키코의 부모는 차갑기 짝이 없었다. 학대라는 발작적인 행동은 하지 않았지만 같은 집에 사는 사람 이상의 애정을 받은 기억도 없다. 기대를 받은 적도 없거니와 비판받은 적도 없었다. 유키코가 임신했다고 말해도 부모는 동요하지 않았다. 얼굴을 찌푸렸을 뿐이다. 고작 아파트 세입자를 쫓아내는 듯한 태도였다.

신이치의 출산에 걸린 시간은 58,300초였다. 하염없이 그런 기억이 튀어나왔다.

코롤라의 속도를 늦추었다. 천천히 좌회전했다.

561초.

지미치 생각으로 다시 돌아갔다. 그 남자가 모습을 감춘 것은 신이치가 두 살 때였다. 떠난 것 자체에는 놀라지 않았다. 그 남자가 결혼할 마음도 없으면서 3년이나 함께 살았다는 사실이 더 이상했다.

지미치는 그럭저럭 신이치를 귀여워했고, 유키코에게 폭력을 휘두르는 일도 없이 유전자를 남기러 온 식객처럼 작은 빌라에 눌러 살았다.

그리고 어느 날 갑자기, 사라졌다.

재미있게도 지미치가 사라지자 이번에는 험상궂은 남자들이 찾아왔다.

마치 축구 예비 선수가 교대하는 선수의 등을 두드리며 그 대신 그라운드에 들어오는 것 같았다.

그들은 돈을 내놓으라고 난폭하고 상투적인 말을 되풀이하며 "지미치는 어디 갔어!" 하고 고함쳤다. 남자들은 말로 협박하는 것보다 빌라 현관문을 발로 차는 것을 좋아했다. 신이치가 그것을 올바른 노크라고 착각할지도 모른다는 사실만이 걱정이었다.

유키코는 그리 고민하지 않았다. 험상궂은 남자들에게 저항할 생각도 없었고, 사정을 설명하고 봐달라고 할 생각도 없었다.

타인에게 도움을 구한다는 선택지는 유키코에게 없었기 때문이다.

짐을 꾸리고 신이치에게 륙색을 들려서 바로 빌라에서 떠났다.

그러고 보니 처음 훔친 차도 코롤라였네. 심야 버스 정류장 옆에 서 있던 하얀 코롤라의 유리를 깨고 전기 배선을 직접 연결해 몰았다. 그건 311초 만에 해냈다. 똑똑히 기억한다.

갑자기 조수석에서 휴대전화가 울렸다. 나루세에게 받은 일회용 휴대전화다.

교노의 연락이다. 좌회전한 다음 코롤라의 속도를 떨어뜨려 인도 가까이에 세웠다.

휴대전화 버튼을 눌렀다.

거의 동시에 유키코는 횡단보도 건너편에서 낯익은 얼굴을 발견했다. 저도 모르게 소리가 튀어나왔다. "아."

"다음 주에 집합이래." 전화 수화기에서 교노의 목소리가 귓속으로 날아들었다.

구온 1

타합 ①정확히 맞추는 일. ②미리 의논하는 것. ③타악기 합주. ④회사원의 근무 시간의 대부분을 차지하는 작업. 참가자 수에 비례해 시간이 길어진다. 목소리가 큰 사람이 주도권을 쥔다. 유익한 경우는 드물고 최종적으로는 시작 전의 상태로 돌아가는 경우도 많다.

카페 도어벨 소리에 구온은 입구로 시선을 돌렸다. 유키코의 모습이 보였다. "유키코 씨가 왔네요."

맞은편에 있던 교노가 몸을 틀었고, 옆에 앉아 있는 나루세도 고개를 살짝 끄덕였다.

구온 일행은 창가 4인석 테이블에 앉아 있었다. 난방이 잘되는 가게 안에는 재즈 피아노 선율이 흐르고 있다.

강렬한 건반 터치가 듣기 좋았다. 한 10분 전에 이름을 물어보니 "미셸 페트루치아니"라고 교노가 알려 주었다.

"살아 있는 사람?" 구온이 좋아하는 연주자는 대개 저세상 사람이다.

"얼마 전에 죽었어." 교노의 대답은 예상과 같았다. "하지만 이 연주, 힘차고 리드미컬해서 멋지지? 이 피아니스트는 진짜 멋져. 죽은 사람의 연주 같지 않지?"

구온은 한숨을 쉬었다. "이걸 연주했을 때는 살아 있었겠죠."

반사적으로 손목시계를 보았다. 9시에서 10분쯤 지난 시각. 다가오는 유키코를 손가락으로 가리켰다. "지각이에요. 몸속에 시계를 가지고 있으면서."

유키코가 뭐라 반박하기를 기다렸지만 그렇게 되지는 않았다. 그녀는 어느 때보다 진지한 표정으로 가게 안을 둘러보았다.

"신이치는?"

"신이치?" 교노가 고개를 갸웃거렸다. "그러고 보니 오늘은 안 왔네. 학교 아니야?"

"좀 늦는데. 집에도 없었어."

"유키코 씨가 언제부터 그렇게 아들 걱정하는 엄마가 되었을까?" 구온은 무심코 웃었다. 어쩐 일일까. 마치 아들이 현상금 때문에 유괴라도 당한 사람처럼 군다.

그때 벨이 울렸다.

"절묘한 타이밍이네."

모습을 드러낸 것은 신이치였다. "실례합니다" 하고 쾌활한 인사가 울려 퍼진다. "왔니?" 카운터에 있던 쇼코가 다정하게 대답했다. 가게 안을 본 신이치는 거기에 어머니가 있는 것을 깨닫고는 느긋한 목소리로 말했다. "엄마, 여기 있었어? 작전 회의?"

"신이치!" 유키코가 신이치에게 후다닥 달려가 아들의 몸을 붙잡고 마구 흔들었다. "집에 없어서 걱정했잖아!"

"대체 왜 저래?" 교노가 구온에게 고개를 들이밀고 물었다.

"급성 염려증일지도."

평소 유키코는 아이에게 무관심한 것은 아니지만 굳이 따지자면 방임주의로 밀고 나가는 편이었다. 자고로 아들이란 부모 몰래 며칠 모험을 떠날 정도는 되어야 제 앞가림을 한다고 주장한 적도 있다. "아무리 인간의 아이가 생물학적으로 조산이라도 그렇지, 유대류처럼 아이를 품어 키우는 건 이상해. 인간은 아마 동물 중에서 가장 과보호할 거야"라고 종종 말하곤 했다.

그래서 눈앞에 있는 유키코의 반응에는 어리둥절하고 말았다.

"친구하고 영화 보고 왔어. 전화해도 엄마가 안 받았잖아." 신이치가 변명하듯 입술을 비죽거렸다.

유키코는 머쓱한 표정으로 테이블로 돌아와 교노 옆에 앉았다.

"유괴라도 당한 줄 알았어?" 교노가 우스갯소리를 하자 유키코는 고개를 떨구고 대답했다. "그런 건 아니야."

"오늘 엄마 이상해."

"이상하지 않다니까." 유키코가 고개를 숙인 채로 힘없이 대답했다.

구온은 고개를 갸웃거리며 유키코의 정수리 부근을 보

왔다.

"왜 그래?" 유키코가 의아한 표정으로 돌아보았다.

"아니, 유키코 씨 태도가 이상해서 외계인한테 홀렸나 하고." 익살스럽게 설명했다. "요전에 텔레비전에 나왔는데 외계인이 사람을 조종할 때, 정수리에 작은 장치를 심는대요."

"어때, 찾았어?" 유키코가 뒤통수를 들이댔다.

"아니, 괜찮은 것 같네요."

"분명 교묘하게 숨겼을 거야."

"유키코 씨, 커피면 돼?" 카운터에서 식기를 만지작거리던 쇼코가 물었다.

"아메리칸으로." 유키코가 대답했다.

"아메리칸 외계인?" 교노가 기쁜 듯이 말했다.

쇼코가 영문 모를 소리 하지 말라고 교노를 노려보았다.

나루세가 은행 도면을 꺼내 테이블 위에 펼쳤다. 현금인출기 교체 공사를 한 업자에게 입수했다는 모양이다.

"경비원이 한 명. 높고 낮은 카운터를 다 합해서 창구가 여섯 개. 은행원은 전부 서른두 명. 여자가 열다섯 명. 남자가 열일곱 명."

능숙하게 은행 안 상황을 설명했다.

각 은행원의 자리 배치와 외견상 연령, 과장, 지점장이 있는 곳, 여섯 군데 있는 창구 위치를 순서대로 말했다.

"ACBC는? 접수 담당자 옆에 있어?" 교노가 물었다.

동전을 입금하는 간이 보관함을 뜻하는 것이다.

"응, 있었어요. 평소하고 같아요." 구온이 대답했다.

나루세가 펜으로 도면 한 곳을 표시했다. "여기가 자동 금전출납기, 그 옆이 현금 보관함."

자동 금전출납기는 입출금용 기계다. 창구 업무를 할 때 출금과 입금은 그 기계로 한다.

그 옆에 있는 현금 보관함이 이번 목표물이다.

자물쇠 달린 선반처럼 생겼는데 거기에 거액 인출금이나 ATM에 보충할 지폐가 들어 있다. 매일 몇천만 엔 단위로 채워 놓는다.

"현금 지급기는?" 교노가 물었다.

"세 대." 나루세가 바로 대답했다. "방범 카메라는 정면 입구 옆하고 창구마다 정면에 각각 하나씩." 펜으로 차례대로 동그라미를 쳤다. "전부 아홉 개."

"아홉 개라." 교노가 음미하듯 되뇌었다. "비틀스의 아홉 번째 앨범은 화이트 앨범이었지." 상관없는 소리를 한다. "그래서 신고 램프는?"

나루세가 정면 출구 문 쪽에 펜을 찍더니 그 자리에 동그라미를 쳤다.

어느 은행이나 정면 자동문 위에는 램프가 설치되어 있

다. 평소에는 꺼져 있지만 은행원이 경찰에 신고하면 스리슬쩍 불이 켜진다. 정확히 은행원이 볼 수 있는 위치에 달려 있다. 그 램프가 켜져 있으면 그것은 곧 누군가 경보기를 눌렀다는 뜻이다.

"나루세, 자네 그날 시청 출근은 어쩔 거야?" 교노가 고개를 들었다.

"이번 주말에 휴일 근무를 하니 그날 대휴를 받을 거야."

"의심받지 않을까? 지난번에도, 지지난번에도 자네는 직장을 쉬었잖아."

"은행 강도하고 내 유급휴가를 연관 지을 만큼 한가한 사람은 없어."

"조심하는 게 좋아. 자네는 그렇지 않아도 찍혔다고."

"그래?"

"서른일곱 살에 지방공무원 계장이라는 건 나름대로 순조롭게 출세한 거잖아? 탐탁지 않게 여기는 녀석들이 있겠지."

"글쎄."

"무슨 일이 있을 때마다 '역시 대단하시네요', '부럽습니다' 이러면서 부러워하는 녀석이 있을 텐데? 그러면 자네는 겸손하게 굴 테고, 그게 분명 주변 사람들을 더 짜증 나게 만들 거야."

"교노 씨는 모르는 게 없어." 구온이 놀렸다.

"아아, 알겠어." 나루세가 과장스럽게 끄덕였다. "그래서 내가 이혼했다고 하면 다들 얼굴이 환해지는 거로군."

"그렇겠지. 인생은 불공평하지 않았다며 속이 후련해지는 거야."

나루세가 자네는 뭐든 알고 있군, 하고 말하며 고개를 돌렸다. "구온도 수요일은 아르바이트가 없지?"

구온은 끄덕였다.

"교노, 자네 카페도 정기 휴일이지? 유키코는 지금은 파견 사원 계약이 끝났으니 문제없고."

유키코가 번쩍 고개를 들었다. 선생님에게 갑자기 이름을 불린 학생 같았다. "어, 응. 문제없어." 그 모습을 보고 구온은 왠지 그녀답지 않다고 생각했다.

다시 은행 도면으로 시선을 돌렸다.

"이 자리에 앉아 있는 남자가 과장이야. 보아하니 어지간한 일로는 꼼짝하지 않을 타입이야. 바빠지면 갑자기 생기가 도는 타입."

구온도 사전 답사 때의 기억을 더듬으며 끄덕거렸다. "그 사람이 '셰퍼드'예요."

"여기 앉아 있는 젊은 남자, 그리고 여기 배불뚝이 중년 남자, 이 두 사람은 '스피츠'야." 나루세가 두 군데를 연달아 가리켰다.

그들은 은행원을 분류할 때 대개 견종으로 부른다.

'셰퍼드'는 19세기 독일에서 나온 경찰견이나 군견용 개, '스피츠'는 깽깽 시끄럽기로 유명한 소형견이다. 일에 충실하고 차분한 은행원은 '셰퍼드', 작은 소리에도 패닉을 일으킬 듯한 행원은 '스피츠'라 부르고 있다. '셰퍼드'도 '스피츠'도 강도가 들어오면 바로 경보기를 누를 가능성이 높다. 얌전하지만 체격이 좋고, 완력이 셀 듯한 사람은 '그레이트데인'. 예의 바르고 친절한 사람은 '골든레트리버'라고 부르곤 했다.

개를 좋아하는 구온은 이 방법을 대단히 좋아했다.

"순서는 평소하고 똑같아." 나루세가 조용히 말했다.

세 사람이 은행에 들어가 카운터로 다가간다. 일제히 총을 겨누어 은행원들을 자리에서 밀어낸다. 경보 장치를 누르지 못하게 한다. 그리고 유키코의 차로 달아난다. 심플한 방법이다.

"현금 보관함 열쇠는 어쩌죠?" 구온은 나루세의 얼굴을 보았다.

"과장 자리 뒤쪽 선반에 열쇠 보관고가 있었어. 카드로 열려."

은행원들은 저마다 오퍼레이션 카드라 부르는 카드를 지니고 있다. 그것을 기계에 긁으면 출납기로 출금을 하거나 보관고 문을 열 수 있다.

"누구 카드를 쓸까요?"

"과장 카드지." 나루세의 짧은 말은 마치 지시를 압정으로 벽에 꽂는 것처럼 명쾌했다.

"얼마나 예상해?" 교노가 물었다.

"마흔 다발은 될 거야. 그 이하일 리는 없어."

"4천만인가."

유키코가 고개를 들어 심각한 표정을 지었다. 배당액을 계산하는 것처럼 보이기도 했다.

"일인당 천만 엔인 셈인가." 구온은 천장을 바라보며 뉴질랜드 목장의 풍경을 그리고 있었다. 이번에는 몇 박으로 여행을 갈까. 푸르른 목초와 드넓은 토지, 하얀 양들을 그려 본다. 똑똑하고 사랑스러운 양치기 개를 떠올리자 얼굴이 헤벌쭉해졌다.

"깔끔해서 좋네." 교노가 큰 소리로 말했다.

"방범 카메라는 부숴도 되죠?" 구온이 물었다.

"부숴."

"권총은 어쩔 거야, 쏠 거야?" 교노가 물었다.

"몇 발은 쏴야겠지."

"주인을 쫓아내려고?"

"그래."

짧은 시간에 사람을 굴복시키기 위해서는 어느 정도 거친 방법이 필요하다. 이것은 나루세가 종종 입에 담는 말이었다.

인간이란 저마다 주인을 가지고 있다. 주인이란 말하자면 사람이 행동할 때 의지하는 존재로, 실제로 자기 위에 있는 상사일 수도 있고, 자기만의 '미학'일 수도 있다. '일반 상식'일 수도 있고 '계산속'일 수도 있다. 어쨌거나 사람은 행동할 때 그 주인, 그 규칙을 따른다.

"은행 강도가 일을 완수하려면 손님들을 잘 다루어야 해. 즉 단숨에 우리가 그들의 주인이 되어야 하는 거야." 나루세는 말했다. "남의 주인을 바꾼다는 건 그리 쉬운 일이 아니야. 차분히 시간을 들일 필요가 있어. 그걸 겨우 몇 분 만에 하려면 유감이지만 한두 발은 쏴야 해."

구온도 그 논리는 알 것 같았다.

"유키코는 평소처럼 차에서 대기해 줘."

"정차할 수 있는 장소가 없으니 이번에는 계속 맴돌고 있을게."

"합류 시간은?"

"시작하고 5분 후." 유키코는 고개를 숙인 채로 대답했다. 나루세와 눈도 마주치지 않는다.

"생각해 봤는데." 구온이 손을 들었다. 아까부터 고민하던 문제가 있었다. "은행을 털러 들어가서 자동문을 멈추잖아요."

그것이 평소의 방식이었다. 은행에 뛰어들면 자동문을 '수동' 모드로 바꾸어 밖에서 새로운 손님이 들어오지 못하도록 한다.

"그게 왜?" 나루세가 물었다.

"그거 손으로 열려고 하면 열리잖아요. 자동이 아닌 것뿐이니까. 그러면 종이에 '현재 작업 중인 관계로 들어오실 수 없습니다'라고 써서 붙여 놓으면 아예 손으로 열 생각도 안 하지 않을까요?"

"오호라." 교노가 입을 비죽 내민 채로 몇 차례 끄덕였다.

구온은 문득 신경이 쓰여 유키코를 바라보았다. "왠지 오늘 유키코 씨가 조용하네요."

"그래?" 유키코는 짧은 머리카락을 만지작거렸다. "한창 고민 많을 나이라."

"갱년기장애?" 구온이 반사적으로 물었다.

"장난해?" 유키코가 화난 표정을 짓자 구온은 움츠러들었다. 뭔가 해서는 안 될 말을 했나, 입을 다물었다. 갱년기장애에는 어쩌면 그는 알지 못하는 모욕적인 뜻이 숨겨져 있는지도 모른다고 반성했다.

"유키코, 도주 경로는 괜찮아?" 나루세가 확인했다.

"문제없어." 유키코가 도면을 뚫어져라 쳐다보았다. 그리고 집게손가락으로 머리를 톡톡 두드렸다. "완벽하게 머릿속에 들어 있어. 은행에서 출발해서 10분 뒤에는 다음 차로 갈아타고, 다시 11분 뒤에는 하수처리장 터 주차장에 도착. 다시 30분 뒤에는 집에서 텔레비전을 보고 있을 거야."

"든든하네요." 구온은 그렇게 말하며 유키코의 얼굴을 살폈다.

"이번에도 방침은 평소와 똑같아. 훔치고 달아난다. 끝." 나루세의 목소리는 차분했다.

"'나는 누구보다 빠르길 원하노라. 추위보다 더, 한 사람보다 더, 지구, 안드로메다보다 더.'" 교노가 연극적인 목소리로 말했다.

"누구 시예요?" 구온이 물었다.

"죽은 알토 색소폰 연주가. 재즈 연주가의 말이야. 우리도 그 누구보다 빨라져야 해. 은행원들이 나중에 '지금 우리 눈앞을 스쳐 간 것은 강도였던가, 그렇지 않으면 시끌벅적한 호황이었던가' 하고 고민할 만큼 빠르고 정확하게 일을 처리해야만 해."

"이 사람은 정말 영문 모를 소리만 한다니까." 쇼코가 다가왔다.

구온은 테이블 위의 빈 잔을 쟁반에 담았다.

"그러고 보니 신문에서 봤는데." 쇼코가 입을 열었다. "요즘 현금 수송차를 덮치는 강도가 유행하고 있다며?"

"맞아." 교노가 불쾌함이 가득한 표정을 지었다.

"현금 수송차 잭!" 구온이 바로 반응했다.

"언론이 그렇게 자극적으로 부르니까 기고만장하는 거야." 교노가 말했다. "애초에 강도범을 '잭'이라고 하는 건 옛날 마차를 습격한 강도들이 '하이, 잭' 하고 인사하면서 습격한 데서 비롯되었을 뿐이지, 별다른 뜻은 없어."

"동일범이야?" 쇼코는 교노의 이야기를 무시하고 나루세에게 물었다.

"최근 떠들썩한 건 맞아. 동일 수법이라나 봐."

"당신들은 현금 수송차를 덮치진 않아?"

"그것도 생각보다 번거로워. 요즘 현금 수송차는 상당히 튼튼하거든. 강화 범퍼라 앞에 있는 장애물을 밀어젖히고 달릴 수도 있고, 유리나 차체도 당연히 방탄이야."

"경비원 말고 다른 사람이 운전하면 속도가 거의 나지 않는 차도 있다더라." 교노도 끄덕거렸다.

"그럼 그 잭 일당은 어떻게 성공한 거야?"

"현금을 싣는 순간을 노린 거지." 나루세가 바로 대답했다. "차를 아무리 강화해도 유일하게 그 순간만큼은 어쩔 도리가 없거든. 사람이 차에 짐을 싣는 그 순간 말이야. 범인들은 항상 그 타이밍에 달려들어서 돈을 훔쳐 가고 있어."

"아마 내부에 스파이가 있을 거야." 교노가 말했다. "현금을 싣는 스케줄을 모르면 불가능해."

"그렇게 여러 은행의 돈을 노리는데, 그때마다 내부 스파이가 있을까요?" 구온이 의문을 제기했다.

"은행이 아니라 경비 회사 쪽 연줄일지도." 나루세가 무심하게 중얼거렸다.

"나루세 씨는 별로 관심 없나 봐."

"아니, 그렇진 않아. 우리 계획하고 놈들 계획이 겹치지 않기를 바라는 거지."

"내가 생각해 봤는데." 쇼코가 가볍게 말했다. "당신들처럼 은행에 쳐들어가 돈을 훔치는 것보다 현금 수송차를 덮치는 편이 덜 위험할 것 같은데. 어때? 그러는 게 낫지 않을까?"

"당신은 아무것도 몰라." 거기서 교노가 젠체하며 말했다. "우리가 추구하는 건 낭만이야. 어두운 뒷골목에서 현금 수송차를 덮쳐 겁쟁이 운전사를 협박해서 돈을 손에 넣는 방식을 용납할 수 있어? 현금 수송차를 덮친다는 건 음침하고 질척하고 어둡고 잔혹한 방법으로 돈을 버는 거야. 중학생이 갈취하는 것과 별반 차이 없다고. 그놈들은 고작해야 경비원들에게 트라우마나 남기지, 본디 낭만이 주어야 할 상쾌함은 전혀 없어. 굴착기로 ATM을 통째로 퍼 가는 녀석들도 마찬가지야. 좀스럽고 비겁할 뿐이라고."

쇼코가 교노에게 집게손가락을 들이밀었다. "과연 그럴까? 낭만이 어쩌고 멋진 소리를 하지만 결국 남에게 피해를 끼친다는 건 똑같잖아? 남에게 피해를 끼쳐도 된다고 생각해?"

이 부부의 대화는 말다툼처럼 들리지만 어딘가 목가적

이다. 구온은 그렇게 생각하며 즐겼다.

"은행 금리를 알잖아? 소수점 이하 퍼센트는 제로나 마찬가지잖아? 게다가 이번에는 예금 보호가 어쩌고 떠들어대잖아. 예금자의 예금을 보호하지 않고 뭐가 은행이야? 은행이란 애초에 '이자 증식' 또는 '확실한 자금 보관' 둘 중 하나를 위해 존재하는 거잖아?"

"아닐걸요." 구온이 끼어들었다.

"지금은 둘 다 아니야. 이자는 제로지, 안전하게 보관해준다는 보증도 없어. 전액 돌려주지 못할지도 모릅니다, 하고 도리어 당당하게 나와. 누군가가 혼쭐을 내 줘야 한다고. 게다가 이 점이 중요한데, 우리가 돈을 훔쳐도 지불하는 건 보험회사야. 그렇지? 아무도 다치지 않아. 당일 은행원과 손님이 공포에 질리지 않도록 주의만 하면 이건 이미 민폐 같은 게 아니라 일종의 쇼야. 서커스하고 마찬가지지."

쇼코는 거기서 체념한 표정으로 한숨을 내쉬었다. "당신들은 좋은 사람들이지만, 어딘가 나하고는 상식이 달라." 그러더니 덧붙였다. "나쁜 의미로."

나루세가 쓴웃음을 지었다.

"쇼코 씨 말이 맞아요." 구온이 말했다. "쇼코 씨하고 우리는 확실히 사고방식이 다르고, 아마 쇼코 씨가 옳을 거야. 하지만."

"하지만?"

"옳은 일이 항상 사람을 행복하게 해 준다는 보장은 없어요."

"어머나." 쇼코가 우아하게 웃었다. "어머나, 그렇구나."

그리고 한참 동안 평범하게 회의가 이어졌는데 어느 순간 쇼코가 다시 끼어들었다.

"당신들은 강도 짓으로 얻은 돈을 독차지할 생각은 안 해 봤어?"

"당신 갑자기 무슨 소리를 하는 거야?" 교노가 질색했다.

"넷이서 움직이면 돈이 4분의 1이 되잖아. 어차피 할 거면 다 갖고 싶지 않아?" 쇼코는 어째선지 유키코의 표정을 흘깃거리며 그렇게 말을 이었다.

순간 침묵이 흘렀다. 갑작스러운 질문에 남자들은 당황했다.

"어째서 그런 걸 묻지?" 나루세의 목소리는 여전히 온화했다.

"그냥 궁금해서." 쇼코가 코를 긁적이며 미소 지었다.

"거짓말이군." 나루세가 무심히 말했다.

고개를 숙이고 있던 유키코가 흥미롭다는 듯이 남자들의 얼굴을 보고 있었다.

가장 먼저 대답한 것은 교노였다. "돈을 독차지? 그건 배신이야! 배신자는 용서할 수 없다!" 불쾌하다는 투로 세상의 모든 악을 단죄할 듯한 기세를 보였다.

교노가 아마도 스파이나 어떤 조직의 일원 역할에 몰입해 대담하고 있다는 것을 구온은 알 수 있었다. "배신자에게는 죽음뿐!" 연극적인 대사까지 떠들고 있다.

"갱 영화에는 배신을 빼놓을 수 없죠." 구온은 그렇게 말해 보았다.

"요즘 영화는 다 그래. 갱의 배신뿐이야." 교노도 고개를 흔들었다. "'초반에 등장한 권총을 영화 후반에 반드시 쏜다'는 규칙하고 똑같아. 갱 영화가 시작되면 관객은 누가 배신할지 주목해야 하지."

유키코가 어깨를 늘어뜨리고 있었다.

"하지만 우리 경우에는 굳이 배신해서 득 볼 게 없어."

"어째서?" 쇼코가 몸을 내밀었다.

"그야 네 사람 몫을 갖고 싶으면 그냥 네 번 털면 되니까. 배신하면 한 번으로 끝나잖아. 그보다 사이좋게 몇십 번 강도 짓을 하는 게 따져 보면 이득이지."

"배신은 인간의 성품 문제야." 교노가 그럴싸한 소리를 했다.

밤 10시가 지났을 즈음, 나루세가 도면을 접기 시작했다.

"교노 씨, 이번에는 무슨 이야기를 할 거예요?" 구온은 그렇게 물어보았다.

강도 실행 중에 교노는 연설을 할 예정이다.

"글쎄. 당일에 생각하지 뭐. '기억' 이야기나 '시간' 이야기나."

"흥에 겨워 너무 떠들면 사람들이 목소리를 기억할 거야." 나루세가 경고했다.

그때 유키코가 일어섰다. "그만 가 볼게."

교노가 당황해서 불러 세웠다. "잠깐, 유키코, 기다려."

그때 유키코의 움직임은 마치 야단맞은 아이처럼 이상했다. 왜소한 유키코는 짧은 헤어스타일도 더해져 활동적인 이미지인데 그때는 몹시 위축된 것처럼 보였다. 지뢰를 밟은 것처럼 움찔거렸다.

"잊을 뻔했어." 교노가 옆쪽 들창 근처에서 종이봉투를 가져와 유키코에게 건넨다. "나루세 부탁으로 다나카한테 산 거야. 위장용 번호판이야. 세 개 들어 있어."

"다나카 씨는 열쇠를 만들거나 도청만 하는 줄 알았는데 그런 것도 만들 줄 알아요?" 구온이 감탄했다.

"묘한 아이디어 상품 같은 것도 다뤄." 나루세가 말했다.

"아아, 맞아, 다나카라고 하니 생각났어." 교노가 머리를 긁적였다. "저기, 나루세."

"왜?"

"다나카 말인데, 반품도 받아?"

"반품?"

"저 번호판을 받으러 갔을 때, 다나카 말에 넘어가서 플래시리스 카메라라는 걸 샀거든."

"최악의 상품이야." 쇼코가 큰 소리로 말했다.

"아무렴, 최악의 상품이야." 상사에게 아첨하듯이 교노가 강하게 되풀이했다.

"그 최악의 상품을 산 사람이 최악이야."

"플래시리스라니, 플래시를 안 터뜨려도 된다는 거예요?" 구온은 상상해 보았다.

"정답." 교노가 말했다. "깜깜한 곳에서 촬영해도 플래시가 터지지 않아."

"그거 편리해요?"

"편리하지 않아." 교노가 시무룩한 표정으로 대답했다.

"그런데 왜 샀어요?"

"이상하지?" 쇼코가 화난 목소리로 말했다.

"다나카 이야기를 들었을 때는 편리해 보였단 말이야. 그 녀석은 말재주가 좋으니까. 아마 그 녀석이라면 남극 관측대에 비치파라솔도 팔 수 있을 거야. 단식 중인 스님에게 햄버거도 팔 거라고."

"이 사람은 자기도 엉뚱한 소리만 하는 주제에 남의 감언에는 쉽게 넘어간다니까. 어딜 가나 쓸데없는 것만 사서 돌아와."

"나도 반성하고 있어." 교노는 전혀 반성하는 기미가 없는 목소리로 말했다. "노력은 하고 있지만 성과가 없는 타입이야. 위로받아야 할 정도라고."

"예예, 어련하시려고요." 쇼코가 놀리듯 동의했다. "'허탕' 선수권이 있으면 당신이 우승 후보야."

"그런 게 있다면 말이지. 있으면 우승이야." 교노가 가슴을 폈다.

"다나카는 반품은 안 받아." 나루세가 말했다. "포기해."

"구온, 자네가 살래? 플래시리스 카메라?"

"내가 왜요?"

"속는 셈치고."

"속은 사람이 그런 말 해 봤자."

"어디 써먹을 데가 없을까?" 교노가 고민하자 쇼코가 대번에 대답했다. "있을 리 없잖아. 되감지 못하는 비디오보다 무용지물이야."

"그건 말이 너무하잖아." 교노가 얼굴을 일그러뜨렸다.

"어쩌면 은행 강도 사전 답사 때 쓸 수 있을지도 몰라요." 구온이 무심코 입에 담았다.

"그거다!" 교노가 기쁜 표정으로 외쳤다. "맞아. 밤중에 은행 내부를 몰래 찍을 때 도움이 되지 않을까?"

나루세가 시끄럽다는 표정으로 쳐다보고 있었다.

"좋아, 그래, 안성맞춤이네. 구온, 살래?"

"그 카메라를 살 바에야 배당 높은 마권을 사겠어요. 그 말이 귀여운 포니고 기수가 총 맞은 카우보이라 해도 절대로 그걸 살래요."

유키코는 받아 든 번호판을 확인하고 있었다.

시내 교차점에는 번호판 판독기가 수없이 설치되어 있다. 도난 차량 번호는 바로 등록되어 판독기의 그물에 걸리는 시스템이다. 강도가 도난 차량을 몰 때는 위조 번호판으로 바꿔야 한다.

"자, 가자." 유키코는 블루종을 걸치며 신이치에게 말했다. 잰걸음으로 카페를 나가는 유키코의 뒤를 신이치가 따랐다.

눈 깜짝할 새에 두 사람은 모습을 감추었다.

"유키코가 달아나듯 나갔네." 교노가 웃었다.

"오늘 유키코 씨는 평소보다 조용했어요." 구온이 말했다.

"평소에도 저래." 교노가 대답했다. "구온, 어린 시절 유키코가 칠석 때 무슨 소원을 빌었는지 알아?"

"몰라요."

"'한 번쯤 놀라 보고 싶다'라고 썼대. 요컨대 놀란다는 개념을 알고는 있지만 실제로 진심으로 놀란 적은 없다는 뜻이지."

"그런 유키코를 놀래기란 어지간한 일이 아니면 불가능하겠군." 나루세가 얼굴을 찌푸렸다.

구온은 그 말을 들으며 유키코 씨가 화들짝 놀라는 건 어떤 경우일까 상상해 보았다.

강도에 실패했을 때일까? 생각만이라도 불길하다.

잠시 후 교노가 갑자기 심각한 표정으로 말했다. "실은 신이치가 왕따 문제로 고민하는 모양이야."

옆에 있던 나루세의 표정이 어두워졌다.

"왕따." 구온은 얼굴이 일그러지는 것을 느꼈다. 듣기 좋은 말은 아니었다. 썩은 사과를 베어 문 느낌이다.

"앞으로 왕따를 당할 예정이라나 봐."

"왕따에 예정이 있어?" 나루세도 의아하다는 표정을 지었다.

"잘은 모르겠지만. 신이치 말로는 아무래도 그렇게 될 것 같대."

"그렇게 될 것 같다?" 이상하네, 하고 구온은 고개를 갸웃거렸다.

"어쨌거나 신이치가 말해 줄 때까지는 내버려 둘 수밖에 없지만."

그 말을 들으며 구온은 어쩌면 오늘 유키코 씨의 태도가 이상했던 건 그 문제 때문일지도 모른다고 멋대로 해석했다.

몇 분 뒤에 나루세가 일어서서 가죽 점퍼를 걸쳤다. "그러고 보니 가나가와현 경찰이 훈련을 하는 모양이야."

"훈련?" 구온은 그대로 되물었다.

"은행 강도 대책 훈련." 나루세는 웃음을 참았다. "대대적이래."

"언제?" 교노가 물었다.

"조만간. 우리 강도 계획 2주 뒤쯤."

"설마, 고요 은행에서 하는 거야?"

"아니. 근처 은행이긴 하지만." 그렇게 말하고 나루세는 대형 도시 은행의 이름을 언급했다.

"훈련이라." 교노가 즐겁다는 듯이 표정을 누그러뜨렸다. "분명 그거네, 몇 년 전에 가나가와현 경찰 비리가 줄줄이 터졌잖아. 그래서 이제야 '사실 저희는 대단히 믿음직하답니다. 할 때는 합니다' 하고 세상에 선전하고 싶어진 거지. 조만간 러시아 대통령도 요코하마에 오는 데다가."

구온은 천장을 올려다보며 러시아 일을 상상해 보았다. "대통령이 온다고 현 경찰이 기합이 들까요?"

"러시아 쪽에서 테러가 있었잖아. 인질 농성 사건 말이야. 그런 사건의 모범적인 대응을 보여 주려는 거지." 나루세가 말했다.

"모범? 거짓말이지? 일본 경찰이 다른 나라에 가르칠 게 있나? 만약 그런 훈련을 보여 주면 온 세상 강도들이 모조리 요코하마로 몰려들걸. 이때다 하고."

"현 경찰은 평판을 회복하기 위해서라면 뭐든 하고 싶을 거야." 교노가 불구경하듯 말했다. "아니, 나도 동정은 해. 박봉인데 사건은 산더미지, 조금만 실수해도 득달같이 달려들어 비난하지. 그 사람들도 힘든 직업이야. 무엇을 위해, 누구를 위해 일하는지 모르겠지. '그러면 네가 한번 해봐라' 하고 언론에 고함치고 싶은 걸 꾹 참고 있을 거야."

"하긴." 구온도 동의했다.

"대대적인 훈련인 것 같아. 모범 훈련이니까." 나루세가 웃으며 말했다. "영화 촬영 같다는 말도 들었는데, 정말이려나?"

"그건 훈련이라기보다 퍼포먼스네요." 구온은 훈련 상황을 상상해 보았다. 은행 주변을 순찰차가 에워싸거나 총을 거머쥐고 "밖으로 나와!" 하고 설득할지도 모른다. 실로 고전 영화 같다. 그런 요란하고 단순한 연출이 일반인에게는 먹힐지도 모른다.

"그런데 어째서 나루세 씨가 훈련 내용을 알고 있는 거예요? 훈련한다고 발표라도 했어요?"

"우리 시청 홍보과에 연락이 왔어. 훈련이 끝나면 그 모습을 홍보지에 실어 달라는 거겠지. 그냥 선전일 뿐이야. 그러니까 요란스럽지. 뭐, 실제로 기사가 될 것 같지도 않지만. 나는 그 정보를 지인에게 들었고."

"유쾌하네." 교노가 일어섰다. "우리가 고요 은행을 덮치는 건 그 훈련 전전주잖아. 모처럼 현경이 위신을 회복하려고 훈련을 하려는데 그 전에 우리가 은행을 덮치면 설득력이 없겠네."

"리허설 연습은 되겠지." 나루세가 우스울 것도 없다는 듯이 말했다.

그때 쇼코가 한숨을 쉬며 일어나 손뼉을 쳤다. "자, 낭만 연습은 그만. 다들 슬슬 돌아가요." 선생님 같은 말투였다. "나도 집에 돌아가서 우리 개한테 밥 줘야 해."

"그러고 보니 교노 씨네 개, 잘 있어요?" 구온은 몇 번 본 적 있는 깜찍한 잡종견을 떠올렸다.

다리도 허리도 기운이 빠져 산책을 데리고 나가도 바로 녹초가 되지만 식욕은 왕성해서 듬직한 개였다. 철학자 같은 풍모도 마음에 들었다.

"늙었지만 건강해." 쇼코가 대답했다. "아직 한참 장수할 거야."

"낭만보다 개로구나!" 교노가 큰 소리로 외쳤다.

대체 무슨 소리람. 구온은 머리를 긁적였다.

나루세 2

화성 태양계 혹성 중 하나. 지구 바로 바깥 궤도를 도는 붉은 별. 자전 시간은 24시간 37분. 태양을 한 바퀴 도는 데 67일 소요. 지구에 비해 직경은 약 절반, 질량은 약 10분의 1, 인구는 약 두 배, 문명 수준은 거의 비슷하다.

나루세는 조수석 창문으로 밖을 바라보고 있었다. 구름이 하늘을 가지런히 덮고 있다. 불길한 미래를 떠올리게 하는 칙칙한 하늘이 아니다. 은행 강도들의 실력을 싱글벙글 굽어보는 듯한, 그런 하늘이었다.

유키코가 운전하는 것은 구형 세단이었다. 히라쓰카 쪽에서 찾아냈다는 모양이다. 유키코가 차를 훔치는 방식을 몇 번 본 적이 있다. 납작한 펜치 같은 도구를 운전석 창문 틈새에 찔러 넣어 휘적거린다. 펜치에 달린 낚싯바늘 같은 것으로 잠금장치를 푼다. 군더더기 없는 솜씨였다. 전선으로 시동을 걸어 몰고 갈 때도 있고, 본을 떠서 모조 열쇠를 만드는 경우도 있었다. 유키코는 젊었을 때 거리를 활보하다 보면 그런 기술을 자랑삼아 알려 주는 불량배들이 얼마든지 있었다고 자조 어린 목소리로 말했다. 그다음은 자꾸 되풀이해 보면 익숙해지는 법이라고.

"번호판은 갈아 끼웠어." 혹시나 하고 물어보자 유키코가 바로 대답했다.

"왠지 이 차, 유키코 씨가 운전해 주니 기뻐하는 것 같아요."

"구온, 자네는 자동차 기분도 알아?" 뒷자리에 앉은 교노가 물었다.

"나야 알죠."

"구온은 뭐든지 알잖아." 나루세가 말했다. "개의 기분도 알고, 멸종 직전의 사슴의 분노도 알아. 다다시를 가장 잘 이해하는 것도 구온일지 몰라."

"자폐증이란 건 비교적 최근에 파악한 증상이래." 교노가 말했다. "1943년에 정신과 의사 리오 캐너가 잡지에 발표했어."

서툰 위로의 말보다 교노의 쓸모없는 지식이 나루세는 차라리 고마웠다. "희한한 병이야."

"병이란 표현은 고쳐야 한다는 느낌이 들어서 나는 별로야."

"중추신경 장애야." 나루세는 의사 같은 말투로 말했다.

처음 부부가 함께 병원에 갔을 때를 떠올렸다. '자폐증' 진단을 받고 나서는 상당히 동요했다. '다행이야. 중병은 아닌가 보네' 하고 안도하는 마음과 '어떤 장애지?'라는 불안이 동시에 찾아왔다. 웃지도 못하고 울지도 못하는 표정으로 아내를 마주 보자 그녀도 똑같이 얼굴을 일그러뜨리고 있었다. 자폐증에 대한 지식이 없었다. 무지는 때로 무기가 되고 용기가 되지만, 필요 이상으로 큰 불안의 원인도 된다.

'자폐증'을 그 글자 때문에 '집에 틀어박혀 있는 음침한 병'으로 착각하는 사람도 많다. 우울증의 일종으로 생각하는 사람마저 있다. 나루세 역시 그랬다.

"자폐증이 뭔지 아십니까?" 처음에 의사는 그렇게 물었다.

"커뮤니케이션 장애입니까?" 나루세는 감으로 던져 보았지만 그건 그것대로 크게 엉뚱한 대답은 아니었다.

"인간의 모호한 부분을 싫어하는 성질을 뜻합니다." 의사는 그렇게 말했다. "그리고 보통 사람들보다 사물에 민감하고요."

각진 안경을 쓴 무표정한 의사는 도마뱀처럼 보이기도 해서 대하기가 어려웠지만 그래도 하는 말은 틀리지 않았다.

다다시는 열 살이 된 지금도 '모호'한 것을 낯설어했다. 일상 스케줄이 바뀌면 불편해했고 어중간한 질문은 받아들이지 않았다. 칫솔 위치가 달라지기만 해도 화를 내거나, 산책 경로가 평소와 다르면 날뛸 때도 있었다.

"다다시는 유쾌해요." 구온이 차분하게 말했다. 거짓말이 아니라는 건 알 수 있었다.

"요전에 나루세 씨하고 셋이서 만나 함께 〈스타워즈〉를 봤거든요."

"옛날 거?" 교노가 확인했다.

"맞아요, 옛날 거. 비디오로. 오비완이 나왔어요."

"앨릭 기니스 말이지."

아무래도 좋은 일에 집착하는 녀석이다. 나루세는 교노를 보며 웃었다.

"나중에 들어 보니 다다시는 줄거리 같은 건 아무래도 상관없었나 봐요."

"그랬겠지. 다다시에게 스토리는 아무래도 상관없어." 모호하고 추상적인 이야기는 다다시에게 필요 없는 것이었다.

"오비완이 라이트세이버를 휘두른 횟수를 세어서 기억하고 있더라고요." 구온이 쿡쿡 웃는 소리가 들려왔다. "다스베이더하고 싸울 때 몇 번 휘둘렀다거나, 츄바카가 소리친 횟수도."

"다다시는 그런 게 특기야." 나루세가 말했다.

"나는 다다시하고 함께 있을 때 정말 편해요."

"갑자기 날뛰기도 하지만." 구온과 함께 있을 때 다다시가 패닉을 일으킨 경우는 한두 번이 아니었다. 경련하며 쓰러진 적도 있었다.

"일부러 그러는 게 아니니까요."

"좀 더 어렸을 때는 훨씬 힘들었어." 나루세는 쓴웃음을 흘리며 말했다. 유아 때는 힘들었다. 다다시는 늘 주위 상황과 상관없이 움직였다. 차분하지 못하고, 끊임없이 뛰어다녔다. 피아노 소리에 이상하게 흥분해 비명을 지르거나 귀를 막고 웅크리기도 했다. "주변에 폐만 끼쳤어."

"누구나 주변에 폐를 끼쳐요." 구온이 가볍게 말했다. "다다시를 비난하는 사람은 분명 자동차 경적도 빵빵 울려 댈 거야."

"맞아, 그럴 거야." 교노가 기쁜 듯이 말했다. "곤란해하는 부하를 보고도 못 본 척하고 피해 다니기만 하는 상사에 비하면 다다시는 훨씬 무해해."

"최고로 무해하죠." 구온이 웃었다. "난 최근에 깨달았어요. 다다시는 사람을 모함하거나 제치거나, 그런 일하고 가장 멀지 않을까? 그래서 함께 있으면 마음이 편한 거죠."

나루세는 동의할 생각도, 반론할 생각도 없었다.

"자폐증에 해박하진 않지만 그래도 난 왠지 알 것 같아. 다다시는 필사적인 거예요, 분명."

"필사적?" 나루세는 되물었다.

"중추신경 장애인지 뭔지 모르겠지만, 다다시는 갑자기 외국에 내동댕이쳐진 거나 마찬가지예요. 커뮤니케이션 수단을 빼앗긴 상태에서 시작하는 거니까. 어쨌거나 영문 모를 세상에서 살아가야만 해요. 그러니 서툰 감각으로 사람들하고 교류하려는 거죠. 우리가 하는 말을 그대로 따라 하거나, 문장을 통째로 암기하거나. 뜻도 중요성도 모르니 닥치는 대로 기억하는 거예요. 가끔 참기 힘들어서 패닉을 일으키고."

"단정 짓지 마." 나루세는 웃었다.

"다다시는 어떻게든 세상의 규칙을 찾으려는 거예요. 그 래서 간신히 찾은 규칙이 조금이라도 바뀌면 당혹스러운 것 아닐까요? 규칙이 바뀌는 건 불안하니까. 그냥 그런 거 예요. 다다시는 세상 모든 것을 기록해서 기억하고, 짧은 말을 구사해서 이 세상과 타협하려고 해요. 그러니까."

"그러니까?" 교노가 물었다.

"만약 우리 모두 화성에 끌려가면 가장 동요하지 않을 사람은 다다시일 거예요. 어쩌면 좋을지 몰라서 허둥거리 는 우리와 달리 다다시는 분명 할 수 있는 일을 하겠죠. 다 다시 입장에서는 서툰 감각으로 커뮤니케이션을 취한다는 의미에서는 여기나 화성이나 다를 바 없으니까."

"화성에도 개가 있을까?" 나루세는 구온의 이야기에 이 끌리듯 불쑥 물었다.

"개?"

"다다시는 세상의 모든 견종을 외워. 미국애견협회나 영 국애견협회에 등록된 연도별 견종별 등록 수도 암기해."

외출했을 때 개와 마주치면 다다시는 그 견종을 힘껏 외친다. "미니어처핀셔입니다!" "기슈견♥입니다!"

모호한 것을 싫어하는 다다시는 잡종견을 보면 불안해했다.

"화성에도 개는 있지 않겠어요?" 자신만만하게 말하는 구온이 우스웠다.

"그런가, 있을까." 나루세가 웃는 소리와 "내가 알기론 화성에 개는 없어" 하고 진지하게 대답하는 교노의 목소리가 하모니를 이루었다.

나루세는 유키코의 옆모습을 슬쩍 보았다. 앞쪽을 똑바로 노려보면서 액셀을 밟는 유키코는 내내 말이 없었다.

나루세 일행은 유키코를 제외하고 똑같은 양복을 입고 있다. 도쿄의 양복 전문 할인점에서 구입한 짙은 회색 양복이었다. 혼잡스러운 할인 판매 틈바구니에서 사면 그것 때문에 추적당할 가능성은 적다고 판단했기 때문이다.

"가장 눈에 띄지 않는 건 양복이야." 나루세가 그렇게 말했을 때 불만을 표한 것은 교노였다. 매사에 반대하는 병이 있다면 고등학교 때부터 친구인 교노는 분명 중증 환자였다.

"넌 말이야, 자기가 공무원이니 그렇게 생각하는 거야. 나는 애초에 양복이 싫어서 카페 주인을 하는 거란 말이야.

♥ 미에현, 와카야마현에서 시작된 개의 품종으로 일본의 천연기념물이다. 진돗개와 흡사하게 생겼다.

이제 와서 양복 같은 걸 입을 것 같아?"

자네가 카페 주인을 하는 건 양복 탓이 아니라 취업 면접에서 매번 궤변을 늘어놓았기 때문이잖아, 라고 말해 주었다.

자동차는 교차점에서 오른쪽으로 꺾었다.

"길은 안 막히는군." 나루세는 안심했다.

"문제없어." 유키코가 끄덕였다. "당신들이 뛰어 들어가 행원들을 얌전하게 만들기까지 60초. 교노 씨 연설이 그때부터."

"4분이야." 교노가 대답했다.

과연 무슨 이야기를 하려는지. 나루세는 상상해 보았다. 은행을 털 때마다 연설을 하는 것은 교노의 미학이었다. 손해에는 대가를 지불해야만 한다고 늘 주장하는 교노는 강도로 입은 손해를 자기 연설로 보상할 수 있다고 믿어 의심치 않았다.

"300초 뒤에 나는 은행 앞 자동문 정면에 차를 세울 거야."

"괜찮겠지?" 나루세가 거듭 확인했다.

"식은 죽 먹기야."

어라 싶었다. 말과는 달리 유키코의 목소리는 떨렸다.

세 개의 신호를 전부 파란불로 통과했다. 차선을 대각선으로 이동했다. 100미터 앞 왼쪽에 '고요 은행' 간판이 보였다.

육교 밑을 빠져나간다. 태양이 구름 사이로 아스팔트를 태웠다.

유키코가 방향 지시등을 켰다. 나루세는 호흡을 가다듬었다.

고요 은행을 감싸고 돌듯 자동차는 왼쪽으로 꺾었다.

나루세는 니트 모자를 뒤집어썼다. 눈에는 선글라스를 꼈다. 그리고 주머니에서 형광색 비닐 테이프를 꺼내 두 조각씩, 뒷좌석의 교노와 구온에게 건넸다.

뺨에 비닐 테이프를 붙였다. 나루세를 비롯해 모두 장갑을 꼈다. 뺨에 비닐 테이프를 바르는 것은 해외 강도를 흉내 낸 것이다. 사람은 눈에 띄는 것에 시선이 간다. 뺨에 테이프가 붙어 있으면 목격자들은 테이프만 기억한다는 이야기를 들은 적이 있다.

차가 멈추자 나루세는 조수석에서 뛰쳐나갔다. 문을 닫고 돌아보자 구온이 품에 안고 있던 보스턴백 하나를 던졌다. 받아 들었다.

"낭만은 어디에!" 교노가 기쁜 듯이 말했다.

그 소리를 들으며 나루세는 은행 자동문으로 향했다.

은행 강도들은 무대로 사라졌다.

교노 2

갱【gang】 ① 주로 미국의 조직적인 강도단, 폭력단. ② 파생하여 일본에서는 강도의 본질인 흉악성, 비열함을 완화하기 위해 사용하는 호칭. 갱스터. "○은 멋져."

교노는 은행 오른쪽 끝에 있는 문을 지나 안으로 들어갔다. 나루세와 구온도 각자 다른 출입구로 들어왔다. 교노는 느긋하고 자연스러운 동작으로 손을 뻗어 문 위에 달린 단추를 눌렀다. '수동'문으로 바꾼다.

미리 접어 두었던 종이를 재빨리 주머니에서 꺼냈다. 셀로판테이프가 붙어 있다. 은행 밖에서 보이도록 자동문에 붙였다. '현재 고장으로 당분간 출입하실 수 없으니 양해 부탁드립니다'라고 적혀 있다. 구온의 아이디어다. 나쁘지 않다. 그 종이를 붙였다.

저마다 다른 출입구에서 들어온 교노 일행은 성큼성큼 로비를 지났다.

주위 손님들이 교노의 얼굴을 힐끗 보고 불쾌한 표정을 지었다. 모자에 선글라스라는 차림새가 불온해 보였기 때문이리라. 하지만 그들도 옷차림만 보고 강도라고 단정할 수는 없다.

사물을 단정 지으려면 나름의 각오와 결단력이 필요한데, 그 두 가지는 대다수의 일본인이 잃어버린 정신이었다.

로비를 쳐다보는 은행원은 없었다. 다들 작업을 하며 고개를 숙이고 있다.

카운터로 다가갔다.

나루세가 교노에게 눈짓했다.

그것을 신호로 교노는 카운터 위로 뛰어올라 천장을 향해 발포했다. 어디선가 비명 소리가 났다.

"꼼짝 마십시오!" 교노는 쩌렁쩌렁한 목소리로 말했다. 은행원 쪽을 향해 곧바로 속사포처럼 쏟아 냈다. 빠르게, 단숨에 말한다. 이것이 중요하다. "경보 단추를 누르면 거기 있는 신고 램프에 불이 들어온다는 건 우리도 알고 있습니다. 램프가 켜지면 바로 쏠 겁니다." 그렇게 정면 입구 높은 곳에 설치된, 눈에 띄지 않는 램프를 가리켰다.

상대를 견제한다.

은행원이 얼굴을 일그러뜨렸다. 이 시점에서 경보기를 누르지 못하게 하는 것이 무엇보다 중요했다. 신경을 곤두세워야 하는 것은 바로 이 순간이다.

시야 저편에 은행 안을 헤집고 다니는 나루세와 구온이 보였다. 펄쩍거리는 임팔라처럼 달리기 시작했다. 구온이 어깨에 메고 있던 보스턴백을 카운터 안쪽으로 던지고 점프했다.

교노는 그 모습을 확인하며 손님이 있는 로비로 고개를 돌렸다. "여러분, 조용히! 그리고 꼼짝 말도록." 은행 안의 손님들을 둘러보았다.

잡지를 읽고 있는 사람, 옥신각신하는 남녀, 낡은 유니폼을 입은 여성, 통장을 들고 있는 학생, 나이에 어울리지 않게 화려하게 차려입은 중년 주부, 저마다 입을 떡 벌리고 있다. 서른 명이 조금 못 되는 숫자. 교노를 올려다보고 있다.

그들 모두가 현실감을 잃은 것처럼 얼빠진 표정을 짓고 있었다.

"그렇습니다!" 교노는 소리를 높였다. "저희는 여러분의 현실에 아주 살짝 침입한 것입니다. 자, 제자리에 앉으십시오." 그렇게 외쳤다. "그러지 않으면 쏘겠습니다." 권총을 한층 요란하게 흔들었다.

나루세와 구온은 벌써 카운터 안으로 넘어갔다.

구온이 어떻게 움직이고 있는지, 교노는 보지 않고도 알 수 있었다. 접수창구 여직원들을 의자에서 몰아낸다. 손에 든 모델건을 과시한다. "로비로!" 그렇게 외치며 달린다. "떨어져, 떨어져, 떨어져!" 하고 암시를 걸듯 되풀이한다. 여성 행원들이 도망치듯 로비로 나온다.

나루세가 뒤에 있는 은행원을 일으켜 세웠다. "로비로 나가. 신고하면 쏜다."

교노는 손님들에게 총을 겨누면서 뒤를 돌아보았다.

구온이 '셰퍼드' 쪽으로 달려가고 있었다. 곱슬머리가 섞인 과장이었다. 그 남자와 살짝 부딪친다. 지갑을 훔쳤다는 것을 교노는 알 수 있었다.

구온은 남자에게 지갑을 보여 주며 이렇게 말하고 있을 터였다. "거역하면 이 지갑을 가져가겠다. 면허증으로 주소도 알 수 있지"라고 빠르게 협박한다.

지갑이 나루세에게 넘어갔다.

"다른 사람들은 모두 로비로 가!" 구온이 그렇게 크게 외치고 그 자리에서 벗어나 '스피츠' 쪽으로 간다. 창백하게 질린 통통한 남자다. 권총을 겨누고 "비켜"라고 짤막하게 협박하며 외친다. "로비로!"

교노는 손님들에게로 시선을 돌리고 천장을 향해 발포했다. 필요 이상으로 겁을 주고 싶지는 않았지만 단시간에 사람들을 굴복시키려면 약간의 총성이 필요했다.

비명 소리가 일었다.

은행원의 얼굴이 차츰 심각해졌다. 구온이 일어선 은행원을 로비로 모는 모습이 보였다.

"양치기 개하고 똑같아요." 구온이 전에 그랬다. "짖는 게 아니라, 아니, 짖어 대는 양치기 개도 있지만 그게 아니라 매서운 눈짓으로 양을 모는 거죠."

교노는 로비의 손님들을 자세히 보았다.

자세를 낮추고 슬금슬금 움직이는 주부 한 명이 눈에 들어왔다. ATM 옆문으로 다가가려는 것이다.

망설임은 없다. 교노는 그 주부가 다가가려던 출구 위쪽을 향해 발포했다. 광고 포스터에 명중하자 주부가 우뚝 멈췄고 다른 곳에서 비명 소리가 일었다.

"사격이 서투니까 다음에는 맞을지도 모릅니다!"

총성에 놀라 모두 그 자리에 웅크렸다. 몇 명은 두 손을 들었다.

권총은 교노의 오른손에 있는 것을 제외하면 전부 모델건이었다. 기본적으로는 상대를 해치고 싶지 않다는 게 교노 일행의 공통된 생각이었다. 견제만 할 수 있으면 된다. 가짜 속에 진짜를 하나 섞어 두면 전부 진짜라고 믿는 법이다.

"은행 강도 성공률은 낮아."

강도 짓을 하자고 제안했을 때부터 나루세가 주장했던 말이었다.

"검거율은 100퍼센트야." 나루세가 그렇게 말하니 우스웠다.

"그건 반드시 실패한다, 해 봤자 허탕이라는 뜻이잖아."

"옛날부터 모두들 은행에는 돈이 모인다고 생각하니까. 그 나름의 대책은 세워 두는 거지. 다만 단순하게 하면 돈은 챙길 수 있어."

그때의 나루세는 그들이 휘말렸던 강도 사건을 분석하

며 그렇게 말했다.

"단순하게? 무슨 소리야?"

"훔치고 달아난다. 그 사이에 경보 장치를 누르지 못하게 한다. 그뿐이야. 그러면 은행도 동네 술집하고 똑같아. 거금이 있는 술집이지."

경보 장치를 누르지 못하게 한다니, 말은 쉽지만 애초에 그게 어려운 것 아닌가 반론했다.

나루세는 고개를 저었다. "복면으로 얼굴을 가리고 엽총을 든 남자가 셋이나 들어오면 누구나 바로 경보 장치를 누를 테니 꽝이지. 하지만 선글라스를 쓴 남자가 성큼성큼 은행으로 들어왔다는 것만으로 바로 경보 장치를 누를 사람은 거의 없어. 그렇지 않아? 강도인지 아닌지도 잘 모르는데 섣불리 단추를 눌렀다가 나중에 엉뚱하게 착각했다고 비웃음을 사기는 다들 싫을 테니까."

"결국 무슨 소리야?" 교노는 되물었다.

"최소한의 변장으로, 은행 강도라고 단정할 수 없을 만큼의 복장으로 카운터에 다가가는 거야. 나머지는 무슨 일이 벌어졌는지 그들이 상황을 파악하기 전에 경보 장치에서 멀리 떼어 내면 돼."

"우르르 달려들었다가 우르르 떠난다. 우리는 메뚜기 떼라는 건가?" 그렇게 말한 교노는 심지어 양복을 입은 메뚜기네, 라고 덧붙였다.

교노는 카운터 위에 올라선 채로 주머니에서 꺼낸 스톱 워치를 보았다.

60초가 지났다.

"1분!" 교노는 크게 외쳤다. 겨우 차례가 왔다. 주저앉은 손님들이 겁먹은 듯 그를 쳐다보았다. 은행원도 모두 로비에 모여 있다.

뒤에서 카메라를 부수는 소리가 났다. 구온이 직접 만든 경찰봉으로 감시 카메라를 때려 부수고 있는 것이다. 추가 달린 접이식 경찰봉을 준비했으리라. 그것을 휘두르고 있을 게 분명했다. 모든 카메라를 부수고 있다.

"쏜살같은 1분이었습니다." 교노는 정중한 말투로 명확하게 이야기했다. "저희가 여러분을 만난 지 이미 1분이 지났다는 뜻입니다. 아니, 사실 강도가 1분 동안 할 수 있는 일은 제한적입니다. 하지만 해야 할 일을 전부 하면 길은 열리는 법입니다." 헛기침을 한다.

그의 앞에 서 있는 관객들을 둘러보았다. 그들은 당혹스러운 표정으로 바닥에 주저앉아 있었다.

"오늘은 바쁘신 가운데 죄송합니다. 소개가 늦었지만 저희는 은행 강도입니다. 저희에게 4분의 시간을 주십시오. 240초입니다. 인생에서 240초는 귀중하지만 되돌릴 수 없는 시간은 아닙니다. 4분이 지나면 저희는 얌전히 물러나겠습니다. 아무 짓도 하지 마십시오. 그러지 않으면 저는 여러분 중 누군가를 쏴야만 합니다. 앞으로의 240초가 인생의 마지막 240초가 될 수도 있습니다. 그 점은 부디 양해를."

거기서 일단 말을 끊고 은행원들을 본다.

"어떻게든 경찰에게 알리려는 생각은 그만두십시오. 저희에게 달려들거나 은행 돈을 지키려는 생각은 하지 말았으면 좋겠습니다. 차분히 생각해 보세요. 저희는 분명 돈을 훔쳐 달아날 겁니다. 하지만 손해를 보는 것은 누구일까요? 은행은 보험회사와 계약하고 있습니다. 알다시피 커다란 자사 빌딩을 가진 보험회사에 약간의 지출을 강요하는 것은 안타깝기는 하지만 문제는 없을 줄로 압니다만, 어떻게 생각하시는지요?" 교노는 상대의 피부에 파고들도록 말했다. 천천히, 온화하게, 그들에게 무엇이 가장 현명한 선택인지 알려 준다.

손님 쪽으로 몸을 돌려 묵례를 했다.

"자, 여러분." 손바닥을 펼친다. "오늘은 기억에 대한 이야기를 해 볼까요?"

손님들은 어리둥절한 표정이다.

"민달팽이에게도 기억이 있다는 사실을 알고 계십니까? 어떤 민달팽이는 쓴 먹이를 먹으면 다시는 그 먹이에 다가가지 않는다고 합니다. 주인의 냄새를 절대 잊지 않는 사랑스러운 개들에게도 당연히 기억이 있겠지요. 하물며 우리

인간은 실로 기억으로 이루어져 있다고 해도 무방하지 않겠습니까?"

교노는 혀를 깨물지도 않고 빠르게 떠들어 댔다.

"기억에는 절차 기억, 의미 기억, 에피소드 기억의 세 가지가 있다는 것은 유명하지요. 먼저 절차 기억은 쉽게 말해 '자전거 타는 법'입니다. 한번 기억하면 다시는 잊지 않지요. 몸이 외우는 기억입니다. 다음으로 의미 기억이란 글자 그대로 '의미'의 기억입니다. '빨간 신호는 정지', '아인슈타인은 왼손잡이', '나는 남자다', '남자는 여자가 아니다' 등등, 일반적인 지식은 여기에 해당된다고 생각해도 되겠지요. 그리고 마지막으로 에피소드 기억, 이것은 추억을 가리킵니다. '생활'의 기억입니다. 각각의 기억은 뇌의 다른 부분이 보관하고 있습니다. 때문에 어느 기억은 확실하게 기억하는데 다른 기억은 전혀 보관하지 못하는 경우가 흔히 있습니다. 알츠하이머라는 병은 에피소드 기억을 잃는 것으로 의미 기억은 선명하게 가지고 있습니다. 따라서 일상생활에는 문제가 없습니다. 그와 반대되는 증상의 질병도 있습니다. 그런데 여러분은 딱 한 가지 추억만 보존할 수 있다면 무엇을 고르시겠습니까?"

손님들의 얼굴을 둘러보았다. 맥락도 없이 질문을 던진다. 의미를 알 수 없는 질문이라도 사람은 누가 물어보면 무의식적으로 답을 찾으려 한다. 다시 말해 의식은 강도로

부터 멀어진다.

교노는 나루세 쪽으로 시선을 던졌다. 홀로 책상에 남겨진 과장 앞에서 "카드를 내놔"라고 협박하고 있다.

"무슨 카드?" 상대가 시치미를 뗀다. "오퍼레이션 카드." 나루세가 짤막하게 말했다. "내놓지 않으면 우리는 언제까지고 여기 있을 테고, 누군가가 총에 맞는다." 그리고 구온이 훔친 지갑을 보여 주었다. "면허증을 보면 당신 주소도 알 수 있어. 하지만 이 이상 피해를 주고 싶지는 않아."

과장이 말없이 책상에 놓인 카드를 가리켰다. 나루세는 그것을 들고 과장의 양복을 잡아끌어 안쪽으로 걸어갔다.

열쇠가 보관되어 있는 라커로 가서 카드를 판독기에 긁었다.

문을 여니 각각 다르게 생긴 열쇠가 몇 개나 걸려 있었다. 크기도, 색도 다르다. 열쇠에는 스티커로 번호가 붙어 있었다.

교노에게는 나루세와 과장의 대화가 제대로 들리지 않았지만 상상은 할 수 있었다. 나루세가 "어느 게 현금 보관함 열쇠야?"라고 질문하고 과장의 반응을 살피는 것이다. 차례로 열쇠를 꺼내 "이건가?" 하고 하나씩 묻다 보면 상대가 아무리 거짓말을 해도 나루세는 알 수 있다.

나루세는 열쇠를 하나 들고 그대로 교노의 뒤로 달려왔다. 현금 보관함 지폐 인출구 부근의 열쇠 구멍에 열쇠를 꽂고 있다.

열쇠는 수월하게 돌아갔다. 작은 덮개가 열린다. 지폐가
고개를 내밀었다.

교노는 쌓여 있는 지폐를 보고 황홀한 듯 가만히 눈을
깜빡였다.

구온이 달려왔다. 덮개가 열린 것을 확인하고 보스턴백
을 열어 지폐를 담기 시작했다.

"그런데 기억이란 모호한 것입니다." 교노는 말을 이었
다. "뇌 속에 노트북이 있어서 안을 들여다보면 기억해야
할 내용이 일본어로 꼼꼼하게 적혀 있고, 중요한 부분에는
밑줄까지 그어져 있다? 그런 일은 결코 없습니다. 기억이
란 어차피 뇌 속 시냅스의 전달 활동으로 만들어지는 겁니
다. 시냅스의 전위 변화가 기억이 되는 것이지요. 몇 년 지
나도 같은 형상으로 남아 있다는 보장은 어디에도 없습니
다. 그야말로 기억이란 기억해 내려는 지금 이 순간의 내가
새로이 만들어 낸 '기억이라고 믿는 것'에 지나지 않습니
다. 창조물입니다. 실로 '역사'가 권력자가 날조한 공통 인
식인 것과 흡사합니다. 기억은 날것 그대로 신선하게 보존
되는 것이 아닙니다."

구온이 쉬지 않고 가방에 돈을 담고 있다. 첫 번째 가방
을 잠근다. 두 번째 가방을 연다.

"마침 좋은 기회니 말씀드리겠는데, 여러분은 아마 나중

에 경찰 신문을 받겠지요. 단조롭고 집요한 질문이 되풀이됩니다. '범인의 수는?' '범인의 얼굴은?' '범인의 나이는?' 속사포처럼 질문을 받겠지요. 아, 참고로 '당신의 비밀번호는?' 하고 은근슬쩍 물어보는 다른 악당도 있을지 모르니 조심하십시오. 어쨌거나 그때 여러분은 아마도 상당히 당혹스러울 겁니다. 기억은 정형이 아니기 때문입니다. 경찰이 질문할 때마다 자신감이 사라질지도 모릅니다. 스스로도 기억나는 내용이 계속 바뀌는 것을 느낄지도 모릅니다. 하지만 염려하지 마십시오. 기억이란 원래 그런 법입니다. 특히 불안할수록 기억력이 감퇴한다는 실험 결과가 있습니다. 흉기를 휘두르는 범인을 봤을 때는 가만히 있는 범인을 보았을 때보다 목격자의 기억이 불확실하다는 실험 결과도 있습니다. 이러한 상황에서는 어쩔 수 없는 일입니다. 아, 맞아요, 물속에서 기억한 것은 육상보다 물속에서 더 기억해 내기 쉽다는 말도 들은 적이 있습니다. 육상에서 기억한 것은 육상에서 더 쉽게 기억해 내고요. 뇌의 구조란 그렇게 되어 있는 것입니다. 그러니 여러분도 기억이 나지 않아 힘들 때는 지금하고 똑같은 자세를 취해 보기를 권합니다."

교노의 머릿속에는 차례로 말할 내용이 흘러나왔다.

"세상에는 뛰어난 기억력을 가진 사람도 있습니다. 유명한 예로 유태인 기억술사 셰레셉스키가 있지요. 그는 무한한 기억력을 자랑해, 무의미하고 복잡한 기호를 간단히 암기하고, 16년 뒤에 갑자기 물어봐도 쉽게 대답했다고 합니다. 또한 서번트 증후군이라는 것도 유명하지요. 조기 유아 자폐증 아이들에게서 흔히 찾아볼 수 있는데, 그들은 음악, 기억이나 계산에서 놀랍도록 천재적인 능력을 발휘합니다. 영화 〈레인맨〉에 나온 더스틴 호프먼을 떠올려 보십시오."

자폐증이라는 말에 나루세가 순간 고개를 든 것 같았지만 교노는 아랑곳하지 않았다.

"서번트 증후군을 가진 소년은 타인의 나이를 들으면 바로 그것을 분 단위로 계산해 대답해 준다고 합니다. 또 어떤 쌍둥이 아이는 과거 4만 년부터 미래 4만 년까지 달력을 전부 암기하고 있다고 합니다. 이건 다른 사례지만 어느 미국인 남성은 4,836,179,621이라는 숫자를 기억할 때 이렇게 말했다고 합니다. '4는 독립기념일 7월 4일의 4와 같다, 836은 텍사스주에 사는 중국인 인구와 같다, 179는 뉴욕과 해리스버그 사이의 거리와 같다, 621은 콜로라도주 덴버에 있는 내가 아는 집 번지수와 같다, 그래서 기억하기 쉬웠다!' 그렇게 말했다고 합니다. 어떻습니까. 이는 예술입니다! 인간 능력의 가능성을 보여 준다고 생각하지 않습니까?"

교노는 만족스럽게 끄덕인 후에 "그러고 보니 여러분은

지금 공포를 느끼고 계신가요? 가능하다면 저희는 겁을 주지 않고 떠나고 싶습니다. 다만 사람의 공포는 뇌의 편도체라는 부분이 기억한다는군요. 공포의 조건은 편도체가 담당하고 있는 것입니다. 만약 앞으로 여러분이 은행에 오는 것을 두려워하게 된다면 본의는 아니지만 그것은 저희와 편도체의 책임입니다."

구온이 이동했다. 창구에 쌓여 있는 지폐를 닥치는 대로 가방에 담기 시작했다.

손님들의 시선은 교노에게 쏠려 있다. "어렸을 때 가장 먼저 외운 것은 어떤 한자였습니까? 아마 자기 이름이겠지요. 저는 학교 한자 시험에서 제 이름이 나오지 않을까 언제나 기대했습니다. 이름은 완벽하게 외웠으니까요. 아마도 이름이란 가장 초기에 만들어진 의미 기억일지도 모릅니다. 아로새겨져 절대 사라지지 않는 기억입니다. 그래서 어린 저는 문득 생각했습니다. '상용한자를 전부 이름에 붙이면 어떤 한자 시험에서도 만점을 받지 않을까?' 그렇게 생각한 겁니다. 어떻습니까, 여러분. 꼭 한번 해 보십시오."

쉴 새 없이 떠들어 대면서도 교노는 청중들이 박수를 치지 않는 것이 못내 아쉬웠다.

"기억이라고 하면 컴퓨터가 있지요. 하드디스크나 DVD, 앞으로 다가올 시대에는 온갖 정보를 매체에 보존할지도 모릅니다. 미국이 지닌 거대한 도청 시스템, '에셜

론'이라는 것도 있습니다. 위성을 경유해 이루어지는 전화나 팩스, 메일 등 모든 정보를 방청하는 시스템입니다. 이것이 데이터베이스에 보존됩니다. 무서운 세상입니다. 모든 것을 기록해 남기려고 합니다. 기록은 선일까요? 보존이나 보관은 칭찬받을 일일까요? 벚꽃은 금방 지기에 애틋한 것입니다. 사라져 가는 게 훨씬 좋은 것도 많지 않을까요? 헤어진 연인과의 추억, 홍수 뒤 강의 탁류, 천재가 즉흥적으로 분 알토 색소폰 애드리브, 친구들끼리 나누는 찰나의 대화, 한순간에 사라져 가기에 소중한 것입니다. 은행 강도를 보았다는 사실도 바로 잊어야 합니다. 휴대전화에 남은 문자 이력 따위는 쓰레기란 말입니다!"

가방 지퍼를 잠그는 소리가 들렸다. 구온이 나루세에게 보스턴백을 한 개 던졌다. 가볍게 받아 든다.

교노는 두 사람의 얼굴을 보고 살짝 고개를 끄덕였다.

스톱워치를 보고 과장스럽게 말했다. "정확히 4분입니다. 여러분, 끝까지 경청해 주셔서 감사합니다. 쇼는 끝났습니다. 텐트를 접고 피에로는 의상을 벗고, 코끼리는 우리로 들어가고, 서커스단은 다음 마을로 이동하겠습니다."

나루세와 구온이 교노가 서 있는 카운터로 뛰어올랐다.

교노는 깊이 고개를 숙였다. 나루세와 구온도 똑같이 따라 했다. 왼손을 배에, 오른손을 등에 붙이고 댄스파티에 참가한 사람처럼 정중하게 인사를 했다.

고개를 든 순간, 출구로 달려갔다. 정면 입구 문 앞에서 단추를 눌러 '자동'제어로 돌려놓는 것도 잊지 않는다.

문이 열리는 것과 동시에 빠져나갔다.

손님들은 실로 남겨진 관객처럼 아연히 교노 일행의 뒷모습을 바라보고 있다.

"굿바이!" 손을 흔든다.

자동문이 닫혔다.

밖으로 뛰쳐나가자 마침 눈앞에 세단이 멈춰 서고 있었다. "빨리 타, 빨리 타!" 교노에게는 흥분해서 몸을 흔드는 자동차가 그렇게 유혹하는 것처럼 보였다.

정말 정확하구나, 감탄했다.

은행 출구는 그리 혼잡하지 않았다. 근처에는 손수건을 움켜쥔 회사원이나 헬멧을 쓰고 오토바이를 탄 우편배달부가 전부였다.

강도 사건을 눈치챈 사람은 아직 없다.

구온이 먼저 뒷좌석에 올라탔다. 교노는 그다음으로 올라타 문을 닫았다.

나루세가 마지막으로 조수석에 올라탔다.

"느려."

"서두르는 것은 악마의 소행이야." 어디 속담인지, 나루세는 그런 말을 했다.

"갈게." 유키코가 말했다. 액셀을 밟자 차가 발진했다. 교노의 몸은 시트에 푹 묻혔다.

재빨리 선글라스와 모자를 벗었다.

교노의 눈에 심각한 얼굴로 앞 유리를 바라보고 있는 유키코가 보였다.

유키코 ㄹ

우연 ①어떤 인과관계도 없이 예기치 않은 일이 생기는 것. ②연속으로 발생함으로써 어떠한 의미를 찾게 되는 것. 또는 실제로 의미를 갖는 무언가. "추리소설에서는 최초의 ○○은 용납되지만 그 이후의 ○○은 있어서는 안 된다."

유키코는 클러치를 밟고 액셀에 힘을 실었다. 한계 영역까지 액셀을 밟았다. 차례로 기어를 올린다.

옆 차선을 달리는 우편배달 오토바이와 경차를 제쳤다.

신호등 없는 작은 십자로가 몇 개 이어졌다. 막다른 T 자 도로의 신호등이 파란불이었다. 브레이크를 살짝 밟아 속도를 조금 떨어뜨렸다. 핸들을 꺾는다. 그리고 액셀을 다시 밟아 가속하면서 왼쪽으로 꺾었다.

유키코의 머릿속은 시간과 운전과 타이밍과 신이치 문제로 가득했다.

눈앞의 신호가 파란불로 바뀌었다. 주행을 이끌어 주는 것처럼 보인다. 체내시계가 알려 주는 것과 같은 움직임이었다.

조수석에서는 나루세가 다른 양복으로 갈아입고 있었다. 베이지색 더블슈트다. 백미러를 보니 구온도 이미 뒷좌석에서 운동복 상의에 면바지로 갈아입었다. 벗은 회색 양복은 비닐봉지에 쑤셔 넣었다. 뺨에 붙은 테이프를 떼서 돌돌 감는 모습도 보였다. 교노가 스웨터를 입는 데 애를 먹는 것 같았다. 비좁다는 듯이 몸을 좌우로 흔들고 있었다.

"교노 씨, 옷 갈아입는 게 느려." 구온이 놀렸다.

"옷을 빨리 갈아입는다고 명성을 얻은 사람은 없어."

교노가 보스턴백 속을 확인하기 시작했다.

유키코의 몸에 긴장이 감돌았다.

"4천만이네. 5천만은 안 돼." 교노가 말했다. 지폐 다발을 집어 들어 세어 보는 소리도 들렸다. 가방을 잠그는 소리가 이어졌다.

"정말?" 유키코는 무심코 그렇게 되물었다.

"정확히 4천만 엔."

"일인당?" 스스로 의식할 새도 없이 재차 물었다.

액셀을 힘껏 밟았다. 시야가 한순간 어두워진 것은 눈을 깜빡거려서 그런 게 아니었다. 눈앞이 깜깜해진다는 표현처럼 암담한 기분이었다.

좀 더 액수가 크기를 기대했다. 나루세의 예측이 빗나가서 예정한 4천만 엔을 웃돌지는 않을까, 기대하고 있었다. 불가능한 것은 알지만 솔직히 그 세 배 이상 되는 금액을 기대했다.

이대로 차를 모는 수밖에 없다.

"이 일이 끝나면 뉴질랜드에 갈 거예요." 구온이 기쁜 듯이 외쳤다.

"또 가?" 조수석의 나루세가 쓴웃음을 지었다.

"가야죠. 좋은 곳이에요. 양도 많고."

"양고기는 맛있어?" 교노가 물었다.

"먹는 생각만 하는 사람은 양한테 콱 잡아먹혀라." 구온이 불만스럽게 말했다.

"양은 초식이잖아."

"어쨌거나 거긴 느긋한 나라예요. 같은 섬나라인데 일본하고는 완전히 달라요. 그러고 보니 원래 뉴질랜드에는 조류하고 박쥐, 도마뱀만 살았대요. 평화로운 섬이었죠. 새하고 박쥐하고 도마뱀이라니, 십이지신도 못 만들어요. 평화로우니 날지 못하는 새도 많고."

"인간이 외부에서 동물을 끌고 갔군. 인간이 생태계를 망쳐." 나루세는 씁쓸하게 말했다.

"뉴질랜드를 대표하는 키위는 또 얼마나 귀여운지. 날지 못하니 종종걸음으로 걸어요."

"평화롭군." 교노가 말했다.

유키코는 동료들의 대화를 들으며 부럽다는 생각을 했다. 머릿속으로 계산을 이어 나갔다. 타이밍을 놓치면 안 된다.

"그나저나 해외여행은 뭐가 즐거운지 모르겠어. 뭘 배울 수 있다는 거야?" 교노가 말했다. 의분이라도 느끼는 모양이다. "비행기를 타고 바다를 건너는 것만으로 사람이 성장한다면 나리타 공항 도착 게이트는 성인군자가 모이는 장소야? 연말연시 나리타 공항에 몰려드는 지친 어른들의 표정은 뭐냐고. 그 녀석들은 자기 눈으로 경치를 보는 것보다 비디오카메라 너머로 바라보는 시간이 더 길겠지."

"비행기를 싫어한다고 불평하지는 말아요." 구온이 말했다.

"아니, 교노는 비행기보다 일본어가 통하지 않는 곳이 거북한 거야." 조수석의 나루세가 말했다. "입으로만 살아온 녀석이니까."

유키코는 진지한 표정으로 앞을 보고 있었다. 노려보고 있다는 편이 더 맞겠다. 타이밍을 놓쳐서는 안 된다. 좁은 찻길을 직진했다. 주택가를 빠져나간다. 신호등이 빨간불에서 파란불로 바뀐다. 우회전한다. 체내시계와 시간표를 몇 번이나 대조한다. 몸으로 기억한 시간표.

교통량이 적은 외길로 나왔다. 왼쪽에는 작은 시민 운동장이 펼쳐져 있다. 오른쪽에는 높은 콘크리트 벽이 이어졌다. 좁은 편도 1차선 도로였다. 대각선 맞은편은 공원 부지다.

"순찰차다." 구온이 조용히 중얼거렸다. 유키코는 몸을 움찔 떨었다.

모두 입을 다물었다. 귀를 기울인다. 순찰차의 요란한 사이렌 소리가 들렸다.

"우리를 쫓는 걸까요?"

"경찰에 쫓기다니, 뭐 잘못이라도 했어?" 교노가 너스레를 떨었다.

"고등학생 때 교복을 훔친 적이 있어요. 종이봉투에 넣어서. 짐작 가는 건 그것뿐인데."

"그거겠네." 교노가 히죽 웃었다.

유키코의 계산으로는 213초 뒤에는 환승 지점에 도착하는, 예정에서 어긋나지 않는 페이스였다.

교노가 창문을 열었는지 바람이 들어왔다. 유키코는 다시 한번 귀를 기울였다. 순찰차 사이렌은 초조함을 부채질한다. 다만 소리가 전혀 엉뚱한 쪽으로 향하는 것을 알 수 있었다. 소리가 점점 작고 낮아졌다.

"멀어져 가네." 구온도 그렇게 말했다.

체내시계는 정확히 시간을 계산하고 있었다. 백미러, 사이드미러, 앞 유리 너머. 각각에 시선을 던지며 카운트다운을 하고 있다. 신이치의 얼굴이 머릿속에 떠올랐다. 핸들을 쥔 손에 힘이 들어갔다. 초읽기였다. 나루세의 옆얼굴이 신경 쓰였다.

그 순간, 자동차가 눈앞에 뛰어들었다.

RV 차량이 튀어나오는 것을 유키코는 확인했다. 왼편의 작은 샛길에서 마치 미리 짜기라도 한 것처럼 나타났다. 거대한 멧돼지 얼굴로 보였다. 야만스러운 덩치가 유키코가 운전하는 차를 덮쳤다.

작게 소리를 지른 것은 아마도 옆자리의 나루세였으리라.

유키코는 브레이크를 힘껏 밟았다. 핸들을 꺾는다. 차가 그 조작대로 회전했다.

어떻게든 세워 보려고 안간힘을 썼다. 충돌한 느낌은 없다. 빨리 세워야 해, 그 생각뿐이었다.

차는 원심력에 끌리듯 회전했다. 벽과 전봇대가 바로 옆에 보였지만 설마 부딪치겠나 싶었다.

회전이 영원히 계속될 것만 같았다. 차가 멈추길 기다리는 수밖에 없었다. 차는 겨우 비스듬하게 멈췄다. 유키코는 안도의 한숨을 내쉬었다. 하지만 아직 마음을 놓을 수는 없었다.

나루세가 뒤쪽을 향해 물었다. "괜찮아?" 구온이 작은 소리로 대답했다. "아마, 살아 있는 것 같아요."

유키코는 핸들을 힘껏 쥔 채로 거친 숨을 내쉬었다. "미안." 무의식적으로 사과하고 있었다. "미안해."

"유키코 씨 잘못이 아니에요." 구온이 그렇게 말했다.

"옆에서 차가 튀어나왔어." 나루세가 뒷좌석의 두 사람에게 설명했다.

"저 차야?" 교노가 자기 쪽 창문으로 바깥을 가리켰다. 유키코도 바로 시선을 옮겼다. RV 차량이 눈에 들어왔다.

상대 차량은 유키코의 예상보다 요란하게 정지해 있었

다. 콘크리트 벽 충돌을 피하려다가 실패했는지도 모른다. 인도 화단에 훌쩍 올라타서 비스듬하게 기울어 있었다.

좌우를 살폈다. 주변에는 민가나 빌딩이 없었다. 목격자나 구경꾼이 튀어나와 주위를 에워싸는 일은 없었다.

"저 차는 교통법규도 모르나? 내가 가서 한마디 할까?" 교노가 밖으로 나가려 했다.

"예정에 어긋나. 상관 말고 가자." 나루세는 침착했다.

"옆에서 차가 튀어나와서 황급히 핸들을 꺾었더니." 유키코는 변명하듯 말했다. 실제로 그것은 변명이었다. 세단에 되지도 않는 스핀을 건 것은 유키코의 책임이다.

"알아." 나루세가 말했다. 마치 이 세상 속임수는 거의 알고 있다는 듯 단호한 목소리가 유키코는 두렵기도 했다.

실제로 나루세는 모든 것을 꿰뚫어 보았는지도 모른다.

"앞에서 누가 와요." 구온이 외쳤다.

당황해서 앞을 보았다. 긴장이 온몸을 치달았다. 왔다.

RV 차량에서 튀어나온 남자가 셋, 이쪽으로 달려오는 모습이 보였다.

"뭐지?" 구온은 얼이 빠졌다.

남자들의 모습은 기묘했다. 모두 선글라스를 쓰고 손에는 권총을 들고 있었다.

"어디서 본 모습이다 싶었더니 우리하고 비슷한 차림이잖아? 강도 옷차림이야, 저건." 교노가 말했다.

앞 유리에 총알이 날아왔다. 유키코는 처음에 무슨 일이 벌어졌는지 몰랐다. 총성보다 유리가 먼저 깨졌다. 눈앞의 유리가 박살 났다. 유키코는 두 손으로 머리를 감싸고 그 자리에서 몸을 웅크렸다. 나루세도 마찬가지로 몸을 옆으로 굽혔다. 유리 파편이 흩어졌다.

"뭐야, 이건!" 교노가 외쳤다.

"큰일 났군." 나루세는 동요하지 않았다. "지금 총소리로 경찰이 올지도 몰라."

유키코의 오른쪽 문이 벌컥 열렸다. 문은 잠그지 않았다. 고개를 드니 눈앞에 남자가 서서 권총을 겨누고 있었다.

처음 보는 남자였다. 덩치가 좋다. 선글라스를 쓰고 있지만 주걱턱인 게 보였다. 당당하고 차분했다. 다소 흥분하기는 했지만 날뛸 기색은 없다.

"나와!" 남자가 총구를 들이댔다.

거의 동시에 조수석 문도 열렸다. 뒷좌석도 마찬가지였다. 시키는 대로 밖으로 내려섰다.

상대는 셋이었다. 자동차 조수석 쪽에 한 명, 운전석 쪽에 두 명. 그중 한 명이 유키코의 눈앞에서 총을 겨누고 있었다. 셋 다 권총을 들고 있었다. 유키코가 보기에도 진짜였다.

"이게 뭐야?" 구온은 손을 들면서 쓴웃음을 지었다. "영화 촬영인가?"

"그런데 분장을 안 했네?" 교노가 말했다.

"요즘은 다 CG로 나중에 수정해."

그때 조수석 쪽에 서 있던 남자가 나루세와 교노에게 번갈아 총부리를 들이대면서 외쳤다. "차를 내놔!"

그 말을 듣고 유키코는 더욱 긴장했다.

"너희들." 나루세가 불쑥 입을 열었다. 남자를 똑바로 쳐다본다. 속을 훤히 들여다보는 듯한 독특한 말투였다. "너희들, 도망치고 있나?"

"도망치다니 무슨 소리야?" 교노가 두 손을 든 채로 나루세를 쳐다보았다가 스스로 깨달았는지 중얼거렸다. "오호라, 이놈들도 강도 같은 건가? 너희도 경찰에게 쫓기고 있구나!" 교사의 실수를 찾아낸 학생처럼 들떠서 떠든다. "그런데 차가 저 모양이 되어서, 우리 차를 훔치려는 건가?"

"현금 수송차 잭." 나루세가 중얼거렸다. 누군가에게 묻는다기보다 무심코 머릿속에 떠오른 단어를 입에 담은 듯했다.

"어?" 교노가 깜짝 놀랐다. "이 녀석들이?"

"불가능하진 않지."

유키코는 그 말에 깜짝 놀랐다. 그들이 현금 수송차를 습격한 범인? 불가능하진 않다. 나루세의 말이 옳다. 그렇게 생각한 순간, 앞에 서 있던 남자가 유키코의 어깨를 붙잡더니 몸을 홱 돌려 눈 깜짝할 사이에 뒤에서 어깻죽지를 옥죄었다.

남자가 머리에 권총을 겨누는 게 느껴졌다. 침을 삼켰다. 신이치의 얼굴이 떠올랐다. 혀를 차고 싶었다.

"종알거리지 말고 차나 넘겨!" 뒤쪽의 남자가 말했다. 나직하고 박력 있는 목소리였다. "이 여자를 쏘겠다."

나루세는 유키코의 얼굴을 가만히 바라보다가 대답했다. "어쩔 수 없지."

"차, 차에서 떨어져!" 구온 앞에 있는 남자가 말했다. 이쪽은 아무래도 미덥지 못한 목소리의 왜소한 남자였다. 권총을 초조하게 흔들어 댔다.

"유키코를 붙잡고 있는 건 셰퍼드로군." 나루세가 말했다.

"내 앞에는 스피츠." 구온이 말했다.

"나하고 나루세 앞에 있는 건 어느 쪽도 아니야. 중간."

아니. 유키코는 반사적으로 생각했다. 교노 씨 앞에 있는 그 남자는 분명 겁쟁이 시바견이야.

구온은 분한 표정으로 치켜든 오른손 손가락을 구부렸다 폈다 하고 있었다. 우아한 피아니스트의 손짓 같았다.

"비, 비켜." 왜소한 남자가 고함쳤다. 흥분했는지 목소리 톤이 높았다. 운전석에 올라타려는 순간, 구온이 발을 내디뎠다. 서로 몸이 부딪쳤다. 남자는 외마디 비명을 지르더니 히스테릭하게 외쳤다. "거, 거치적거려, 비켜! 방해하지 마!" 역시 스피츠다. 구온이 작은 소리로 말했다.

스피츠 남자는 운전석에 올라타더니 문을 닫았다. 시동

은 켜진 채였다. 엔진이 도는 소리가 들렸다.

조수석 쪽에 있던 마른 남자가 교노에게 말했다. "그 가방은 두고 가."

"아니, 이건." 그제야 교노가 움츠러들었다.

"차를 줬는데, 가방은 필요 없잖아." 나루세의 얼굴도 어두웠다.

"가방이 없어도 차는 차잖아." 교노가 외쳤다. "가방이 무슨 필요가 있어? 타이어도 핸들도 얹어 줄 테니 가방은 에누리해 줘도 되잖아."

"됐으니 두고 가. 시끄럽게 굴면 이 여자를 죽이겠다."

유키코는 눈을 감았다. 아무 생각도 하고 싶지 않았다. 머리를 텅 비웠다.

"그냥 짐이야." 교노가 포기하지 않고 가방을 끌어안았다. "칫솔하고 매일 식후에 먹는 약이 들어 있을 뿐이라고."

"됐으니 차 안에 집어넣어."

눈을 뜨니 나루세가 유키코를 뚫어져라 바라보고 있었다. 그리고 등 뒤에 선 남자의 총구를 노려보고 있다. 몇 번이나 확인하듯 고개를 움직이더니 잠시 후 다시 "어쩔 수 없지"라고 말했다. "어쩔 수 없지. 총에 맞으면 본전도 못 찾아. 시키는 대로 하는 수밖에."

"그 가방 전부야." 유키코의 뒤에 선 남자가 교노와 나루세의 가방을 턱짓으로 가리켰다.

"너희는 차를 원하는 건가? 아니면 이 지저분한 가방을 원하는 건가? 어느 쪽이지?" 나루세의 목소리만 평정을 유지하고 있었다.

"물론 자동차지." 조수석 쪽에 선 남자가 말했다.

교노와 구온은 땅이 꺼져라 긴 한숨을 내뱉고 뒷좌석에 가방을 던져 넣었다.

"움직이면 쏜다." 등 뒤의 남자가 유키코를 방패 삼아 뒷좌석 문까지 이동했다. 그리고 재빨리 차에 올라탔다. 유키코의 어깨에서 손을 떼고 난폭하게 문을 닫는다.

조수석 쪽의 남자도 올라탔다. 바로 발진했다. 운전사가 클러치를 급하게 푸는 바람에 차가 요란한 소리를 내며 한번 앞으로 쏠렸다. 하지만 바로 태세를 바로잡고 울부짖는 엔진 소리와 함께 달려갔다.

유키코는 그 자리에 주저앉았다. 공포 때문이 아니라는 것을 스스로도 알고 있었다. 그녀가 떠는 것은 안도감보다 허탈감 때문이다. 혹은 패배감이다.

한동안 아무도 입을 열지 않았다. 차가 떠난 방향을 바라보며 멍하니 서 있었다.

"무슨 일이 벌어진 거예요?" 구온이 실감이 나지 않는다는 듯이 말했다.

"또 다른 강도야." 교노가 말했다. "경찰에 쫓기고 있는 거야. 그런데 우리 차하고 부딪칠 뻔했지. 차가 망가졌으니 황급히 우리 차를 훔쳐서 달아났고. 저놈들이 소문의 현금 수송차 잭인가?"

"가능성은 있어. 맞닥뜨린 걸지도 몰라."

"하필이면." 구온이 한탄했다.

어느 틈에 유키코 옆에 선 나루세가 물었다. "괜찮아?"

"미안, 내가."

"유키코 씨는 잘못 없어." 구온이 허둥거렸다. "운전도 완벽했고. 멋대로 튀어나온 저놈들이 나빠. 남의 차를 훔쳐 간 저놈들이."

나루세의 표정에서는 그가 무슨 생각을 하는지 보이지 않았다. 대국이 끝나고 가만히 바둑판을 바라보는 기사와 흡사했다. 패인이 무엇인지 곰곰이 검토하는 표정에 가까웠다.

"어때, 나루세. 예기치 못한 시나리오였지?" 교노가 울적한 표정으로 말했다.

"그러네."

"저놈들이 가방을 열어 볼까요?" 구온이 말했다.

"십중팔구 그러겠지. 저런 놈들은 천박하고 탐욕스러우니 어디 돈 될 만한 게 없는지 뭐든 뒤져 볼 거야. 설마 그게 4천만 엔일 줄은 모르겠지만." 교노가 불쾌한 표정을 지었다.

"이게 인과응보라는 걸까." 구온이 말했다.

"저쪽에는 호박이 넝쿨째지. 훔친 차에 4천만 엔까지."

"우리는 죽 쒀서 개 줬고." 나루세가 말했다.

"천망회회소이불루天網恢恢疏而不漏일지도 몰라." 교노가 웃었다.

"그게 뭐예요?"

"하늘은 악을 놓치지 않는다, 나쁜 짓을 하면 천벌을 받는다는 뜻이야."

"우리가 천벌을 받았다는 거예요?"

"그럴지도."

"누가 나쁜 놈인데요?"

"둘 다 똑같아." 나루세가 한숨을 쉬었다. "하지만 어쩔 수 없지. 세상에는 어쩔 수 없는 일이 있어."

유키코는 나루세가 자기에게 해 주는 말일지도 모른다고 생각했다.

"이번 일에서 뭘 배우면 될까?" 교노가 손을 펼쳤다. "교훈은 무엇인가?"

"'세상에 강도가 우리뿐이라고 생각하면 큰 오산이다'라는 사실이지." 나루세는 다시 차가 떠난 방향으로 시선을 돌렸다.

"그러고 보니 교노 씨도 총을 꺼내지 그랬어요." 구온이 이제야 깨달았다는 듯이 말했다.

"저런 야만스러운 놈들에게는 권총도 신기하지 않아. 보여 줘도 기뻐하지 않아."

"솔직히 말해요, 권총을 못 꺼낸 거죠?"

"아니, 그렇지 않아." 교노는 변명하듯 고집을 부렸다. "내가 권총을 꺼낸 순간 심사가 뒤틀려서 유키코한테 총을 쐈을지도 모르잖아?"

"미안." 유키코는 또다시 사과했지만 그 말이 자기 입에서 제대로 나왔는지 자신이 없었다.

"'허탕' 선수권에 단체전이 있다면 우리는 강력한 우승 후보겠어." 교노가 시큰둥하게 말했다.

제2장

악당들은 반성을 하고, 시체를 발견한다

'세금과 죽음만큼 확실한 것은 없다'

교노 ㅋ

반성 ①자기 소행을 돌아보는 일. 자신의 과거 행위를 고찰하고 일정한 평가를 내리는 것. ②자기가 앞으로도 같은 실수를 되풀이하리라는 사실을 재확인하는 행위.

교노는 카페 테이블에서 나머지 세 사람의 얼굴을 차례로 보았다. 평소 같으면 은행 습격 후에는 바로 모이지 않는다. 훔친 돈은 나루세가 보관하고 한동안 상황을 살핀다. 그것은 절차라기보다 굳이 따지자면 은행 강도의 예의라고 생각했다. 일을 끝내면 어느 정도 시간이 지난 뒤에 얼굴을 맞대야 한다고 믿었다.

하지만 이번에는 예외였다. 강도 짓은 했지만 손에 넣은 성과가 없다. 노동은 했는데 수입이 제로였다. 이틀 만에 가게에 모였다. 밤 10시가 지났다. 평소와 다름없는 문 닫은 카페, 평소와 다름없는 창가 테이블, 평소와 다름없는 멤버, 하지만 평소와 다르게 쓴웃음 섞인 대화가 끝없이 이어졌다.

쇼코가 테이블 위 식기를 치우러 왔다. 실실 웃고 있다.

"은행 강도가 바로 모여도 되는 거야?"

교노는 얼굴을 찌푸렸다. 쇼코는 이번 사정을 알고 있었다.

"아, 그랬지, 참. 이번에는 강도 짓에 실패했지." 쇼코가 능청스럽게 말을 바꾸었다.

"실패한 게 아니야." 교노는 정색하고 반박했다. "범행은 완벽했어. 4천만 엔은 확실히 손에 들어왔었어."

"하지만 나는 그 돈 구경도 못 했는데."

"엉뚱한 녀석들이 옆에서 끼어들었어. 매너도 모르는 야만스러운 놈들이."

정말이지 생각만 해도 불쾌한 남자들이었다며 교노는 다리를 떨었다.

쇼코가 카운터 근처 선반에 손을 뻗었다. 쌓인 신문을 빼내더니 1면 기사를 위로 보이도록 테이블로 가져왔다. "야만스러운 놈들이라는 건 이 사람들 말이지?"

크게 실린 '연속 은행 강도'라는 글자를 보고는 또 얼굴을 찌푸렸다. "우리가 저지른 사건이 남의 소행으로 신문 기사에 실리다니 기묘한 느낌이네."

"이건 우리가 저지른 사건인데." 구온은 한숨 섞인 소리를 냈다. "하지만 신은 항상 이런 기분일지도 모르겠네요. 사람들의 범죄 보도 기사를 위에서 굽어보면서 '사실 저건 전부 내 책임인데' 하고 당혹스러워할지도 모르죠."

"현금 수송차 잭이라고 적혀 있어. 바로 얼마 전에 얘기했잖아." 쇼코가 말했다.

"역시 그놈들이었어." 교노가 말했다. 이틀 전, 자동차와 가방을 빼앗긴 뒤에 RV 차량 안을 뒤져 보았지만 도난 차량이라는 것만 알았을 뿐, 범인을 알 만한 단서는 찾을 수 없었다. 하지만 아무래도 그 RV 차량을 탄 남자들은 현금 수송차 습격범이 분명한 것 같았다.

다른 장소에서 현금 수송차를 습격해 경비원에게서 현금 1억 엔을 훔쳐 달아나던 길이었다고 한다.

"너무 허둥거리다 일시 정지를 무시하고 도로로 튀어나와서 우리하고 충돌한 거로군. 유키코가 제대로 피했으니 망정이지, 안 그랬으면 지금쯤 은행 강도범하고 현금 수송차 강탈범이 사이좋게 저세상 손님이 되었을 거야. 걔에게 날개는 돋지 않을 테니, 분명 천국에는 갈 수 없겠지." 교노는 어깨를 들썩였다.

"하지만 기사를 읽어 보면 동일범 그룹의 범행이라고 생각하나 봐." 쇼코가 신문을 찬찬히 읽으며 말했다.

확실히 기사에서는 고요 은행 강도 사건도 현금 수송차 잭의 범행으로 단정하고 있었다.

중간에 합류해 함께 도주했다는 것이다.

"우리도 요즘 화제인 현금 수송차 잭의 동료로 들어간 거네."

"다들 다른 강도 사건이 동시에 터졌다는 우연을 믿기 싫은 거예요. 그러니 같은 범인으로 몰고 싶은 거죠." 구온이 말했다.

뉴스에 따르면 도둑맞은 세단은 중간에 버려졌다고 한다. 나루세 일행이 벗어 던진 양복이나 모자, 선글라스도 남아 있었던 모양이지만 보스턴백이 있었다는 보도는 없었다.

"가져간 거야." 교노는 그들의 4천만 엔을 발견했을 남자들을 떠올리고 짜증을 부렸다. "그건 우리 건데!"

"원래는 은행 돈이야." 쇼코가 못을 박듯 말했다.

구온이 쓴웃음을 지었다. "하지만 상대는 1억 엔을 훔친 범인이에요. 우리는 4천만 엔이고. 1억 4천만 엔은 어중간하잖아요. 그냥 1억 엔으로 만족하면 될 것을."

"의미가 없어!" 유키코가 버럭 소리를 질렀다. "상대는 이미 1억 엔이 있었잖아. 믿을 수 있어? 그런데 왜 그런 짓을 해? 의미가 없잖아!"

드물게 감정적인 유키코의 모습에 교노는 깜짝 놀랐다.

구온도 놀란 눈치였다. "화난 유키코 씨 심정도 이해해요. 의미가 없어요. 우리 돈은 놈들에게는 푼돈이었는데."

"4천만 엔은 필요 없었던 거잖아." 유키코가 목소리를 낮추고 한탄했다.

교노는 나루세의 표정을 살폈다. 그러자 나루세는 여전히 냉정하고 침착한 표정으로 말했다. "이번 4천만 엔에 대해 이러쿵저러쿵해 봤자 소용없어."

"무슨 소리야?" 교노가 따지려 했다.

"아깝지만 별수 없어."

"넌 옛날부터 그렇게 착한 척하는 구석이 있어. 네게 부족한 건 정열, 기합, 그리고 일탈이야." 교노는 그렇게 말하며 손가락질하고는 이 녀석의 단점은 아직 더 있다며 손가락을 꼽으려 했다.

"나루세 씨는 분하지 않아요?" 구온이 뜻밖이라는 듯이 입을 비죽거렸다. "돈을 빼앗겼는데."

"분하진 않아." 미련 없는 태도였다.

"놈들은 현금 수송차 잭이라는 황당무계한 이름으로 불리고 우리가 한 일도 그놈들 성과인 것처럼 보도되고 있어. 자네는 이걸 용납할 수 있어? 애초에 강도를 '잭'이라고 부르는 건."

"마차 강도 인사에서 유래한 거라면서." 나루세가 조용히 가로막았다. "교노, 자네는 우리도 그런 애칭으로 불렸으면 좋겠어?"

"그런 게 아니야. 우리가 저지른 사건을 남에게 빼앗기는 걸 참을 수 없을 뿐이지."

"남이 우리 죄도 가져가주었으니 고맙잖아."

"돈도 가져갔지만." 교노는 얼굴을 찌푸리며 나루세를 가만히 쳐다보았다. 이 친구는 정말 속마음을 모르겠다. 반쯤 감탄스럽기까지 했다.

"유감스러울 뿐이지." 나루세가 조용히 말했다. "중간까지는 완벽했어. 우리가 실수한 게 아니야. 실수하지 않았지만 어쩔 도리가 없어. 그런 일도 있는 거야."

"달관했군." 나루세에게는 달관이라는 표현이 딱 맞았다.

나쓰메 소세키였던가. 고등학생 때 읽은 책에 '닐아드미라리'라는 단어가 나왔다. 원래는 '놀라지 않는다'는 뜻의 라틴어로, 듣자마자 나루세를 떠올렸다. 나루세야말로 닐아드미라리를 실천하는 교본이 분명하다.

"무슨 일이 일어날지 모르는 인생이 더 즐거워." 나루세가 무심하게 말했다.

"하지만 되찾고 싶지 않아요?" 구온이 입을 열었다.

"되찾아?" 예상하지 못한 말이었는지 나루세는 뜻밖이라는 듯 물었다.

"돈 말이에요. 착한 사람이 줍거나, 원래 은행이 찾아가면 그나마 받아들이겠지만, 그렇게 품위 없이 끼어든 강도에게 빼앗기고 포기하다니, 난 받아들일 수 없어요."

"어떻게 되찾을 건데?" 교노가 물었다. "범인을 보긴 했지만 상대 얼굴도 잘 모르잖아. 단서도 정보도 없어. 실마리가 없다고. 우리가 범인을 쫓을 수 있을 정도면 경찰은 이미 잡고도 남았겠다. 현금 수송차 잭은 인기인이라고."

나루세가 물었다. "뭔가 숨기고 있군?"

교노의 눈에도 구온의 얼굴에 슬그머니 미소가 번지는

게 보였다. 행복과 흥분이 뒤섞인 웃음이었다.

"실은 실마리가 있어요."

"실마리?" 교노가 되물었다.

"짠." 구온은 입으로 효과음을 내더니 청바지 주머니에서 합성피혁 지갑을 꺼냈다.

"자네가 그 지갑으로 우리 몫을 대신 내줄 거야?"

"아니에요." 구온이 지갑 속에서 카드 같은 것을 꺼내며 말했다.

"이거, 범인 면허증이에요."

나루세 ㅋ

하야시(숲)【林】 ① 수목이 울창한 곳. ② 파생하여 사물이 많이 모인 장소. ③ 일본 성씨의 하나. 중국계 성이라고 하며 특히 하야시 라잔林羅山으로 시작하는 에도막부의 유학자 가문이 유명하다. ○○○ 다쓰오 : 현금 수송차 습격범 중 한 명. 운전사. 도마뱀의 꼬리.

나루세는 기뻐하는 구온을 보며 개가 웃으면 저렇지 않을까 생각했다. 어쩌면 이 녀석은 개처럼 코가 건조할 때는 몸 상태가 나쁠지도 모른다는 생각마저 했다.

"훔쳤어?" 유키코가 지갑을 보면서 흥분한 목소리로 물었다.

"운전석에 올라탄 남자가 있었죠? 그 사람한테 부딪치면서 슬쩍했어요."

"어떤 사람?" 유키코의 얼굴은 진지했다.

"어떤 사람이든 상관없죠." 구온이 웃었다. "누군지는 모르지만 내 앞에 있었던 왜소한 사람이에요."

"스피츠로군." 교노가 말했다.

"그래, 그 스피츠."

나루세는 머리를 굴리고 있었다. 눈앞에 있는 범인의 지갑을 보며, 그 범인의 모습을 떠올리고 가능성을 차례로 열거했다. 그들이 취해야 할 행동과 일어날 수 있는 사태를 상상해 본다. 은행 강도도, 시청 공무원도, 인생에서 중요한 것은 상상력이다.

"면허증이라. 그건 확실히 실마리가 될지도 모르겠군." 나루세가 말했다.

단지 그 면허증이 진짜인지 마음에 걸렸다.

"진짜라면 말이죠." 구온도 역시 알고 있었다.

"가짜일 가능성도 있다는 거야?" 교노가 되물었다.

"없지는 않아." 나루세가 말했다. "애초에 현금 수송차를 습격하는 범인들이 신원을 알 수 있는 물건을 지니고 있다는 것 자체가 황당해."

"하지만 진짜일지도 몰라요. 난 오히려 그쪽 가능성이 크다고 봐요." 구온이 확신에 찬 목소리로 말하는 것이 뜻밖이었다. 그리고 곧 깨달았다. "오호라." 그렇다, 구온은 지난 이틀 동안 그 면허증에 대해 곰곰이 고찰했을지도 모른다.

"범인들도 언제 어디서 경찰을 만날지 모르잖아요. 사건을 저지르기 전에 사소한 속도위반이나 검문에 걸릴지도 모르고. 그럴 때 면허증이 없으면 일도 복잡해지고, 가짜가 더 위험할 수도 있어요."

"확실히 그럴지도." 유키코가 동의했다. 무심코 끼어든 것처럼 보이기도 했다. "나도 면허증만큼은 가지고 다녀. 면허증을 안 가지고 있다느니 하면서 시간을 빼앗기면 그것도 어리석은 일이고. 떨어뜨리지만 않으면 훨씬 안전해."
그러고는 구온의 얼굴을 보고 덧붙였다. "누군가에게 도둑
맞지만 않는다면."

"그렇죠? 진짜 면허증만 가지고 있으면 별 탈 없이 끝날
일인데, 가짜라서 나쁜 짓이 전부 들통날 가능성도 있어요.
그러니 잘 생각해 보면 운전사는 진짜 면허증을 가지고 있
는 게 현명해요."

일리가 있다. 나루세는 물었다. "주소는 어디로 되어 있
어?"

"별로 안 멀어요. 쓰나시마." 구온은 면허증에 시선을 돌
리더니 당당하게 주소를 낭독했다. "파크맨션 201호."

나루세 일행은 거기서 잠시 대화를 멈추었다. 저마다 속
으로 온갖 생각을 하고 있었다. 무언의 고민에 에워싸인 테
이블이 불편해 보일 정도였다.

한참 지나 교노가 일어서더니 카페 안을 서성거리기 시
작했다. 고민을 할 때, 특히 결론이 코앞까지 다가왔을 때,
서성거리는 것은 교노의 오랜 버릇이었다. 교실 수업 시간
에 갑자기 안절부절못하고 돌아다니던 교노의 모습이 떠
올랐다. 그러면 교사는 또 시시껄렁한 소리를 늘어놓을까
봐 긴장하곤 했다.

교노가 손뼉을 쳤다. 카운터로 다가가더니 접힌 지도를
들고 돌아왔다.

지도를 테이블에 펼친다.

쓰나시마 맨션의 위치는 바로 찾을 수 있었다.

"평범한 주택가네." 교노가 말했다.

"현금 수송차 범인도 사는 곳은 평범하겠지." 나루세는 손가락으로 맨션 위치를 문지른 다음 경로를 찾듯 몇 번 집게손가락으로 더듬었다.

구온이 면허증을 부채처럼 흔들며 읊었다. "하야시 다쓰오, 서른여덟 살, 고향은 사이타마현 가와고에시. 어떤 사람일까요?" 면허증을 테이블에 내려놓는다.

나루세는 면허증으로 시선을 옮겼다.

"하야시." 나루세는 눈을 가늘게 뜨고 면허증에 적힌 성명과 생년월일을 보았다. 사진 너머에 하야시라는 남자의 인생이 비치는 것만 같았다.

각진 얼굴에 단발. 두꺼운 눈썹이 인상적이다. 눈을 반쯤 감고 있는 것처럼 보이기도 한다. 눈두덩이 부은 건지도 모른다. 작은 코가 묘하게 우스꽝스러웠다.

"딱히 악인으로 보이진 않는군." 솔직한 감상을 말했다. "착한 사람 같지도 않고."

"나는 이런 인물 관찰 게임은 잘해." 교노가 두 손을 비벼 댔다. 침소봉대, 쥐를 잡고 곰이라고 자랑하는 성격의 교노가 인물 관찰에 뛰어날 것 같지는 않지만, 그는 술술 늘어놓았다. "이 남자는 우리하고 동갑이로군. 보아하니 이 남자는 타성인이야."

"타성인?" 구온이 되물었다.

나루세도 그게 뭐냐고 얼굴을 찌푸렸다.

"타성에 젖어서 사는 사람."

"어이가 없군." 나루세는 웃음을 터뜨렸다. 괴상한 네이밍이다.

"요컨대 결단을 뒤로 미루고 주위 분위기에 휩쓸려서 행선지를 정하는 타입이야. 가고 싶지도 않은 고등학교에 가고, 피우고 싶지도 않은 담배를 피우고, 역시 다들 간다는 이유로 이름도 들어 보지 못한 사립대학을 졸업해. 그리고 변변한 포부도 없이 회사원이 되어서 타성에 젖어 생활하는 거야. 지루한 일상에 질려서 도박에 손을 대고 또 타성에 젖어 빠져드는 타입이지."

"사진만 보고 용케 그런 것까지 아네. 역시 교노 씨야." 구온이 놀렸다.

"난 뭐든 다 알아. 이번 현금 수송차 습격도 이 남자는 주범이 아니야."

"그건 나도 동감이야." 실제로 그때 상황을 떠올려 보면 하야시라는 남자는 절대 범행을 이끌 타입이 아니었다.

"나루세 씨가 말하면 진짜 같단 말이야." 구온이 실실거리며 말했다.

"그럼 나는 거짓말만 하는 것 같잖아."

진실을 말한 적 있는 것처럼 구네, 하는 말이 목구멍까지 튀어나왔지만 꾹 삼키고 이야기를 이어 갔다. "그때 이 남자는 초조해 보였어. 단순히 흥분했던 것뿐이야. 그런 타입은 상세한 계획을 세워서 남에게 지시를 내릴 그릇이 못 돼. 고작해야 운전사 역할이지. 실수하지 않는다는 보장이 없는 타입이야. 어느 쪽인가 하면 이 녀석은 도마뱀의 꼬리야. 여차하면 버려지는 요원이겠지."

"불쌍한 하야시 씨." 구온이 동정 어린 목소리로 말했다.

"타성에 젖은 인생을 보내는 하야시는 손해를 보는 불쌍한 타입이야." 교노가 결론을 내렸다.

"만약 하야시 씨가 버려지는 요원이라면 이 맨션에 가 봐도 허탕 아닐까요?"

"아니, 나쁘지 않은 실마리야." 나루세가 바로 말했다.

"그럼 결론이 났네요. 되찾는 거야. 그런 거죠, 나루세 씨?"

굳이 돈을 되찾으러 가는 게 정말 잘하는 짓인지 나루세는 아직 확신이 서지 않았다. 괜히 사태를 복잡하게 만들 가능성도 있었다. 유키코는 무엇이 낫다고 생각할까, 그게 궁금했다.

하지만 결국 이렇게 말했다.

"확실히 우리는 잘했어. 범행은 완벽했어. 그런데 마지막 순간에 보물을 전부 빼앗기다니 역시 받아들일 수 없어."

"아무렴, 아무렴." 교노는 유난히 신난 기색이었다. "달관

한 척하지만 너도 그렇지? 닐아드미라리도 결국엔 똑같아. 되찾자 이거야. 어때, 쇼코, 은행에서 돈을 훔치는 건 나쁜 짓이지만 강도에게서 돈을 훔치는 건 나쁘지 않지? 작금에 세상 만악의 근원이나 다름없는 현금 수송차 잭에게서 돈을 훔치는 것뿐이야."

식기를 정리하던 쇼코가 교노를 돌아보며 짜증스럽다는 듯이 말했다. "그러니까 그것도 애초에 은행 돈이잖아."

"유키코 씨도 반대하지 않죠?" 구온이 유키코의 얼굴을 들여다보았다.

유키코는 천장을 올려다보며 한숨을 쉬었다. 두 손 들었다는 듯이 손바닥을 구온에게 내보였다. 찬성도 반대도 하지 않는다는 의사 표명으로 보였다.

구온은 기뻐했다. "결정!" 면허증을 나루세에게 내민다. "방법은 나루세 씨에게 맡길게요."

나루세의 머리는 바로 돌아가기 시작했다. 가능성과 선택지를 머릿속으로 정리한다.

"일단 유키코하고 내가 이 맨션에 가 볼게."

"우리는요?" 구온이 불만스럽게 입을 비죽이는 것은 이미 예상했다.

"넷이서 줄줄이 갈 일은 아니잖아?"

"그럼 유키코 씨 말고 내가 갈래요." 구온은 마치 모험을 동경하는 풋내기 대표 선수 같았다. "나하고 나루세 씨 둘이서 가요."

"아니, 유키코하고 간다." 양보하지 않았다. 남자 둘이서 외출하는 것보다 남녀가 움직이는 게 의심을 사지 않는 경우가 많다. 다른 이유도 있지만 굳이 구온에게 설명할 필요도 없었다.

"그럼 나는 뭘 해요?"

"파크맨션 열쇠를 준비해 줘. 201호 열쇠 말이야. 나하고 유키코가 당당하게 만나러 가도 집에 들여 줄 것 같지는 않으니, 그때는 열쇠가 필요해."

"열쇠를 써서 잠입한다는 거네요. 하지만 그럼 다나카 씨에게 부탁하기만 하면 되잖아요."

"그것도 훌륭한 임무야." 시청에서 부하에게 말하는 기분이었다.

"곤란할 때는 다나카 씨가 구세주로군." 교노가 말했다.

"다나카 씨가 사는 곳이 아야세였나요?"

"내가 연락해 둘 테니, 구온 자네는 열쇠를 받으러 가 줘."

그렇게 대답하면서 나루세는 다나카를 떠올렸다. 학창시절 10대 청년들에게 집단 구타를 당한 과거 때문인지 다나카는 젊은 남자를 만나는 것을 몹시 싫어했다. 얼굴은 아는 사이라도 구온 혼자 만나러 가도 괜찮을지 불안한 마음이 스쳤다.

"맨션에는 언제 갈 거야?" 유키코가 나루세의 얼굴을 보았다.

"열쇠가 완성되면 바로."

나루세의 머릿속에서는 다양한 시나리오가 차례로 흘러가고 있었다.

"신이치가 기다리니 그만 가 볼게." 유키코가 일어서서 돌아갈 채비를 했다.

"신이치는 잘 지내?" 교노가 물었다. 나루세도 왕따 문제가 떠올랐다.

"잘 지내는데, 왜?"

"여기 안 온 지 일주일쯤 됐는데."

"시험이라 그런 것 아닐까?" 유키코는 난처한 표정을 지었다.

"시험? 금시초문인데."

"그럴 수도 있지."

"당신한테 시시콜콜 보고할 필요는 없잖아." 쇼코가 끼어들었다.

유키코의 얼굴을 뚫어져라 바라보고 있던 나루세는 그녀가 거짓말을 하고 있다는 것을 알았다. 어디가 어떻게 거짓말인지 확실히 알지는 못한다. 상상해 보는 수밖에 없다.

유키코가 카페를 나갔다. 벨 소리가 울리고 문이 닫힌다.

나루세도 일어섰다. 자기가 마신 컵을 카운터로 옮겼다.

"어머, 내가 정리할 텐데 그냥 두지. 우리 남편은 마실 줄만 아는데." 쇼코가 손을 뻗어 컵을 받더니 얼굴을 가까이 대고 웃었다. "나루세 씨, 난 뭐 할 일 없어?"

"역할은 한정적이야"라고 대답하려던 나루세에게 문득 한 가지 생각이 떠올랐다. "없지는 않아."

"어머나." 쇼코가 미소를 머금었다.

"그 전에 하나만 알려 줘."

"뭘?"

"지난번 회의 때 돈을 독차지하고 싶지 않느냐고 물었잖아? 왜 그런 질문을 한 거야?" 쇼코에게만 들리는 목소리로 물었다.

구온 2

열쇠 ① 구멍에 꽂아 자물쇠를 열고 잠그는 도구. ② 일을 해결할 때 필요한 요소. 성공 여부를 결정하는 중요한 포인트. 키. "그렇다면 이 방의 ○○는 범행 시에는 이미 잠겨 있었다는 뜻이로군요. 문제의 ○○는 바로 그것입니다."

돌아온 일요일에 구온은 나루세와 함께 열차를 타고 있었다. 좌석은 거의 차 있었지만 답답할 정도는 아니었다. 출입문 부근에 서 있었다. 지하철 문 너머는 벽과 광고뿐이라 아무 재미도 없었지만 그래도 구온은 바깥을 바라보고 있었다.

"다나카 씨한테는 나 혼자 가도 되는데." 구온은 입을 비죽거렸다. 나루세가 따라온 것이 불만스러웠다.

이래서야 마치 고객의 불만 사항을 처리 못 해 상사에게 같이 가 달라고 부탁하는 신입 사원이나 다름없지 않은가.

"나야 자네 혼자 가 주면 좋지. 다나카가 싫어하니 어쩔 수 없잖아."

"다나카 씨가 나를 싫어해요?"

나루세가 전화하자 다나카는 "나루세 씨가 아니면 만나지 않겠다"고 주장했다는 모양이다.

"다나카 씨는 몇 살이에요?" 문득 궁금해졌다.

"자네보다야 많겠지만 20대일걸. 서른은 안 넘었어."

다나카는 다리가 불편하다. 오른쪽 다리가 불편해서 끌 듯이 걷는다. 그게 선천적인 것인지, 어렸을 때 당한 어떤 사고가 원인인지, 구온은 모른다. 어쩌면 외출을 꺼리는 핑 계를 대려고 일부러 꾸며 냈을 가능성도 있었다. "다나카 씨 부모님은 아실까요?"

"아버님은 안 계셔. 어머님뿐이야."

"그렇구나. 그럼 어머님은 아실까요?"

"뭘?"

"다나카 씨가 하는 일."

"알겠지. 함께 사니까." 나루세가 말했다.

다나카는 몇 번 만나 보았지만 집을 찾아가기는 처음이 었다. 나루세는 열 번도 넘게 갔을 것이다.

다나카의 모친은 보험 판매원으로 낮에는 대부분 밖에 나가 있다고 했다. 다나카는 방에 틀어박혀 생활하고 있다.

"껍질 속에 틀어박히는 건 좋지 않아." 나루세가 예전에 그렇게 한마디 한 적이 있었는데, 그러자 다나카는 그런 게 아니라며 화를 냈다고 한다. "내가 세상을 가두고 있는 거 야. 내 방의 벽이 세상을 에워싸고 있는 거라고. 갇혀 있는 건 나를 제외한 다른 사람들이고, 밖에 있는 건 나 하나뿐 이야."

궤변조차 되지 않는 그런 소리를 버젓이 떠벌리며 사람

들을 현혹시키는 면은 교노하고도 비슷한 구석이 있다.

지하철이 밖으로 나왔다. 지요다선은 지상으로 올라간다. "푸하." 구온은 지하의 갑갑함을 뱉어 냈다.

어디선가 아기 울음소리가 들렸다. 차량 맨 끝이었다. 차 안에 울릴 정도로 커서 주위 승객들도 얼굴을 찌푸리고 있다. 귀에 거슬리는 울음소리이긴 했지만 아무도 화를 낼 수는 없다. 풀 곳 없는 짜증이 열차 안에 감돌았다.

"아이 울음소리는 굉장하네요." 그렇게 말하며 나루세의 얼굴을 보았다. "저 울음소리로 열차 안 광고가 전부 떨어지겠어요."

"어필하는 거야."

"어필?"

"아이가 우는 건 자기가 거기 있다는 걸 알아 달라는 표시야. 어필하고 있는 거지. 사람의 아이는 부모가 돌보지 않으면 살 수 없으니까."

"하긴, 사람의 아이는 동물보다 약하니까요. 시바견 강아지하고 싸워도 분명 질 거예요."

"자네는 개를 좋아하니 그럴 때도 기쁜 표정을 짓겠군."

"사람이 시바견을 죽이는 꼴을 볼 바에야 시바견이 사람을 물어 죽이는 꼴을 보는 게 훨씬 나아요." 구온은 웃었다. "그러고 보니 전에 읽은 책에 갓난아이는 주위 사람에게 민감하다고 적혀 있었는데."

"책에 있는 글은 대개 엉터리야. 차례하고 정가 말고는 전부 거짓말이야."

"갓난아이는 부모 사이가 원만하지 않으면 그 분위기를 눈치채고 울음을 터뜨린다는 거예요. 싸움이 시작될 징조를 느낀다거나. 그 반대로 다정한 사람이 다가가면 울음을 그치는 거죠."

"다정한 사람이 뭐야?"

"인생을 즐기는 사람 아닐까요?"

"갱이 지나가면 갓난아기는 비명을 지를까?" 나루세가 자조 어린 목소리로 말했다.

"저런 어른이 있다니 괜히 태어났다고 후회하며 울겠죠."

역에 도착했다. 개찰구에서 얼마 떨어지지 않은 곳에 다나카가 사는 아파트가 있었다. 지은 지 20년은 됨 직한 분양 아파트다. 칠을 새로 했는지 눈부시게 하얬다. 엘리베이터를 타고 꼭대기 층 남쪽 집으로 향했다.

"어서 와요." 현관문을 열어 준 사람은 다나카의 어머니였다. 오늘은 일하러 가지 않은 모양이다.

몇 번 만나 봐서 그런지 나루세를 대하는 말투가 친근했다. "저 애더러 가끔은 밖에 나가라고 말해 줘요. 햇볕도 좀 쐬어야지." 그런 소리를 한다.

"아마 조만간 외출할 겁니다." 나루세가 대답했다.

구온은 그 의미를 알 수 있었다. 맨션 열쇠 복제를 의뢰

하면 다나카는 현장에 본을 뜨러 가야 한다. 복제 열쇠를 만드는 방법이나 절차는 모르지만 다나카는 자기 발로 맨션까지 찾아갈 터였다.

다나카의 어머니는 방 앞까지 안내해 주고 자리를 떴다. 물러났다기보다 그저 정해진 규칙을 지키고 있는 것 같았다. 방 앞에 몇 초 이상 서 있어서는 안 된다는 규칙.

노크를 했다. 대답이 돌아온다. 구온은 문을 열고 안으로 들어갔다. 다나카가 긴장한 표정으로 앉아 있었다. 해충이라도 보는 듯한 눈으로 구온을 노려본다. 나루세가 뒤따라 들어오자 그제야 안도한 듯 표정을 누그러뜨렸다.

100킬로그램도 넘는 몸으로 침대에 기대서 과자를 먹으며 인사를 한다.

"굉장한 방이네." 구온은 선 채로 방 안을 둘러보았다.

난잡한 듯하지만 사실은 정돈되어 있다. 미묘한 균형을 유지하고 있는 방이었다. 군인이나 부상자가 넘쳐 나지만 규율만큼은 지켜지는 군사기지 같은 꼴이다.

방에는 다섯 대의 컴퓨터가 랜으로 연결되어 있었다. 저마다 주변 기기가 잔뜩 붙어 있었다. 헤드폰이 몇 개나 굴러다니고 있다. 버튼식 전화기가 늘어서 있고 카세트 녹음기가 각각의 전화기에 연결되어 있었다. 벽에는 일본 각 지방의 지도와 천체도, 본 적도 없는 회로도가 붙어 있었다. 코르크 보드에 잡지 스크랩을 붙여 놓았다. 책상에는 두꺼운 사전과 기호가 적힌 방안지가 쌓여 있었다. 금속을 조각하는 기계도 갖추고 있다. 안쪽 벽 붙박이 책장에 책과 CD가 가득했다. 라디오 튜너 같은 기계가 쌓여 있었다. 시판 제품에 비하면 회로가 드러나 있어 딱딱한 인상이었다. 배선이 컴퓨터까지 뻗어 있다.

"그렇게 만지지 말았으면 좋겠는데."

벽에 걸린 티베트식 달력을 들춰 보던 구온은 그 말에 손을 내렸다.

"언제 와도 정리가 잘되어 있네." 나루세가 방석 위에 앉으며 말했다.

방을 다시 한번 둘러보았다. 물건이 넘쳐 나지만 정리는 되어 있다. 방에서 흘러넘쳐도 이상할 것 없는 대량의 기계와 서류가 깔끔하게 들어차 있었다. 기적의 수납 기술이다. 감탄스러웠다. 책은 높이가 같은 것끼리 가지런히, 잡지도 발행 순서대로 꽂혀 있다. 문서들은 서류철로 정리했고 기계에서 뻗어 나온 전원 선은 꼼꼼히 묶여 있었다.

"A형이니까. 부모님 두 분 다 AA형이니 나도 AA형이야. 순수한 A형이지." 어째선지 다나카가 자랑스럽게 말했다. 구온은 혈액형 이야기인 줄 한참이나 알아차리지 못했다. "일본인이 모두 A형이 되면 좋을 텐데." 다나카가 중얼거렸다.

"요코하마의 어느 맨션 집 열쇠가 필요한데." 구온이 용건을 꺼냈다.

다나카는 구온을 힐끔 쳐다보았지만 대답하지 않았다. 그냥 과자 봉지에 손을 뻗더니 봉지에 인쇄된 성분표를 보는 척했다.

"요코하마의 어느 맨션 집 열쇠가 필요해." 앉아 있던 나루세가 같은 말을 했다.

"요코하마. 좋아." 다나카가 말했다.

"다 들리면서 나를 무시하는 거로군." 부아가 치밀었다.

나루세가 쓴웃음을 지었다.

다나카는 열쇠 복제와 도청의 프로였다. 모든 열쇠를 복제할 수 있다고 자부하고 있었다. 실제로 다나카는 일반 아파트 열쇠부터 대기업 사원이 들고 다니는 것과 똑같은 마그네틱 카드, 관청 서버실에서 쓰는 열쇠까지 만들 수 있는 모양이다. 다나카는 총리 관저의 열쇠도, 원자력발전소 뒷문 열쇠도, 신요코하마역 코인로커를 열 수 있는 열쇠도 가지고 있다고 한다. 나루세가 하는 말이니 정말이리라.

벽에 각 중앙 기관 이름표가 붙어 있고 그 밑에 각각 열쇠와 카드가 걸려 있다. 진짜일까?

"다나카는 물리적인 열쇠만 쓰는 게 아니야. 논리적인 열쇠도 써." 나루세가 전에 그렇게 설명해 주었다. 자물쇠 구멍에 꽂는 '물체'로서의 열쇠뿐만 아니라 신용카드 번호, 인증용 시스템에 로그인하기 위한 아이디와 비밀번호, 특정 상대의 메일 주소까지, 의뢰받으면 대부분 입수해 준다.

"그건 뭐야?" 나루세가 옆에 놓인 무선 장치 같은 기계를 가리켰다. 다나카는 대수롭지 않다는 듯 "변환기. 디지털 무선을 소리로 바꿔 주는 기계"라고 말했다.

그 말을 들은 구온은 깜짝 놀랐다. 경찰의 디지털 무선에 대해 기본적인 지식은 있었다. 수억 개나 되는 조합으로 암호화되어 있고 암호 패턴은 두 달에 한 번 꼴로 갱신된다고 들은 적이 있다. 처음에는 경찰도 "경찰 무선은 절대로 가로챌 수 없다"고 호언했다. 다만 몇 년 전 혁명적 마르크스주의파 같은 단체가 도청하고 있었던 사실이 판명되어 난리가 났다. 그 때문에 "100퍼센트 해독 불가능"하지는 않다고 경찰도 마지못해 인정했지만 그래도 간단히 가로챌 수 있는 것은 아닐 터였다.

"디지털 무선이라니, 경찰 무선 말이야?" 나루세도 같은 생각을 했는지 믿기 어렵다는 말투로 물었다.

"대체로는 그렇지." 과자 부스러기가 후두둑 떨어졌다.

"쉽게 할 수 있는 거야?"

"하려고 마음만 먹으면, 암, 그렇지."

"그건 해독이 불가능하다고 하던데."

구온도 끄덕거렸다. 컴퓨터로 키를 해독하더라도 개인은 몇 달이 걸릴지 모른다. 무수한 조합 패턴이 있을 터였다. 겨우 해독하더라도 이미 패턴이 바뀌었을 가능성도 높다.

"디지털 해독용 키를 쓰는 거야. 암호 열쇠. 암호를 여는 코드지."

"그걸 찾는 게 어려운 거잖아."

"하지만 순경이 쓰는 수신기에는 당연히 그 해독용 키가 들어 있어. 무전을 듣기 위해 있는 거니까. 경찰이 갖고 다니는 수신기라면 당연히 디지털 무선을 들을 수 있지."

"수신기 자체를 입수한 건가?" 나루세가 감탄스럽다는 듯이 말했다. 구온도 곧이곧대로 받아들일 뻔했다. 컴퓨터로 일일이 암호를 해독할 바에야 실물을 훔치는 게 편할 것 같았다.

"하지만 그 수신기는 원격으로 날려 버릴 수 있어."

"날린다고?"

"원격조작으로 암호 해독 키를 지워 버리는 거야. 그래서 수신기를 도둑맞았다는 걸 알면 바로 지워 버려."

"그럼 어쩌는데?"

다나카는 귀찮은 기색이었다. "경찰 암호 패턴은 정기적으로 바뀌잖아."

그래서 성가시다는 말은 구온도 들은 적이 있다. 키를 찾아냈다 하면 패턴이 바뀌기 때문에 해독할 맛이 안 난다고 어느 기술자가 한탄했다.

"하지만 암호가 바뀌면 순경들이 가진 모든 수신기에도 해독 키를 넣어야 해. 무선을 못 듣게 되니까. 하지만 택배로 새 키를 나눠 줄 수도 없고, 홈페이지에서 다운로드하라

고 할 수도 없지. 빈번하게 암호 패턴이 바뀌는 건 경찰한
테도 귀찮은 일이야."

"그 정기 갱신을 노리는 건가?"

"암, 그렇지, 그런 느낌." 다나카는 혼잣말처럼 중얼거렸
다. "그 점을 요래조래 이용하면 되는 거야. 응, 암, 그렇지."

그 말을 끝으로 나루세가 물어도 아무것도 대답해 주지
않았다.

나루세가 맨션의 정확한 주소를 다나카에게 건넸다. 굵
은 손가락으로 주소를 받아 든 다나카는 흥미롭다는 듯이
메모를 보았다.

"언제까지 가능해?"

"2, 3일."

"얼마?"

"10만." 다나카가 하는 일의 요금은 들쭉날쭉했다. 의뢰
내용과 상관없이 값이 붙는다. 구온은 그 10만 엔이 적정
한 가격인지 판단할 수 없었다. 무슨 기준으로 값을 정하는
지 나루세도 모른다고 했다. 때문에 상당한 시간을 필요로
하는 어려운 작업이라도 몇만 엔 정도만 요구할 때도 있거
니와 그 반대도 있는 모양이다.

"집 전화번호까지 부탁하면 얼마야?"

"전화번호? 괜찮아, 덤으로 해 줄게. 어차피 열쇠를 만들

면 집에 들어갈 수 있으니까."

"고마워."

구온은 그저 서 있기만 했다. 나루세 씨가 있으면 나는
필요 없었던 것 아닌가. 조금 화도 났지만 어느 작업에도
참가하지 않는 것은 섭섭하니 별수 없다.

다나카가 고개를 흔들었다. "매번 고마워." 손님 장사라
는 자각이 있기는 한 모양이다. 가까이 있는 노트북 키를
탁탁 두드리더니 뭔가 입력하기 시작했다.

"플래시리스 카메라, 기억해?" 나루세가 불쑥 물었다.

순간 다나카의 시선이 허공을 헤맸다. "아아, 얼마 전에
교노 씨한테 팔았어."

"반품하고 싶다는데."

그러자 다나카는 부루퉁한 얼굴로 갑자기 불쾌한 기색
을 드러냈다. 숨을 푹푹 거칠게 내쉬며 입을 비죽였다. "반
품이라니, 안 돼."

"그렇지?" 나루세도 다나카의 심기를 거스르지 않도록
금세 물러섰다. "그냥 쓸 데가 없다며 난처해하더라고."

"그렇게 재미있는 걸?" 다나카가 믿을 수 없다는 표정을
지었다. "동물을 촬영하면 돼. 플래시가 눈에 반사되지도
않고. 고양이도 엄청 좋아해."

나루세는 적당히 맞장구를 치고 화제를 바꾸려는 듯 책
상 위 화분을 가리켰다. "이건 도청기인가?"

구온은 깜짝 놀랐다. "그게?" 어디로 보나 그냥 화분이다.

다나카는 당연하다는 듯 고개를 끄덕였다. "암, 그렇지, 화분에 말이야, 묻어 뒀거든. 요즘은 도청기도 다양해. 휴대전화 타입도 엄청 싼값에 구할 수 있어."

"휴대전화?" 나루세가 되물었다.

"겉보기는 평범한 휴대전화야. 하지만 몰래 전화를 걸면 마이크로 바뀌어서 그쪽 목소리나 소리를 전부 들을 수 있는 거지. 가방 속에 넣어 놔도 제법 소리를 잘 잡는 기종도 있어. 휴대전화로도 쓸 수 있고. 충전만 하면 돼, 충전만."

"요즘은 그런 도청기도 있어?"

"요즘은 그래. 뭐든 있지." 다나카는 관심 없다는 목소리로 대꾸했다. "뭐든 도청기가 되고, 뭐든 무기가 돼. 조만간 자기 아들인 줄 알았는데 도청기였다, 이런 일도 생길걸?"

편리한지 불편한지 모를 세상이구나. 구온은 그런 생각을 했다.

"그래, 요즘 현금 수송차를 습격하는 놈들이 있다던데." 나루세가 다시 화제를 바꾸었다. "그런 얘기 못 들어 봤어?"

다나카는 표정도 바꾸지 않고 손에 든 과자를 입에 하나 넣으며 말했다. "꽤나 거친 모양이야."

"그런 범죄 그룹이 있나?"

"그룹이랄까, 묘한 아저씨라던데. 야쿠자 출신이랄까, 머리가 좋아서 야쿠자 아니었을까 하는 느낌."

"똑똑한 놈은 성취욕이 있으니까."

"뭐라더라, 사건 때마다 동료를 모으는 모양이야. 운전사나. 일회용인 거지."

"일회용이라니 무슨 뜻이야?"

"현금 수송차를 습격하고 돈을 손에 넣으면 동료에게 조금 나눠 주고 그걸로 입막음하는 거지."

"입막음이라. 그런 일을 돕는 괴짜가 있을까?"

"암, 그렇지. 다들 얽히기 싫지만 거절하지 못할 사람을 찾아낸대. 돈도 빌려준다니 인재는 충분하겠지. 그렇게 돕게 하는 거야. 금리가 엄청나대. 금융의 늪에 빠진 사람은 대부분 빈털터리가 될 때까지 이용당하니까 넋이 빠져서 어떤 일이든 받아. 수법이 능숙해."

"놈들은 어떻게 현금 수송 루트나 시간을 아는 걸까?"

"아아." 다나카가 음정이 엇나간 요상한 소리를 냈다. "소문은 많아. 경비 회사가 알려 준다거나, 은행원을 협박한다거나."

"협박?"

"암, 그렇지. 은행원 가족을 협박 미끼로 삼아서 현금 수송차 습격에 도움을 받는 거지. 무서워서 아무도 경찰에는 신고를 못 할 뿐이야."

"음습하군."

"악질이지."

"고약하네."

"하지만 머리가 좋아. 돈 되는 이야기에는 탐욕스럽고."

"그렇군."

"탐욕스럽고 성실한 사람은 요령이 좋아." 다나카는 그런 말을 하며 또다시 과자를 먹기 시작했다.

저렇게나 열심히 먹다니, 구온의 눈에도 엄청나게 맛있는 음식처럼 비쳤다.

"뭐 재미있는 상품은 없어?" 나루세가 이번에는 그렇게 물었다.

"별로 없어." 다나카는 재빨리 키보드를 두드렸다. 저 굵은 손가락으로 용케 틀리지 않네, 하고 구온은 감탄했다.

"아아, 이건 어때? '그루셴카'라는 거야." 다나카가 손뼉을 쳤다.

"그루셴카?"

"자동차야, 자동차. 끝에 '카'가 붙잖아."

그런 건 그냥 말장난이잖아. 구온은 웃음을 참았다.

"아아, 그러고 보니 『카라마조프가의 형제들』에 그루셴카인지 글루셴카인지, 그런 이름의 여성이 나왔지."

"역시 나루세 씨, 책도 읽지 않는 시시한 장구벌레 같은 젊은 녀석들하고는 하늘과 땅 차이야." 그렇게 에둘러서 구온을 비판했다.

장구벌레라니 말이 지나치잖아?

카라마조프라는 말은 들어 본 적이 있다. 도스토옙스키의 소설 아니었던가? 물론 구온은 읽은 적이 없어 끼어들 수 없었다.

"바로 그 소설에 나오는 여성의 이름을 딴 자동차야." 다나카가 말했다.

"특별한 차야?"

"그렇고말고. 내 친구가 만들었는데, 열쇠 장치가 특수하대."

"특수해?"

"밖에서 잠그면 안에서는 열 수 없대. 보통은 반대잖아? 안에서는 열리지. 하지만 그루셴카는 안에서는 안 열려."

"밖에서만 열 수 있다는 건가?"

"시간을 설정할 수 있어. 그 시간이 지나면 안에서도 열린대. 그 말은 밖에서 잠그면 일정 시간 동안 확실하게 가둘 수 있다는 뜻이지."

"뭐에 쓰는데?"

"내 말 안 들었어?" 다나카가 부루퉁하게 말했다. "가둘 때 쓰는 거야."

"무슨 목적으로?"

"그 소설에 아버지가 집에 틀어박히는 장면이 있잖아? 표도르 카라마조프였나? 그 아버지가 사랑하는 그루셴카 외에는 집에 들어오지 못하게 하잖아."

"그루셴카가 오면 신호를 보내 달라고 스메르자코프에게 부탁하지." 나루세는 별로 관심이 없어 보였지만 소설 자체는 상세히 기억하는 듯했다.

"그래, 스메르자코프였어." 다나카가 기쁜 듯이 말했다.

"아버지가 집에 틀어박혀서 밖에 나가지 않는, 그런 장면이었지."

다나카는 더 확실하게 말했다. "요컨대 그루셴카는 표도르 카라마조프를 간접적이지만 집에 가둔 거야. 그리고 내 친구는 말 그대로 사람을 가둘 수 있는 도구를 만들고 싶었던 거지. 뭐, 이 경우에는 자동차지만. 계속 가둬 두면 범죄니까 타이머로 안에서 열리도록 만든 거야."

"타이머가 있건 없건 가두는 건 범죄잖아." 나루세가 웃자 다나카는 어리둥절한 표정으로 물었다. "그래?"

"그런 차를 누가 사?"

"이번에 러시아 대통령이 오잖아? 그를 가두려던 사람이 있었어."

"대통령?" 구온은 깜짝 놀라고 말았다.

"러시아 대통령을 가둔다고?" 나루세도 미심쩍은 표정으로 되물었다.

다나카는 웃음기조차 없었다. "러시아 대통령 운전사가 그루셴카를 구입하고 싶다고 했어."

"거짓말이지?"

"글쎄. 본인은 진짜 운전사라고 주장했지만, 나야 모르지. 러시아 대통령을 차에 가두고 밖에서 손가락질하며 껄껄 비웃는 게 그 사람 꿈이래."

나루세는 말없이 쓴웃음을 흘렸다. 세상에는 이상한 생각을 하는 사람이 넘쳐 난다고 한탄했다. "가짜네."

"만약 내가 러시아 대통령이고 그런 짓을 당하면 노발대발해서 일본에서 피로시키♥를 앗아 갈 거야." 구온은 그렇게 말했다.

"왠지 이상한 사람이라 안 팔았어. 러시아 말도 못하더라고. 그 밖에도 여자를 알몸으로 가두고 싶다는 사람도 있었어. 구경거리로 삼겠다는 거야. 그걸 카메라로 찍어서 인터넷으로 중계할 거라나. 감금 마니아인지, 유폐 마니아인지, 정체를 모르겠어. 그놈들은 곤경에 처한 사람을 보고 싶은 거야."

다나카는 담담하게 말했다. "마니아들은 이상해." 마니악하다는 점에서는 뒤처지지 않을 그가 그렇게 말하니 위트 있는 이중부정처럼 들렸다.

구온은 문득 전에 맞닥뜨린 사건을 떠올렸다. 극장을 폭파하려던 남자가 있었다. 그도 인터넷을 쓰려 했다. 사람이 하는 생각은 다 거기서 거기일지도 모른다.

♥ 밀가루로 반죽한 피에 고기, 채소 등을 싸서 굽거나 튀겨 내는 러시아 요리.

"유감이지만 그 차는 안 팔리겠네." 나루세가 동정 어린 표정을 지었다.

"발상은 좋았는데." 다나카가 말했다.

"발상이 좋지 않아." 구온은 똑똑히 지적해 주었다. 다나카는 대꾸조차 하지 않았다.

나루세 4

대화 두 사람 혹은 적은 인원으로 마주하고 이야기하는 것. 또는 그 이야기. 성립하기 어렵다. 어느 한쪽이 만족하면 다른 한쪽은 인내해야 하는 경우가 많다.

"잠깐 기다려. 전화가 왔어." 나루세는 그렇게 말하고 전봇대 옆으로 이동했다. 다나카의 집에서 나와 아파트를 뒤로하고 역으로 걸어가는 길이었다.

거리의 잡음이 들리지 않는지 확인하고 통화 버튼을 눌렀다.

"다다시니?" 나루세는 그렇게 말했다. 전화번호는 헤어진 아내의 집 번호였다.

"아버지." 다다시의 목소리는 또렷했다.

다다시와 나누는 대화는 캐치볼이라기보다 노크 연습에 가까웠다. 서로 자기 말을 던지고, 받는다. 이쪽에서 던진 화제에 답하는 공은 돌아오지 않지만 그래도 상대가 캐치했다는 감각은 있다. 그런 대화를 몇 차례 나눈다.

다다시는 말이 정말 더뎠다. 말의 의미나 단어들의 관계성을 이해하는 데 서툴러서인지 처음에는 명사를 말하는 게 고작이었다.

문장 비슷한 말을 했을 때 나루세는 아내와 손을 마주 잡고 기뻐했다.

"다다시 덕분에 사소한 일로도 행복해질 수 있으니, 인생에서 이해득실을 따지자면 이득이네." 아내는 종종 그런 말을 했다.

나루세는 그런 그녀가 싫지 않았다.

"11월 13일 고요 은행 간나이 지점에서 은행 강도 사건이 있었습니다."

전화 너머에서 다다시가 말했다.

나루세는 웃음을 참았다.

무슨 이유에선지, 최근 1년 사이 다다시는 텔레비전에서 흘러나오는 강도 뉴스를 외우기 시작했다. 암기하고 있는지 나루세와 이야기할 기회가 있으면 낭독하듯이 뉴스를 들려준다.

"순경이 되겠습니다." 다다시가 그렇게 말했다.

"순경?" 나루세는 당혹스러웠다.

"순경입니다. 순경입니다. 도청에 주의하세요."

"도청?"

"도청입니다. 도청입니다."

나루세가 대답할 말을 찾지 못하는 사이 수화기 너머의 목소리가 바뀌었다. "여보세요?" 헤어진 아내의 목소리는 투명한 유리에 얼음이 부딪치는 소리와 비슷했다.

"아까 텔레비전에서 경찰 특집을 했어. 그걸 보더니 갑자기 당신한테 전화해야 한다고 고집을 부리지 뭐야."

"순경이 되겠다던데?"

"무슨 뜻일까?"

"도청이 어쩌고 하는 말도 하던데."

"아, 그건 도청 특집을 해서 그래. 아버지도 피해를 입을까 봐 걱정되었나 보네."

"고맙네." 나루세는 흐뭇해졌다. 다다시가 그에게 무엇을 전하고 싶었는지는 모르겠지만 어쩌면 다다시는 모든 것을 알고 있을지도 모른다.

개의 종류를 암기하듯이 세상에서 일어나는 대부분의 일도 알고 있을지 모른다.

"나는 당신이 하는 일을 훤히 들여다보고 있어요." 다다시는 그렇게 말하고 싶은 건지도 모른다. "하지만 봐주고 있는 거예요." 다다시는 분명 그렇게 생각할 것이다. "여러모로 신세를 지고 있으니 은혜도 있고요."

"다다시는 여전해. 변함없어." 그녀는 즐거이 말했다.

'변함없다'는 말을 나루세는 곱씹었다. 다다시가 조금 더 어렸을 때는 '변함없는' 상태가 공포였다. 처음에는 '손이 가지 않는 아이'라고 생각했는데, 다른 아이들의 성장과 비교하니 차츰 두려워졌다. 초조하기만 했다. 그랬는데 성장하면서 이번에는 '변하는' 것이 두려워졌다. 자폐증인 다

다시가 어른이 되어 간다는 것은 그에 따른 고민도 심각해
진다는 뜻이었다. 몸이 자라면 패닉을 일으켰을 때 붙들기
도 힘들어지고 성 문제나, 성인이 된 이후의 생활에 대한
고민도 생긴다.

미래를 생각하면 암담해져서 처음에는 아내와 둘이서
고민에 빠지는 일도 적지 않았다. 눈앞의 다다시를 쓰다듬
다가 10여 년 후의 자기 모습을 상상하고 눈앞이 깜깜해지
는 일도 잦았다.

그랬는데 어느 날 갑자기 편안해졌다.

스탠리 큐브릭의 〈2001 스페이스 오디세이〉를 비디오
로 본 뒤였다. 아내가 갑자기 "뭐야"라고 했다. "21세기가
코앞이야. 그때 이렇게 목성에 갈 수 있을 것 같아?"

"2001년에는 안 되겠지."

"그렇지? 큐브릭도 미래를 잘못 내다봤어. 앞일은 아무
도 모른다는 뜻이잖아."

"그럴지도 모르지."

"그러니까 우리가 몇십 년 뒤를 걱정해 봤자 소용없어."

"억지스러운데."

"유일하게 확실한 사실은 우리 눈앞에 있는 다다시는 굉
장히 유쾌하고, 이 순간 우리는 행복하다는 거야." 그녀는
그렇게 말하며 다다시의 머리를 어루만졌다.

"한 가지 더, 확실한 건 당신이 큐브릭의 영화를 보면 반

드시 중간에 잠든다는 사실이지."

그렇게 말하면서도 나루세는 아내의 말에 구원받은 기분이었다.

"미래가 뭐람." 둘이서 비난을 쏟아 내니 마음이 조금 편해졌다. 다다시 일로 불안해질 때마다 두 사람은 하늘을 올려다보며 특정한 상대를 생각한 것은 아니지만 "웃기지 마, 두고 봐!"라고 말하곤 했다.

"그 사람은 잘 지내?" 나루세가 물었다.

그녀는 재혼했다. 재혼하려고 이혼했다는 게 정확한 표현이다. 자폐증 아동이 다니는 시설에서 교사로 일하던 젊은 남자로, 다다시의 아버지로는 흠잡을 데가 없다.

"오랜만에 만날래? 그 사람도 보고 싶대."

"사양할게. 나는 아직도 그 사람한테 화가 안 풀렸어."

"왜?"

"그 시설에 처음 갔을 때, 그 사람이 뭐라고 했는지 알아?"

"뭐랬지?"

"우리를 보고 이렇게 말했어. '다다시는 행복하겠구나, 부모님 사이가 끈끈해서.'" 나루세는 웃었다.

"그랬나?"

"그렇게 말한 당사자가 내게서 당신을 빼앗아 간 거야."

"뜻밖이었지?"

"너무 뜻밖이라 이혼 서류에도 서둘러 사인했을 정도야."

"인생은 의외성이 있어서 즐거운 거야." 그녀는 태연하게 말하고는 역시 경쾌하게 웃었다.

"하지만 '행복하겠구나'라는 말까지 했다고."

"그 사람, 유머가 있거든."

전화를 끊은 나루세는 휴대전화를 힐끗 쳐다보고 어깨를 움츠렸다.

유키코 3

살인 사람을 죽이는 일. 독자의 흥미를 끌기 위해 갑자기 발생하는 현상. 살인 사건 : 소설이 추리소설임을 알기 쉽게 광고하기 위해 제목에 붙이는 접미사.《후광 ○○ ○○》♥

닷새 뒤, 유키코는 직접 운전하는 경차에 타고 있었다. 조수석에서는 나루세가 말없이 창밖을 보고 있다. 은행에서 도주할 때와 달리 편안한 운전이었다. 몸속에서 돌아가는 시계나 자동차 속도를 신경 쓸 필요도 없고, 핸들을 쥐는 손도 편안하다. 모퉁이가 나오면 브레이크를 충분히 밟아 준다.

9시가 지났다. 거리에 드리운 밤의 암막은 유키코 안에서 감도는 불안과 흡사했다.

"열쇠라는 게 그렇게 금방 만들 수 있는 거였네." 나루세가 방금 전 보여 준 맨션 열쇠를 말하는 것이었다.

"다나카 기분 나름이야. 이번에는 사흘 만에 도착했어. 의욕이 넘쳤나 봐."

♥ 오구리 무시타로가 1933년에 발표한 단편 추리소설로 노리미즈 린타로 시리즈의 첫 번째 작품.

"자동 잠금장치가 있는 맨션이었어?"

"생각보다 낡은 맨션이었나 봐. 그런 시스템은 없었어."

"그래서 계획이 어떻게 돼?"

"계획은 생각하지 않았는데, 뭐, 단순하게 가야지. 집에 상대가 있으면 권총으로 위협해서 돈이 어디 있는지 묻는다, 없으면 이 열쇠를 써서 집 안을 뒤진다."

무심코 나루세의 옆얼굴을 쳐다보았다. 나루세치고는 막무가내에 위험한 계획 같았기 때문이다.

나루세는 그런 유키코의 생각을 알아차린 듯이 웃었다. "계획을 필사적으로 세워 봤자 망할 때는 망해."

"그런가?"

"지난번 강도 짓이 그랬잖아."

아아, 유키코는 말을 삼켰다. 갑자기 뛰어든 RV 차량을 확인하고 브레이크를 힘껏 밟았던, 그 감촉이 되살아났다. 후회는 하지 않지만 마음이 무거웠다.

"하야시는 집에 있을까?"

"확률은 반반이야. 성실한 회사원은 집에 있겠지만."

"하야시는 어디까지 알고 있을까?"

"내 감으로는." 나루세가 말했다. "그냥 운전사일 거야."

미행당하고 있을지 모른다고 깨달은 것은 한참 뒤였다. 백미러에 비치는 불빛과의 거리가 줄어들지 않는다. 좁은 길로 들어가도 따라왔다.

"나루세 씨."

"왜?"

"미행당하는 것 같아."

나루세가 몸을 기울여 조수석 쪽 사이드미러를 들여다
보았다.

"차종은 모르겠지만 일반 세단 같아. 운전석은 보이지
않고."

"어디서부터 쫓아왔어?"

"지방도로 교차점을 우회전했을 때는 이미 있었어."

불길한 예감이 들었다.

"잠깐 세워 볼까?" 나루세의 목소리는 차분했다.

차를 왼쪽으로 붙였다. 방향 지시등을 켜고 갓길로 다가
가 속도를 줄인다. 완전히 세웠다.

유키코는 자동차 라이트를 끄고 말없이 사이드미러를
바라보았다. 뒤따라오던 차량의 라이트는 짙푸른 밤에 어
렴풋한 불빛으로 다가왔다.

"유키코는 고개를 돌리고 있어. 상대방하고 얼굴이 마주
칠지도 몰라."

시키는 대로 차창에서 고개를 돌렸다. 대체 누구지, 불안
해졌다.

자동차가 차창 너머로 지나갔다.

유키코는 자동차 꽁무니를 눈으로 좇았다. 차종까지는 알 수 없었다.

"저건가?" 나루세도 앞 유리 너머를 노려보고 있었다. "가 버렸네."

"우리가 멈춰서 어쩔 수 없이 지나간 걸지도 몰라."

"미행당할 만한 이유는 있어?"

유키코는 말없이 어깨를 으쓱했다. 그리고 누군가에게 쫓기는 일과는 인연이 없는 인생이었다는 생각을 했다. 어렸을 때부터 부모님은 관심을 주지 않아 유키코가 잠깐 종적을 감춰도 걱정은커녕 사라졌다는 사실조차 눈치채지 못했다. 신이치의 아버지인 지미치가 사라지고 나서도 빚쟁이들이 몰려왔지만 동네를 떠난 뒤로는 그런 일도 사라졌다.

"좋아, 가자." 나루세가 말했다.

유키코는 그 말에 따랐다. 라이트를 켜고 핸들을 쥐고 액셀을 꾹 밟았다.

안개가 낀 것처럼 머릿속이 혼란스러울 때에는 나루세처럼 명확하게 지시해 주는 사람이 고마웠다.

"나루세 씨, 직장에서도 믿음직하다고들 하지?"

"뭐가?"

"일을 명확하게 결정해 주는 상사는 별로 없거든. 결단력과 판단력이 뛰어난 사람은 적어. 분명 믿음직하다고들 할 거야. 게다가 나루세 씨는 말투도 건방지지 않고 언성도 높이지 않잖아."

"그냥 성격이야."

"자신감이 없는 사람일수록 으스대며 결단을 내리고 무턱대고 명령해. 나루세 씨는 그렇지 않아. 책임도 지잖아."

유키코는 남들 위에 서는 사람에게 필요한 것은 '결단'과 '책임' 두 가지뿐이라고 생각했다. 대다수의 정치가가 하지 않는 일이다. 부모도 하지 않는다. 물론 대다수의 갱 리더는 말할 것도 없다.

나루세라면 그녀가 끌어안은 고민이나 혼란에 즉시 해결책을 찾아 주지 않을까, 그런 생각이 들었다. 애초에 처음부터 그랬어야 했다. 갑자기 후회가 들었다.

유키코에게는 지금까지 곤경에 처했을 때 남을 의지한다는 선택지가 없었다.

"책임감이라는 뜻에서는 구온만 한 사람이 없어." 나루세가 말했다.

"구온이 그래?"

"그 녀석은 자기 탓으로 동물이 멸종에 다가서고 있다고 생각해. 멸종 직전의 갈라파고스 가마우지한테도 책임을 느껴. 만난 적도 없으면서."

유키코는 미소를 지었다.

구온은 신비한 청년이었다. 풋내기를 대표하는 듯한 태평함과 우아함을 갖추고 있었다. 사과를 베어 무는 것처럼 자연스럽게 남을 동정하고, 보살피고, 청년답게 미래를 한 탄하기도 한다. 유키코는 지금까지 그런 청년을 만난 적이 없었다.

그 녀석은 우리 동료가 아니라 굳이 따지자면 동물 편이 야. 나루세가 그렇게 말하는 것도 이해가 갔다.

하야시의 면허증에 적힌 주소는 미리 지도를 보고 머릿 속에 넣어 두었다. 강을 건너 좁은 길을 몇 개 지나서 단지 안으로 들어갔다. 파크맨션은 금방 찾을 수 있었다. 길 자 체가 알기 쉬운 외길이었다.

단지 안 주차장은 부지도 넓어 블록 담 옆에 차를 세웠 다. 다른 동 그늘에 가려 눈에 띄지 않는다. 차도로 나갈 때 도 장애물이 없어 보였다.

나루세가 가방에서 장갑을 꺼내 유키코에게 건넸다. 그 는 이미 검은 장갑을 끼고 있었다.

"나도 꼭 가야 해?"

"내키지 않아?" 나루세의 눈빛이 매서웠다.

어떻게 대답해야 할지 몰라 말없이 손을 펼쳤다.

나루세는 유키코를 가만히 바라보다가 입을 뗐다. "알았 어. 여기서 기다려. 일단 내가 다녀올 테니. 무슨 일이 있으 면 전화할게."

그리고 나루세는 휴대전화를 꺼내 버튼을 누르고 귀에

댔다. "하야시의 집에 걸어 봐야지." 한참 뒤에 전화를 끊었다. "안 받는군."

"이쪽 전화번호가 발신자 제한으로 안 떠서 안 받는 것 아니야?"

"그런 남자에게 걸려오는 전화는 대개 발신자 제한이야. 발신자 제한이라고 전화를 전부 무시하면 하야시 같은 남자는 일감을 못 구해."

"외출했을까?"

"자고 있는 걸지도 몰라. 일단 가 봐야지. 돈을 찾으러 가지 않으면 혼나니까."

"교노 씨하고 구온한테 말이지." 유키코는 힘없이 웃었다. "아마 병아리처럼 기다리고 있을 거야."

"원래 병아리는 훨씬 더 귀여워."

나루세는 한숨을 내쉬고 그대로 맨션으로 향했다. 유키코는 그 모습을 지켜보았다. 좋지 않은 일이 벌어질 것 같다는 예감이 있었다. 신이치가 떠오르고, 그의 아버지인 지미치가 머릿속을 스쳤다. 위가 욱신거렸다.

5분도 지나지 않아 나루세가 전화를 했다. "201호로 와 줘."

유키코는 경차 문을 제대로 잠갔는지 확인하고 맨션으로 향했다.

집 앞에 문패는 없었다. 호수를 확인하고 유키코는 문을 슬며시 잡아당겼다. 소리도 없이 열리는 문은 어딘지 모르게 스산하게 느껴졌다.

실내는 어두웠다. 현관에는 납작하게 짓눌린 낡은 스니커즈 한 켤레뿐, 하야시 외에 다른 동료의 기척은 없었다.

유키코는 주머니에서 큼직한 양말을 꺼내 신발 위에 덧신었다. 발자국을 남기지 않는 방법이다.

실내 복도로 들어갔다. 구색만 갖춘 주방이 복도에 붙어 있었다. 거실과 복도 사이의 문은 활짝 열려 있어 불빛이 새어 나왔다. 깔끔하게 정돈되어 있다기보다 그저 단순히 물건이 적어 보였다.

방 안에 서 있는 나루세의 모습이 보였다.

나루세의 옆얼굴이 심각해 보여 불안해졌다.

"하야시는?" 그렇게 물으며 복도 깊이 들어갔다.

"빈집이라면 빈집이야." 나루세가 유키코 쪽을 돌아보며 말했다.

"이상한 표현이네."

"하야시는 없어." 나루세는 권총을 쥔 오른손을 내린 채로 방 한가운데를 굽어보고 있었다. "아니, 있다면 있지만."

유키코도 방 안으로 들어가 나루세의 시선을 좇았다.

"아아." 탄식했다. 아아, 그러네, 하고 얼빠진 감상을 흘릴 뻔했다.

바닥에는 왜소한 남자가 뻗어 있었다. 오른쪽으로 엎드린 자세로 쓰러져 있다. 그림자처럼 번져 있는 것은 이 남자의 피가 틀림없다.

불안이 스멀스멀 유키코의 몸을 에워싸서 꼼짝도 할 수 없었다.

너무나 많은 생각이, 억측과 예측이 머릿속을 오가는 탓에 상황을 파악할 수가 없었다.

남자의 등에 식칼 손잡이가 튀어나와 있었다. 뒤에서 찔린 모양이다. 몸에서 공구가 자라고 있는 것처럼 보였다. 인형 같아 보이기도 했다. 다만 인형치고는 얼굴이 귀엽지 않았다.

유키코는 한동안 말을 하지 못했다. 죽은 남자를 굽어보며 그녀에게 그것이 무슨 뜻인지 필사적으로 파악하려 했다.

시간이 한참 흐른 뒤에 나루세가 말했다. "이건 하야시로군." 가지고 있던 면허증 사진을 옆으로 쓰러져 있는 시체와 대조해 보고 중얼거렸다. "사진보다는 괜찮은 남자네."

"죽은, 거지?" 이성을 유지해 보려 했지만 어려웠다.

"가여운 하야시 군이야."

유키코는 망연하게 눈앞에 쓰러져 있는 시체를 다시 쳐다보았다. "버, 범인은?" 목소리가 뒤집어졌다. 아아, 이게 무슨 일이람. 유키코는 터져 나오려는 소리를 간신히 참았다. 현기증이 났다.

누구 짓이지?

"이 방에는 없어. 다른 방도, 화장실도, 욕실도 확인해 봤어."

"집 열쇠는?"

"열려 있었어. 그래서 이상하다 싶었어."

"어째서 이런 일이."

"결렬이지." 나루세는 냉정했다. 마치 자연현상을 설명하는 듯했다. "강도와 배신은 한 세트야."

"나루세 씨, 침착하네."

"시체를 보는 게 처음이 아니라서." 나루세가 몸을 숙여 시체를 보았다.

"아아, 그때." 몇 년 전 강도 사건을 떠올렸다. 외국인 은행 강도가 농성을 벌인 사건에서 유키코는 나루세 일행과 마찬가지로 인질이 되었다. 그때 눈앞에서 굴러다닌 인질의 시체에는 현실미가 없었다.

"이렇게 다시 봐도 무섭진 않군." 나루세는 그렇게 말하고 세상에는 훨씬 그로테스크하고 악의가 가득한 인간이 넘친다고 덧붙였다.

"그런 거야?"

"죽어야 할 사람이 건강하게 살아 있는 게 더 무서워." 나루세는 농담인지 진심인지 모를 투로 말했다. "입만 산 정치가가 국가 경제도 되살리지 못하면서 잘리지 않고 붙어 있는 게 훨씬 이상해. 식칼이 꽂힌 시체는 그에 비하면 이해하기 쉽지."

유키코는 얼굴을 문질렀다. 필사적으로 혼란을 씻어 내려 했다. "왜 살해당했을까?"

"금전 배분 문제로 다투었거나, 어쩌면 그야말로 꼬리 자르기였거나." 나루세가 일어섰다. "어쨌거나 성가신 문제를 정리한 거야. 처음부터 그럴 예정이었는지도 몰라."

"처음부터?"

"다나카가 그랬어. 그 현금 수송차를 습격하는 범인은 거칠고 동료를 일회용으로 쓴다고. 자기만 좋으면 그만인 타입이야. 살인도 서슴지 않는 타입일지도 몰라."

"자살이 아니야?" 유키코는 자기가 그런 말을 하는 게 우스웠다. 물에 빠진 사람이 지푸라기를 잡았다가 구경꾼들에게 조롱당하는 기분을 알 것 같았다.

나루세는 유키코의 얼굴을 물끄러미 쳐다보았다. "스스로 등에 식칼을 꽂을 수 있는 재주가 있었다면 면허증 특기 사항에 써 놨겠지."

"그러네."

나루세가 방을 둘러보더니 여기저기에 난투 흔적이 있다고 손가락으로 가리켰다.

주방 싱크대 아래쪽 문이 조금 열려 있었다. 차곡차곡 쌓인 신문지 더미가 흐트러져 있다. 벽에 걸려 있었을 달력이 카펫에 떨어져 구겨져 있었다.

나루세는 살짝 찾아봤는데 이 집 안에 그들의 돈은 없을 것 같다는 말도 했다. "죽은 사람을 나쁘게 말할 마음은 없지만 이 남자는 역시 그리 중요한 역할이 아니었어. 우리에게서 돈을 훔쳐 간 건 나머지 두 사람이야. 그놈들을 찾는 수밖에."

나머지 두 사람. 나루세의 그 말이 유키코를 짓눌렀다.

나루세가 텔레비전 뒤를 가리켰다. 벽에 붙어 있는 전원 덮개가 벗겨져 있었다. "도청기야."

"어?" 유키코는 황급히 제 입을 틀어막았다.

"지금은 괜찮아. 이미 뜯어 갔어. 콘센트 안에 도청기를 심어 두면 전력을 확보할 수 있으니 반영구적으로 훔쳐 들을 수 있어. 흔히 파는 타입이야. 누군가 하야시의 집을 감시하고 있었다는 뜻이야."

"이런 도청기는 쉽게 설치할 수 있어?"

"어디서나 살 수 있어. 설치도 어렵지 않고. 요즘은 정말 감쪽같은 것도 많다던데. 다나카 말로는 휴대전화 타입 도청기도 나돌고 있다고 했어. 충전해서 쓸 수 있다더군."

"마음만 먹으면 누구든 할 수 있다는 거야?"

"도청 정도라면."

거기서 나루세는 뭔가 생각났는지 입구 문 옆에 있는 공간 박스로 다가갔다. 선반 위에 버튼식 전화기가 놓여 있었다.

"하야시를 죽인 건 아마 현금 수송차 잭의 동료겠지."

유키코는 마른침을 꿀꺽 삼켰다. "아, 아마, 그렇겠지."
이 방에서 하야시가 살해당했다면 동료가 이곳에 찾아왔
다는 뜻이다.

"이 남자가 전화로 그 동료를 불러냈을 가능성이 있어."

"그래, 가능성은 있겠지." 나루세가 무슨 짓을 하려는지
도통 짐작이 가지 않았다.

"만약 그렇다면 전화 재다이얼 기능으로 범인에게 연락
할 수 있을지도 몰라."

유키코는 무슨 말을 해야 할지 몰라 입만 뻐끔거렸다.

나루세가 권총을 유키코에게 건넸다. 잠깐 들고 있어, 전
화 좀 걸어 보게, 라고 했다.

수화기를 들고 재다이얼 단추를 눌렀다. "분명 이 전화
는 그 현금 수송차 잭 패거리 중 누군가에게 연결될 거야."
나루세의 차분한 목소리는 예언이나 예고에 가까웠다.

유키코는 전화에 귀를 대는 나루세를 가만히 지켜보고
있었다.

나루세의 표정이 굳은 것을 보고 상대가 전화를 받았다
는 사실을 알아차렸다.

이렇게 놀라는 나루세는 처음 보았다. 시체를 발견했을
때도 냉정했는데, 깜짝 놀랐다.

이어서 나루세가 입에 담은 말은 실로 충격적이었다.

"교노?" 그렇게 묻고 있었다. "어째서 자네 전화로 연결
되는 거야?"

유키코는 혼란스러운 나머지 영문을 알 수가 없었다.

제3장

악당들은 극장 이야기를 하고, 폭력을 휘두른다

♡

'매를 아끼면 아이를 망친다'

교노 4

약육강식 약한 자가 강한 자에게 희생되는 일. 그 정당성을 유지하기 위해 '이기는 사람이 강하다'라는 미사여구도 준비되어 있다.

나루세가 하야시의 자택 전화를 귀에 대고 "교노?"라고 당혹스러운 목소리를 내기 세 시간 전, 교노는 자기 가게에 있었다. 카운터 너머로 구온과 마주하고 있었다.

구온이 커피를 입에 머금더니 얼굴을 찌푸렸다. "교노 씨, 요즘 직접 커피 안 내리죠? 쇼코 씨가 만든 커피가 더 맛있어요. 솔직히 교노 씨 커피는 맛있지 않아. 솔직히, 맛없어."

"자네한테 한 가지 좋은 걸 가르쳐 주지." 교노는 바로 손가락을 척 세웠다. "느낀 걸 그대로 입에 담을 필요는 없어. 누구나 마음속으로만 생각하면 세상은 평화로워."

그렇다면 직접 마셔 보라고 구온이 컵을 내밀기에 한 모금 마셔 보았다. 얼굴을 찌푸리며 제 입으로 물었다. "이거 커피 맞아?"

"나는 커피를 주문했는데 맛없는 다른 음료가 나왔어. 고소할 테야. 반드시 재판으로 싸우겠어요!" 구온이 야단

법석을 떨었다. "쇼코 씨는 오늘 쉬어요?"

"그래. 놀러 간대."

"웬일로."

쇼코가 혼자 돌아다니는 것은 그리 드문 일이 아니었지만 카페를 쉬면서까지 외출하는 일은 거의 없었다. 뭘 하러 가는지 물어도 시치미를 떼며 "그렇게 궁금해?"라는 말만 하는 쇼코에게 짜증이 나서 더는 묻지 않고 쫓아냈다.

전화가 울렸다. 교노는 놀라서 벌떡 일어섰다. 가장 먼저 든 생각은 '방금 전 나간 손님이 커피 맛 때문에 불평을 하는 것 아닐까'라는 것이었다.

예상과 달리 전화를 건 상대는 신이치였다.

"교노 아저씨, 잠깐 와 줄 수 있어요?" 수화기 속 목소리는 전에 없이 진지했다.

교노는 바로 감을 잡았다. 왕따라는 글자가 머릿속에 떠올랐다. 지금 어디냐고 묻자 근처 쇼핑몰 이름을 댔다.

"왜 가게로 안 와?"

"미행당하고 있을지도 모르니까."

"뭐라고?"

"어머니가 교노 씨 가게에는 가까이 가지 말라고 했어요."

"우리 가게?"

"이유는 모르겠지만. 하지만 아까 뒤에서 누가 쫓아오는 기척을 느꼈어요."

중학생 왕따 문제와 상관이 있는 일일까? 어쨌거나 "거기 꼼짝 말고 있어"라고 말하고 전화를 끊었다.

교노는 능숙하게 카페를 정리했다. 내놓았던 식기를 챙겨 대충 설거지를 했다. 가게 내부의 전기를 전부 껐다.

카페 주차장 옆에 멈춰 있는 자가용을 보고 교노는 깜짝 놀랐다. 쇼코가 타고 간 줄로만 알고 있었다.

"쇼코 씨, 차 가져간 것 아니었어요?"

"이상하네. 외출하기 전에 면허증이 없다며 법석을 떨었는데. 차로 간 게 아니었나?"

"법석을 떨어서 피곤해져서 전철을 탔는지도 모르겠네요."

이해는 가지 않았지만 신경 쓸 겨를도 없었다. 혹시 몰라 가게에 두었던 위조 번호판으로 바꿔 달고 출발했다.

쇼핑몰 주차장에 차를 세우고 에스컬레이터로 입구까지 가니 신이치가 서 있었다. 중학생인 신이치는 그가 끌어안은 심각한 문제와 절박한 상황을 여과 없이 겉으로 드러내고 있었다.

"교노 아저씨, 휴머니즘이 뭐예요?!" 신이치가 물어뜯을 기세로 물었다.

"휴머니즘?" 교노는 주눅이 들었다. 젊은이들 사이에서 유행하는 새로운 인사일지도 모른다고 착각했다.

신이치를 근처에 있는 벤치에 앉혔다. "왜 그래? 그때 말한 왕따 문제야?"

"녀석들이 가오루를 불러냈어요."

"가오루?" 구온이 되물었다.

"같은 반 친구. 키는 큰데 말랐어요. 태어날 때부터 다리가 불편해요. 고관절에 문제가 있어서 목발을 짚어요."

"그래서 무슨 이유로 그 가오루라는 소년을 불러낸 거야?" 교노는 질문을 이어 나갔다.

"건방지니까."

"목발을 쓰는 게?"

"가오루, 똑똑한데 입이 조금 험해요. 악의는 없지만. 다들 알면서."

"불러내서 손봐 주겠다는 거야?"

"국도변에 있는 망한 파친코 가게로 데려갈 거래요."

신이치가 고개를 떨구었다. 분개와 굴욕감, 무력한 자신에게 화가 났는지 울 것 같은 표정이었다.

교노는 신이치가 처한 입장을 이해했다.

아마도 신이치는 전부터 왕따를 막고 싶었으리라. 그 가오루라는 친구에 대한 집단 공격을 어떻게든 막고 싶었다. 하지만 반대 의사를 드러내면 자신이 공격의 표적이 되리라는 것도 알고 있었다. 대국의 대통령이 "적을 감싸는 자도 적이다"라는 논리를 당당하게 입에 담을 정도니 중학생이 같은 생각을 하더라도 이상하지 않다.

신이치는 맞서지도 못하고 달아나지도 못한 채 고민했던 게 틀림없다.

"왕따 당할지도"라고 예언 같은 말을 했던 것은 그가 반기를 들면 어찌 될지 예상했기 때문이다. "왕따를 당해야만 한다"라는 말도 했다. 그것은 그가 왕따를 당할 각오로 친구를 감싸야 한다는 갈등이었을지도 모른다.

"난 가오루를 괴롭혀도 소용없다고 말했어요. 그랬더니 '휴머니즘이냐? 바보 아냐?'라는 거예요."

"그 휴머니즘은 사용법이 잘못된 것 아니야?" 교노는 얼굴을 찌푸렸다.

"휴머니즘이 인간답다는 뜻인가?" 구온이 물었다.

"다들 그러는데 동물은 약육강식이래요. 다리가 불편한 동물은 금방 죽으니까 약한 녀석이 괴롭힘을 당하는 건 당연하다는 거예요."

교노는 웃음을 터뜨릴 뻔했지만 심각한 표정의 신이치에게 실례라 꾹 참고 말했다. "그놈들은 틀렸어. 착각하고 있는 거야. 사자가 약한 사자를 괴롭혀서 죽일까? 그렇지 않아. 약한 사자는 분명 죽을지도 모르지만 그건 자연히 그렇게 된 것뿐이야. 서로 잡아먹지는 않아."

"이야기 길어질 것 같아요?" 구온이 놀리듯이 부추겼다.

"내 이야기가 길어졌던 적이 있어?"

"이야기가 길지 않다는 설명이 또 길단 말이에요, 교노 씨는."

"흥." 콧방귀를 뀌고 아랑곳없이 말을 이어 나갔다. "강하고 약한 기준이 뭐야? 초원에서 물어뜯기, 공중전, 아니면 학력, 유전자 배열? 약육강식이라고 지껄이는 네 친구는 자기보다 강한 놈에게 살해당해도 괜찮대? 튼튼한 몸이나 건강한 다리로 결정된다면 신이치, 넌 지금부터 사륜구동 자동차를 타고 그놈들을 치면 돼. '파제로에 깔리는 약한 놈들은 죽어 마땅하다'고 가르쳐 줘."

"막무가내잖아요." 구온이 어이없어했다.

"어째서 사자가 가젤을 먹을까? 먹지 않으면 죽기 때문이야. 약육강식이란 먹이사슬에 들어가 있는 자들이 하는 말이야. 죽어도 누구의 먹이도 되지 않을 중학생이, 먹어도 맛도 없을 중학생이 '약육강식'을 입에 담을 권리는 없어."

"맛있는 중학생을 먹어 본 적 있는 것처럼 말하네요." 구온이 종알거렸다.

"깜찍한 양을 먹는 게 더 잔인하잖아."

"그렇긴 해요." 구온이 동의했다.

"가, 같이 가 줄래요?" 신이치는 고민하는 듯했지만 결국 그렇게 말했다. 서툰 부탁은 되레 정감이 갔다.

하지만 솔직히 내키지는 않았다. 은행 강도인 그들이 아이들 문제에 관여하는 것은 아무리 봐도 싸구려 코미디 영화 같았다. 아무리 시시한 영화라도 은행 강도로 출연한 배우는 보수를 받지만 현실에서는 그마저도 없다.

주저하는 교노의 속내를 꿰뚫어 보았는지 구온이 힘차게 말했다. "교노 씨, 우리가 신이치를 돕지 않으면 누가 돕겠어요!"

"돕고 자시고는 무슨, 신이치는 무사하잖아." 교노는 얼굴을 찌푸렸다. "아저씨들이 괜히 끼어들면 되겠어? 젊은이들 문화에 아저씨는 필요 없어."

구온이 교노를 노려보았다. "내버려 두면 신이치는 이대로 혼자 저항하러 갈 거예요. 갈 수밖에 없다고요. 그렇지?"

"으, 응." 신이치는 끄덕거렸다.

"파친코 가게라." 교노는 나지막이 신음했다. "잠깐 기다려, 거긴 꽤 멀잖아. 네 친구들은 어떻게 간대?"

"고등학생 선배가 있어요. 그 사람이 차를 갖고 있어서 다 데려간다고 했어요."

"졸업한 녀석이 무슨 상관이지?" 구온이 물었다.

그러자 신이치가 입을 비죽거리다가 우물우물 입을 열었다. "그 사람, 중학생 때부터 유명한 사람이라 졸업하고도 가끔 우리를 소집해요."

"선배의 탈을 쓴 불량배로군!" 구온이 유쾌하다는 듯이 말했다. "원래 질서에서 벗어나고 싶어서 불량배가 되는 건데, 결국 다른 질서 속에 들어가. 묘하지. 줄을 짓는 펑크록

하고 마찬가지로 모순이야. 줄을 짓는 펑크라니! 상하 관계를 중시하는 불량배라니!"

"뭘 주절거리는 거야?" 교노가 웃었다.

듣고 있던 신이치가 불쑥 "그런데 그 선배가 전부터 사람을 죽여 보고 싶다고 그래서"라며 얼굴을 찌푸렸다.

"뭐?" 구온이 얼굴을 찌푸렸다. 교노도 갑작스러운 이야기에 할 말을 잃었다.

"뭐, 애들은 '죽여 버리겠다'라는 말을 입에 달고 살지." 교노는 억지로 웃었다.

"정말 죽일 거예요, 분명." 신이치는 순진할 정도로 불안한 기색을 드러냈다. "10대 때는 사람 하나쯤 죽여도 큰 죄가 아니라고 그랬단 말이야."

"흐음." 구온이 시큰둥하게 대꾸했다.

"왕따인지 사고인지 알 턱이 없다고 했어. 사람을 죽이면 한껏 으스댈 수 있다고."

"대단하네." 구온은 씨익 웃었다. "정말이지, 사람을 죽이고 싶으면 전쟁터에 지원하면 되잖아. 나는 용서할 수 없는 게 세 가지 있어. 워스트 3."

"호오?" 교노가 시선을 돌렸다. "그 세 가지가 뭔데?"

"음식에 들어간 파인애플하고 위험이 따르지 않는 폭력, 그리고 가오루 소년을 괴롭히는 놈들."

"아이고, 그러셔."

"열 명쯤 떼를 지어 가오루를 공격할 거랬어요."

"좋아." 구온이 당연하다는 듯이 말했다. "교노 씨, 슬슬 가 볼까요?"

"자, 잠깐만." 교노가 허둥지둥 불러 세웠다. "아까도 말했지만 중학생들 싸움에 우리 같은 아저씨가 끼어들다니 볼품없지 않아?"

"그런 말을 하니까 젊은 녀석들이 기고만장하는 거라고요."

"나루세나 유키코가 전화하면 어떻게 해?"

"그 두 사람은 아직 출발하지 않았어요. 분명 두 시간은 아무 연락 없을 거예요. 온다고 해도 휴대전화로 걸려올 테고. 그보다 이번에는 우리는 처음부터 전력으로 치지 않았으니 신경 쓸 것 없잖아요." 구온은 맨션에 그를 데려가지 않은 일을 아직도 꽁하게 생각하는 것 같았다.

"신이치, 가자. 말 많은 교노 씨는 내버려 두고 우리끼리라도 가자." 구온이 출구로 걸음을 뗐다. "정말 비협조적이라니까. 내가 세상에서 용서할 수 없는 건 말이지, 음식에 들어간 파인애플하고 비협조적인 어른, 그리고 '아까 말한 워스트 3하고 다르잖아'라고 꼬투리 잡는 사람이야."

"알았어, 알았어." 교노는 어깨를 늘어뜨렸다. "가자. 가면 되잖아."

"볼품없는데 괜찮겠어요?" 구온이 웃으며 말했다.

"내 신조는 '어른스럽지 못하게 살자'니까. 중학생이든 누구든, 시건방진 놈들은 한 방 먹여야 직성이 풀려."

"나루세 씨가 전화해도 몰라요?" 구온이 거듭 놀리듯 말했다.

"나루세? 그게 누군데?" 교노도 능청을 떨었다.

"좋았어, 결정. 가자."

"휴머니즘은 나쁜 거예요?" 신이치가 불쑥 물었다.

"물론이지." 교노가 재깍 답했다. "인간답다는 게 뭘 가리키는 건지 도통 알 수가 없어. 인간을 무언가의 우위에 놓은 표현이니까."

"인간이 뭐가 잘났다고." 구온이 동의했다. "이유도 없이 적지에 침입해 습격하는 건 침팬지하고 인간뿐이란 이야기를 들은 적 있어. 대부분의 유인원은 적이 물러나면 만족하는데, 어디까지나 살해를 목적으로 하는 것도 침팬지하고 인간뿐이래. 휴머니즘이란 건 그런 걸 두고 하는 말인지도 몰라."

"말이 심하네." 교노가 놀렸다.

"나는 언젠가 동물들이 결탁해서 '너희가 뭐 그리 잘났냐' 하고 인간을 습격하기를 기대하고 있어요."

"그럼 나는 제일 먼저 양에게 잡아먹힐지도 모르겠네."

"교노 씨, 양은 초식이에요." 구온이 웃었다.

"두 사람 다 이상해요." 신이치가 쭈뼛거리며 말했다.

"갈까?" 자리에서 일어나던 교노가 문득 생각났다는 듯이 물었다. "그러고 보니 신이치, 너 아까 전화했을 때 미행 당하고 있다고 했지."

신이치가 고개를 끄덕였다. "응, 아까는. 뒤에서 누가 쫓아오는 것 같았어요."

"같은 반 녀석?"

"모르겠어요. 기분 탓일지도."

교노와 구온은 얼굴을 마주 보고 고개를 갸웃거렸지만 그뿐이었다. 어쨌거나 가 보는 수밖에.

"하지만 어떻게 싸우려고요?" 신이치가 물었다.

"이래 봬도 난 복싱 전국체전 선수였어." 교노는 왼팔에 알통을 만들어 오른손으로 탁탁 쳤다.

신이치가 한숨을 내쉬었다. "순 거짓말."

"요즘 애들은 칼도 가지고 있으니 조심하는 게 좋아요, 교노 씨도. 폭력단에 붙어 있는 애들도 많다던데."

구온의 말에 교노는 걸음을 멈추었다. "그건 좀 위험하지 않아?"

"만약 그러면 바로 달아나면 그만이죠." 구온이 말했다.

"좋아, 어차피 심심풀이니까."

신이치가 기쁜 기색으로 외쳤다.

"맞아요, 심심풀이야. 휴머니즘이 아니야!"

구온 3

권태 ①지루한 상태. 싫증. ②압도당하는 것. 맥이 빠지는 것. ③지루해서 진저리가 나는 것. ④영화, 소설에서는 내포하는 문학성의 수준에 비례한다고 오해받는 경우가 많다.

구온은 뒷좌석에 올라타 창밖을 지그시 바라보고 있었다.

"파친코 가게 위치는 알고 있겠지?" 교노가 신이치에게 물었다.

"걱정 말아요, 북쪽으로 가면 있어요. 유령 저택 같아서 학교에서 이야기가 많았어요. 나도 낮에는 몇 번 본 적 있는데."

"몹쓸 꼬맹이들을 어떻게 할까, 응? 구온."

"아까 교노 씨가 말한 것처럼 차로 치어 버리는 것도 좋죠."

"자, 자, 자." 교노가 당황했다. "잠깐만. 이건 내 차야. 유키코가 타는 도난 차량이 아니라고. 100퍼센트 자가용이란 말이야. 할부도 남아 있어. 이 차로 소년들을 치면 명의를 조사해서 바로 내가 범인이라는 걸 알아낼 테고, 이튿날 조간에 실릴 거야. '은행 강도가 중학생에게 차로 돌진.' 이렇게."

"'자칭 카페 경영'이라는 직함과 부루퉁한 사진이 실리겠죠."

"왜 '자칭'이야?" 교노는 불만스러워 보였다.

"그편이 수상쩍어서 교노 씨한테 어울리니까."

"하지만 봐 봐, 내가 경사스럽게 체포되면 너희에 대해 다 불어 버릴 거라고. 나 혼자만 붙잡혀서 망신을 사긴 싫어. 은행 강도 일도 다 털어놓아서 나루세도 자네도 다 체포될 거야."

"너무하시네. 동료를 감싸고 고문을 참는 게 더 멋진데."

"고문은커녕 나는 묻기도 전에 다 불어 버릴걸."

"교노 씨라면 그러겠죠. 신문하던 사람이 더는 듣기 싫다고 애원할 때까지 떠들 거야." 구온에게는 그 정경이 눈앞에 선했다.

신호에 걸려 멈췄다. 깜빡거리는 방향 지시등의 성급하고 애타는 소리가 그들을 재촉하는 것 같았다.

신이치가 분위기를 바꾸려는 듯이 말했다. "그러고 보니 지난번 은행 강도는 아저씨들이 한 게 아니었어요?"

"우리였는데, 왜?" 구온이 대답했다.

"신문을 봤어요. 그랬더니 현금 수송차를 습격했다고 적혀 있어서. 그건 아저씨들 아니죠?"

"예리하네." 구온은 쓴웃음을 흘렸다.

"그게 미묘해." 교노가 뭐라 말하기 힘든 표정을 지었다.

"은행 강도는 우리 소행인데, 돈은 손에 넣지 못했어. 현금 수송차를 습격한 것도 우리가 아니야."

"무슨 뜻이에요?"

"다른 놈이 가로채 갔어." 구온이 빠르게 대답했다. 그것은 그들의 치욕스러운 실수처럼 느껴졌다. "수확은 제로."

"실패했다는 뜻이에요?"

"침울한 은행 강도에게 냉정하게 말하자면, 거의 그렇지." 교노가 웃었다.

"요전에 교노 아저씨가 말했잖아요. 갱이 모처럼 손에 넣은 돈을 아무도 얻지 못하면 세상은 큰일 난다고."

"그게 무슨 소리야?" 구온은 무슨 뜻인지 알 수 없었다.

"나눗셈 이야기야." 교노는 어째선지 귀찮은 기색이었다. "제로로 나누면 세상은 이상해져."

"그런가." 신이치는 세상의 법칙을 발견한 것처럼 주먹으로 손바닥을 쳤다. "그래, 그렇구나. 그래서 이상한 일만 벌어지는 거야. 가오루는 불려 가지, 어머니는 안절부절못하지."

"어머니라니 유키코 씨? 안절부절못해?" 구온은 조수석 등받이를 붙잡고 고개를 들이밀었다.

"요즘은 조금 나아졌지만. 하지만 요 일주일쯤 내내 이상했어요."

"이상하다니?"

"안절부절못하더라고요." 신이치가 다시 되풀이했다.

구온은 집중력이 부족한 학생이 성적표 때문에 혼나는 것 같아 우스웠다.

"고민하는 것 같기도 했고."

"유키코 씨가?"

"나 몰래 여기저기 돌아다니고. 그러면서 나한테는 학교 말고 다른 곳에는 가지 말라고 하고."

"그러고 보니 시험이었지?" 교노가 물었다.

"시험?"

"유키코가 그랬는데. 너 우리 가게에 한 일주일 안 왔잖아? 유키코한테 물었더니 시험이라고 하던데."

"아니에요. 시험 기간은 아직 멀었어. 아까도 전화로 말했는데, 어머니가 교노 아저씨네 가지 말라고 했어요."

"뭐야, 그게." 교노가 이해할 수 없다는 듯이 고개를 저었다. "미행당하고 있어서 그런가?"

"잘 모르겠어요." 신이치는 자신 없는 목소리로 답했다.

구온도 고개를 갸웃거렸다. 아들을 집에 가두는 어머니의 심리는 이해할 수 없었다. "분명 교노 씨 가게가 교육상 좋지 않다는 걸 깨달은 거야."

"이제 와서?" 교노가 어이없다는 듯이 말했다.

"이제 와서." 구온은 웃었다. "이미 때는 늦었지만, 자고로 어머니란 최선을 다하는 법이니까요."

"학교에도 차로 데리러 오고."

"유키코가 그런 타입인 줄은 몰랐는데."

"응. 어머니는 그런 타입이 아닌데."

"갑자기 과보호로 돌아섰나?" 구온이 말했다.

"병인가?" 교노가 다급히 물었다.

"급성 염려증이야." 구온이 다시 말했다.

"요즘 어머니는 마치 초식동물 같았어요."

"주위를 두리번거리는 얼룩말처럼?" 구온은 그렇게 말하며 동물원에서 본 줄무늬를 떠올렸다.

그러자 교노가 웃었다. "말 한번 잘했네. 그래, 원래 유키코는 굳이 따지자면 육식동물이야. 겉보기는 사랑스럽지만 강인한 정신력과 조용한 위압감을 지닌 육식동물이지. 겁에 질려 주위를 살피는 초식동물은 아니야."

"하지만 요즘은 정말 초식동물 같았어요. 원래는 치타 같은데." 신이치가 고개를 끄덕거렸다.

"치타 같은 어머니는 별로인데." 구온은 진심으로 그렇게 생각했다.

"치타라고 하니 말인데, 치타는 유전자 다양성이 극단적으로 적어. 인간하고 비슷해. 치타는 분명 진화 과정에서 한 번 개체 수가 격감했을 거라고들 해. 몇십 마리 수준까지 수가 줄었다가 다시 늘어난 거야. 그래서 유전자 다양성이 적다는 거지. 사실 인간도 마찬가지거든."

정말 끝도 없이 이야깃거리가 나온다. 감탄할 뻔했다. 하지만 쓸데없는 소리나 하고 있을 때가 아니라 말을 끊었다.

"교노 씨, 어려운 이야기는 그만. 어쨌거나 유키코 씨도 고생이 많다 보니 마음도 약해지고 과보호도 하게 되는 거야. 그게 어때서. 신이치를 굉장히 소중히 여긴다는 뜻이잖아."

"뭐, 그건 맞는 말이야. 신이치에게 위해를 가하는 놈이 있으면 차로 들이받아 해치울걸."

"호들갑은." 신이치가 곤혹스러운 표정으로 말했다.

"아니, 치고도 남아."

"아무리 어머니라도 그런 짓은 안 해요."

"어라." 교노가 뜻밖이라는 얼굴로 조수석의 신이치를 보았다. "유키코가 사람을 치어 죽일 뻔한 이야기 못 들었어?"

"그게 뭐예요?"

"유키코 씨한테 우리가 만났을 때 이야기 못 들었어?" 구온은 몸을 내밀었다.

"들은 적은 있어요." 신이치가 끄덕였다. "대충이지만. 그 극장 사건 때 맞죠?"

"맞아." 교노가 말했다. "그건 귀중한 경험이었어."

"교노 씨는 그때 아무것도 안 했잖아요."

구온은 기억을 떠올리고 지적했다.

"무슨 소리. 애초에 폭탄을 발견한 게 나였다고."

"뭐, 그건 교노 씨 덕분이었지만 패닉에 빠진 것도 교노 씨 때문이잖아요."

"흥."

"나는 그때 초등학생이었어요. 뉴스에 나왔던 건 기억나요. 극장에 폭탄을 설치하고 폭발시키려 했던 사람이 있었던 거죠?" 신이치가 물었다.

"마흔을 앞둔 멍청이였지." 교노가 씁쓸한 표정으로 말했다. "직접 시한폭탄을 만들어 반쯤 재미삼아 설치했어."

"재미로?"

"매일 지루한 생활이 반복되어서 변화가 필요했다나. 나잇살이나 먹은 어른이 인터넷에 폭파 예고를 띄우고 극장에 사제 폭탄을 설치한 거야." 구온은 그 남자의 흐리멍덩하고 어두운 얼굴을 떠올렸다.

"그 범인은 제정신이 아니었어요?"

"평범한 남자였어." 교노가 말했다.

구온도 끄덕였다. 정신적인 문제도 없거니와 동정할 만한 가정사도 없었다. 그런 범인이었다. 사건 이후 범인은 여러 방송국과 신문을 탔지만 그의 생활에 특별한 요인이 있는 것 같지는 않았다.

"컴퓨터나 인터넷에 조금 밝은 것 말고는 딱히 눈에 띄는 구석도 없는 평범한 남자였어. 짓궂고, 겁 없는, 일반 독신남."

"하마터면 어머니는 그런 놈 때문에 죽을 뻔했던 거네요."

범인은 인터넷으로 '극장을 폭파하겠습니다'라고 자랑스럽게 투고했다. 온갖 홈페이지에 '어느 극장일까요?' 하고 퀴즈까지 냈다고 하니 기가 막힐 노릇이다. 정답을 맞힌 사람에게는 폭파당한 시체 사진을 특별히 선물하겠다고 했다.

"그날은 마침 임간수업을 가고 없었어요."

"그래서 유키코 씨가 영화를 보러 왔던 거구나." 구온이 말했다.

"굉장히 지루한 영화였죠?" 신이치가 웃었다.

"맞아! 그 녀석 영화였어!" 교노가 진저리를 치며 영화감독 이름을 말했다.

"진심으로 불쾌해 보이네요." 구온이 쓴웃음을 흘렸다.

"이보다 더 불쾌할 수 없지. 재개봉이었다고. 진짜 지루했어."

"난해했죠."

"난해한 수준이 아니야, 고행이야."

"음악과 함께한다고 생각하면 괜찮아요. 오케스트라 연주를 들을 때 의미는 생각하지 않잖아요. 그것하고 마찬가지야."

"자막을 읽어도 통 이해할 수 없었어."

"자막을 보면 안 돼요."

교노가 고개를 절레절레 저었다. "그건 힘들었어. 나는 나루세가 불러서 어쩔 수 없이 갔던 거야."

"그 영화를 우리 어머니도 보러 갔던 거예요?"

"그런 셈이지. 거기에 있었으니까."

"하지만 그 지루함 덕분에 나는 폭탄을 발견했어."

구온은 극장에서 있었던 일을 떠올렸다.

교노 5 **영화** 긴 필름 위에 연속으로 촬영한 다수의 정지 영상을 영사기로 급속히 순차 투영하여 눈의 잔상 현상을 이용해 움직임이 있는 영상으로 보여 주는 것, "사진이 진실이라면 ○○는 매초 24배 진실이다."(고다르, 〈작은 병정〉)

교노는 영화가 시작되자 일찌감치 이 영화는 따라갈 수 없다고 포기했다. 30분도 지나지 않아 하품을 연발했다. 본편 전에 했던 다른 영화 예고가 훨씬 더 재미있었다.

옆자리에 앉은 나루세가 진지한 얼굴로 스크린을 보고 있는 것이 심각한 배신처럼 느껴졌다.

교노는 몸을 흔들며 좌우를 살펴보았다. 마침 가운데 자리에 앉아 있었다. 마지막 상영 회차라 밤 10시가 넘었다. 역에서 도보로 10분 거리에 있는 작은 극장이었다. 빌딩 7층. 극장 안에는 스무 명 남짓한 관객이 있었다.

졸음이 몰려왔다. 파도처럼 연달아 밀려든다.

스크린에서는 극중극인지 영화감독 역할의 남자가 주먹을 치켜들고 고함을 지르고 있었다.

몸 왼쪽을 등받이에 기댔다. 누워서 자고 싶었다.

그때 묘한 소리가 들렸다. 그가 앉은 자리 밑에서 울리는 작은 소리를 들은 것이다.

처음에는 심장 소리인 줄 알았다. 지루한 영화에 심장이 한탄하고 있다는 생각밖에 들지 않았다.

정신을 차리고 스크린으로 시선을 돌렸다. 영화의 지루함은 변함이 없었다. 오히려 한층 난해해졌다.

극장에서 나가면 뭐라고 욕지거리를 해 줄까, 그 생각만 했다. 그러자 역시 소리가 들린다. 리드미컬하게 규칙적으로 울리는 소리였다.

교노는 그제야 자리에서 살짝 일어나 좌석 밑을 들여다보았다. 소리를 따라가 보니 그 부근에서 나고 있었다.

그러다 그것을 발견했다. 처음에는 뭔가 착각한 줄 알았다. 좌석 밑에 소화기가 놓여 있었던 것이다.

통처럼 생긴 소화기 용기에 작은 시계가 붙어 있고, 거기에서 뻗어 나온 비닐 코팅 구리 선을 보고 흠칫 놀랐다.

"나루세." 작은 목소리로 옆에 앉은 나루세를 불렀다.

나루세가 화난 눈초리로 쳐다보았다. 영화 관람 매너도 모르냐는 듯이 노려본다. 교노는 아랑곳하지 않고 소리 없이 "폭탄"이라고 뻐끔뻐끔 말하고는 자기가 앉아 있는 의자를 가리켰다. "폭, 탄"이라고 한 글자씩 끊어 갈라진 목소리로 말했다.

처음에는 나루세도 거들떠보지 않았다. 교노가 지루한 나머지 주저앉아 있는 거라고 생각했을지도 모른다.

애가 탄 교노가 그 자리에서 큰 소리를 치기까지, 그리

오랜 시간은 걸리지 않았다.

"그때 벌떡 일어난 교노 씨를 보고 얼마나 무서웠는데. '저 사람 분명 수상한 미친놈이야'라고 생각했다니까." 뒷자리에 앉은 구온이 끼어들었다. "그 영화를 보고 미친 줄 알았어."

"지루함은 사람을 미치게 만드니까."

그때의 교노는 망설이지 않고 고함을 질렀다. "여러분! 진정하고 제 말을 들으세요! 이 극장에는 폭탄이 설치되어 있습니다!"

나루세는 "조용히 해!"라며 억지로 교노를 자리에 앉히려 했다. 하지만 마음에 걸렸는지 얼굴을 찌푸리면서도 몸을 숙였다.

나루세도 좌석 밑을 들여다보고 소화기를 발견했다.

"진짜야?" 나루세의 목소리는 여전히 차분했다.

"드디어 사태의 심각성을 깨달았나. 내가 영광스러운 최초 발견자다."

비명 소리가 들렸다. "여기도 있어!" 맨 뒷줄에 앉아 있던 여성이었다. 자기 자리 밑에 있는 이상한 소화기를 발견했는지 벌떡 일어섰다.

사방이 소란스러워졌다. 소동의 전염이었다.

아마도 관객들은 이해 못 할 지루한 영화에 정나미가 떨어진 참이었으리라.

어떤 사람은 같은 줄의 의자를 전부 살펴보고 외쳤다. "이 줄에는 세 개나 있어!"

극장 안은 아직 어두웠지만 시야가 캄캄할 정도는 아니었다. 나루세가 소화기를 살피듯 들여다보고 고개를 끄덕였다. "이건 확실히 수상하군."

"여러분, 침착하세요. 조용히 하십시오. 좌석 밑에 있는 소화기는 건드리지 말고 그대로 일어나세요."

교노가 소리 높여 외쳤다.

그러자 눈앞의 백발 남성이 돌아보며 화를 냈다. 사람이 영화를 보는데 방해하지 마라, 영화를 즐길 줄 모르는 무법자는 나가라, 그렇게 고함을 쳤다.

"괜찮습니다." 교노는 달래듯 말했다. "내기를 해도 좋습니다. 이 극장에는 폭탄이 설치되어 있어요. 사퇴 직전의 정치가가 형세를 역전시키려고 숨겨 둔 폭탄이라거나, 뛰어난 축구 선수가 부상으로 무릎에 끌어안고 있는 폭탄 같은 비유가 아니라, 진짜 폭탄 말입니다. 하지만 안심해도 됩니다. 이런 게 있다는 걸 알았으니 극장은 오늘 밤 요금을 돌려줄 겁니다. 이렇게 지루한 영화는 당신 속이 풀릴 때까지 몇 번이고 보여 줄 겁니다. 그러니 지금은 달아나는 게 현명해요."

"나는 지금 보고 싶단 말이다!" 괴팍스럽게 생긴 남자가 고함쳤다. "조용히 해!"

"그럼 마음대로 하세요." 교노는 웃었다. "하지만 폭탄이 터지면 당신은 두 번 다시 영화를 못 보겠지요. 그 자리는 몇 번이지요? 등받이에 번호가 적혀 있죠? 그래요, 'H9'번 이군요. 당신이 앉은 'H9'에는 분명 꽃다발이 놓일 겁니다."

"못 들어 주겠군." 남자가 거칠게 콧김을 내뿜으며 말했다. 스크린을 향해 도로 앉으며 등을 돌렸다.

다른 관객들은 이미 달아나기 시작했다. 어떤 이는 코트를 들고, 어떤 이는 휴대전화를 귀에 대고, 어떤 이는 아쉬운 듯 스크린을 바라보며, 그래도 극장 밖으로 나갔다.

교노와 나루세도 극장을 빠져나갔다. 육중한 문을 열고 통로로 나가 문을 닫았다. 극장 안의 어둠과 소리가 사라진 것처럼 느껴졌다.

극장 직원은 한 명밖에 없었다. 검표를 하던 중년 남자였다. 느긋하게도 팸플릿을 채워 넣고, 과자를 진열하면서 건들건들 그곳에 남아 있었다. 마지막 상영이 늦은 시간이면 영사실 기사를 제외한 극장 직원은 거의 없다.

10여 명의 관객들 중 절반 가까이가 비상계단으로 황급히 내려갔다.

나머지 약 절반의 관객들은 극장 직원에게 따지고 들었다. 의지를 가진 바위처럼 한 덩어리가 되어 그를 에워쌌다.

안경을 쓰고 새까만 머리카락이 눈에 띄는 남자였다. 지금 상영 중인 지루한 영화를 만든 장본인인 프랑스 감독과 닮았다. 쌀쌀맞은 지식계급의 얼굴이다.

짧은 머리를 한 손님 네 명이 선두에서 직원과 맞서고 있었다. 운동부 학생 같았다. 지휘 체계가 잡힌 군인처럼 보이기도 했다. 끈에 매달린 것처럼 꼿꼿한 자세에 몸집도 좋았다. 교노는 나루세와 나란히 그런 그들 뒤에 서 있었다. 사람 수는 많지 않았지만 흥분한 관객들은 엎치락뒤치락했다.

"수상한 소화기가 좌석 밑에 설치되어 있어." 누군가가 더듬거리며 설명했다.

직원은 이해가 빨랐다. 바로 얼굴이 창백해졌다. "방금 키 큰 남자가 나갔어요. 바로 조금 전에요. 그 남자가 수상해요."

그 말을 듣자마자 선두에 서 있던 병사들 중 한 명이 소리를 높였다. "지금 가면 아직 잡을 수 있을 거야!"

"예, 아마 따라잡을 수 있을 겁니다." 직원도 수긍했다.

학생들은 주위 친구들과 얼굴을 마주 보았다. 이날을 위해 지금까지 힘든 훈련을 해 왔다는 듯이 서로 고갯짓을 나누더니 달려 나갔다. 갑작스럽게 솟구친 정의감을 럭비공처럼 품고 있었는지도 모른다. 비상계단을 내려갔다.

남은 것은 교노와 나루세를 포함해 다섯 명 정도로 그중에는 사실 구온과 유키코도 있었다.

"경찰에 신고해야지." 극장 직원이 넋 빠진 얼굴로 안쪽으로 물러나더니 잠시 후 고개를 저으며 돌아왔다. "이유는 모르겠는데 전화가 먹통이에요. 극장 안은 제가 확인할 테니 여러분도 빨리 피하세요." 그렇게 직원으로서의 책임감을 보이더니 휴대전화를 꺼내는 손님에게 "연락은 제가 할 테니 빨리 달아나세요"라고 말했다.

"안에 한 사람 남아 있어." 교노가 생각났다는 듯 말했다. "그 프랑스 영화하고 동반 자살하려는 백발 아저씨야. 스스로 그 지루한 영화의 일부가 되려는 거야."

"지금부터 범인을 뒤쫓으면 따라잡을 수 있을지도." 뭔가를 계산하듯 엘리베이터 위치를 확인하던 여성이 있었다. 그것이 유키코였다.

"나루세, 우리도 빨리 피하자. 너하고 함께 산산조각 나기는 억울해."

그때 나루세의 팔이 재빠르게 움직였다.

긴 오른팔을 뻗어 카운터 안쪽에 서 있는 직원의 목덜미를 붙잡았다. 교노가 말릴 새도 없었다.

나루세가 그 남자를 힘껏 끌어당겨 카운터에 짓눌렀다.

남자 직원은 발버둥 치며 외쳤다. "무, 무슨 짓이야!"

"그때 나는 바로 옆에 서 있었는데 정말 깜짝 놀랐어." 구온이 말했다. "교노 씨는 극장 안에서 고함지르고 있지, 나루세 씨는 갑자기 극장 직원 멱살을 잡아끌지, 이 아저씨들 진짜 위험하다 싶었지."

"나루세가 갑자기 달려들었을 때는 나도 깜짝 놀랐어. 차라리 극장으로 돌아가 소화기 폭탄을 끌어안고 있는 게 나루세하고 함께 있는 것보다 낫겠다 싶었다고."

"거짓말하지 마." 나루세가 날카롭게 말했다. 결코 크지는 않지만 날카로운 목소리였다. 짓누른 직원 뒤통수에 대고 말하고 있었다.

"무슨 짓이야!"

"거짓말하지 마." 나루세는 다시 직원의 몸을 잡아당겼다. "지금 거짓말을 하고 있잖아. 수상한 남자는 나오지 않았어. 경찰에 신고할 생각도 없고."

순간 남자의 눈이 허공을 헤맸다.

교노는 깜짝 놀라 친구의 모습을 보는 게 고작이었다. "나왔구나, 인간 거짓말탐지기."

나루세가 남자를 붙잡은 손에 힘을 실어 다시 카운터에 처박으려 했다.

우연히 나루세가 팔을 구부렸을 때 날뛰던 남자의 옷이 엉켜 손이 미끄러졌다. 붙들고 있던 손이 떨어진 것이다. 그러자 남자는 필사적인 모습으로 튀었다.

남자에게는 최고의 타이밍으로 엘리베이터 문이 열렸다. 마치 범인을 피신시키기 위해 거대한 힘이 작용하는 것처럼 보이기까지 했다. 문이 닫혔다.

"지금 저 녀석이 범인이야?" 교노는 나루세에게 물었다.

"저놈은 거짓말을 하고 있었어."

"하여간 거짓말은 뭐든 다 꿰뚫어 본다니까."

다른 쪽 엘리베이터가 도착했다.

"뒤를 쫓자." 나루세가 짤막하게 말했다.

어쩔 수 없네. 교노는 그렇게 생각하며 뒤를 따랐다.

문이 닫히려는 순간에 뛰어든 손님이 두 명 더 있었다.

"나도 갈게." 심드렁한 목소리로 조용히 말한 사람이 유키코였다. 표정이 없어 몰랐는데, 자세히 보니 뾰족한 턱이 눈에 띄는 단정한 얼굴이었다. 미인은 아니지만 쇼트커트 머리가 잘 어울려서 상큼했다.

"나도 갈래요." 카운터에 놓여 있던 노트북을 끌어안고 올라탄 게 구온이었다. 교노의 눈에는 천진한 개가 발밑에 들러붙는 것처럼 보였다.

엘리베이터는 1층으로 향했다. 훗날 은행 강도 패거리가 될 사람들을, 교노는 그런 줄도 모르고 쳐다보고 있었다.

"이거, 아까 그 직원이 만지작거리던 노트북인데 뭔가 이것저것 포스팅했더라고요. 인터넷에 연결했나 봐요." 구온이 말했다.

"뭔가 적혀 있어?" 나루세는 그때부터 이미 동료들을 이끌 자질을 보였다.

"역시 그놈이 수상해요. 어느 홈페이지에 이렇게 적어놨어요. 영화 상영이 끝나면 폭발한다고."

"그렇게 멍청한 소리를 썼을 리 있어? 자기 범행을 조잘조잘 남들한테 떠벌려서 어쩌자는 거지?" 교노는 노트북을 들여다보았다.

그 내용이 그대로 화면에 표시되어 있어 놀랐다. 뭐지, 이 코미디는? 인터넷은 모든 게 요란한 코미디인가?

"어때요, 진짜죠?" 구온이 말했다. "이거야말로 진정한 극장형 범죄예요."

"영화가 끝나기 전에는 터지지 않는다는 뜻인가?" 나루세가 말했다.

"앞으로 1,231초." 유키코가 아무렇지도 않게 말했다.

갑자기 튀어나온 구체적인 숫자에 교노는 눈을 껌뻑였지만 유키코는 태연했다.

"경찰에 연락하는 게 나을까?" 교노는 나루세의 얼굴을 보았다.

"아니, 먼저 나간 누가 신고했을 거야."

"그럼 우리는 그 남자를 붙잡는 데 전념하면 되겠군."

"6초." 유키코가 층 표시를 눈으로 좇으며 그렇게 말했다. "저쪽 엘리베이터하고 6초 차이야. 아마 그리 멀리는 못 갔을 거야."

"어떻게 쫓아가지?" 나루세가 말했다.

"내 차가 앞길에 있어."

엘리베이터가 열렸다. 눈앞은 바로 뒷길이었다. 차량 통행은 적다.

차가 급발진하는 소리가 울렸다. 교노는 황급히 왼쪽을 쳐다보았다.

미등이 켜진 세단 꽁무니가 보였다. 범인의 모습이 운전석에 있다. 극장 앞길을 왼쪽으로 달려가려는 참이었다. 정면 신호가 빨간불이다.

이어서 교노의 눈앞에 다른 세단이 멈춰 섰다. 어느새 몰고 왔는지 운전석에는 유키코가 있었다. "타."

세 사람이 허둥지둥 올라탔다. 거의 동시에 정면의 신호가 파란불로 바뀌었다. 남자의 차가 국도에 합류했다.

"이 차, 어디에 세워 놨던 거야?" 교노는 운전석의 유키코에게 물었다. 주변에 주차장은 없다.

"바로 옆에. 정면에 세워 두면 돌아갈 때 편하니까."

"여긴 주차 금지잖아."

"괜찮아, 이건 내 차 아니거든." 유키코는 대수롭지 않다는 듯이 말했다.

"도난 차량?" 구온이 깜짝 놀란 목소리로 외쳤다. "설마!"

차에 속도가 붙자 교노의 몸이 뒷좌석에 눌렸다.

"붙잡을 거야." 유키코의 말에는 자신감이 넘쳤다. 교노는 오늘 처음 만난 구온과 얼굴을 마주 보고 어깨를 으쓱했다.

"그래서 어머니는 그 범인을 쫓아갔어요?" 신이치의 목소리는 어째선지 흥분한 기색이었다. 어머니의 활약상을 듣는 게 신선했는지도 모른다.

"운전이 굉장했지." 교노는 그때를 떠올리고 혀를 뗐다. "점점 속도를 높이더라고. 자그마한 틈새로도 차선을 바꿔서 차례로 추월했어. 그건 정말 무서웠어."

"범인의 자동차가 샛길로 들어가고 나서는 더 빨라졌어. 유키코 씨, 그 부근 도로나 신호에 빠삭해서 점점 거리를 좁혔어. 그리고 상대 차량 바로 뒤에 따라붙더니 이번에는 놀리듯이 앞차를 들이받았다니까."

"자기 차가 아니라서 그럴 수 있었던 거야. 내 차는 절대로 흠집 내지 못하게 할 거야."

"할부가 남아 있으니까." 구온이 바로 말했다. "세상에서 가장 중요한 건 할부야. 지구는 할부로 돌아가."

"그다음엔 어떻게 됐어요?"

"범인이 차에서 내렸어." 교노가 짤막하게 대답했다.

"그놈 차가 막다른 길에 부딪혔거든."

"멍청한 범인이네요." 신이치가 웃었다.

"좀 모자랐지. 정말 꼴불견이었어. 하지만 뭐, 그런 박력

으로 쫓아오면 정신 못 차리지. 유키코는 막다른 길인 줄
알면서 몰아세웠던 거야."

"우리가 밖으로 뛰쳐나가 범인을 붙잡았어."

"그랬어요?" 신이치가 깜짝 놀라 외쳤다. "경찰이 체포한
줄 알았는데!"

"최종적으로는. 하지만 처음에는 우리가 잡았어. 달려서
도망가려는 걸 붙잡았지."

당시 그 남자는 흥분한 상태였다. 얼굴은 벌겋고 호흡도
거칠었다. 나루세가 남자의 손목을 붙잡고 비틀어 땅바닥
에 처박았다.

"뭘 가지고 있는지 모르니 조심해요. 요즘은 젊은 놈이
나 나이 든 놈이나 다 위험해요." 구온이 말했다.

교노는 그 말에 동의하며 남자에게 다가가 몸을 수색했
다. 청바지 뒷주머니에 들어 있던 작은 칼을 발견하고 멀리
내던졌다. "나잇살이나 먹은 어른이 고등학생처럼 칼이나
들고 다니다니."

구온이 뒷좌석에서 노트북을 가져왔다. 어쩌려나 지켜
보는데 남자가 얼굴을 처박고 있는 바닥 위에 노트북을 놓
았다. "이거, 아저씨가 두고 간 거."

바닥에 뻗은 남자는 충혈된 눈으로 노트북을 노려보고
있었다.

"어쩔 거야?" 나루세가 중얼거렸다.

"놔!" 남자가 소리를 질렀다.

"예예." 교노는 타이르듯 말했다. 그러고는 노트북에 손을 뻗어 연결된 전원 선을 뽑았다. 두 개의 코드가 합쳐진 타입으로 잡아당기니 금방 빠졌다.

교노는 무의식중에 〈아베마리아〉를 흥얼거리고 있었다. 그 콘센트 선으로 남자의 다리를 묶었다. 그다음에는 나루세가 붙잡고 있는 두 손목을 묶기 시작했다.

"교노 씨, 그때 왜 〈아베마리아〉를 불렀던 거예요?" 구온이 운전석의 교노를 보았다.

"왜긴, 당연히 내가 좋아하는 곡이니까 불렀지."

경건하고 우아한 멜로디를 떠올리고 교노는 또다시 황홀해했다. "커다란 힘도 느껴지고."

"범인을 묶기 전에 일부러 부를 건 없잖아요?"

"슈베르트잖아."

"무슨 상관이람."

"마리아님이잖아. 그건 영국 시인이 쓴 글귀에 곡을 붙인 거야. 아버지의 죄를 사해 달라고 소녀가 기도하는 곡이지. 그때 상황에 딱 맞았어."

"이해할 수가 없네."

"구노의 〈아베마리아〉가 더 좋았어? 그쪽 가사는 기도

문 천사축사에서 따온 거야. '우리네 죄인을 위해 기도하소서'라고 말이야. 그쪽도 딱 맞잖아."

"똑같아요, 무슨 상관이람."

"모차르트의 〈아베마리아〉도 있어."

교노는 그렇게 말했다. 그리고 슈베르트의 〈아베마리아〉를 흥얼거렸다.

쓰러져서 묶여 있는 남자에게는 소녀의 기도도 천사축사도 없었는지 "나한테 왜 이러는 거야!" 하고 상스럽게 고함을 질러 댔다. "이런 짓을 하다니 가만두지 않겠어!"

그 말에 교노는 그만 웃고 말았다. 유치하다. 자기보다 나이 많은 남자가 이 정도로 유치하다니, 서글플 정도였다.

남자가 계속 외쳐 댔다. "듣고 있어? 용서 안 해, 너희 다 가만두지 않을 거야!"

"가만두지 않으면 어쩌려고?" 구온이 물었다.

"너, 너희 가족도 자식들도 모두 가만두지 않을 테다!"

"그런 말은 안 하는 게 좋았을 텐데." 구온 말했다.

"맞아. 그래서 유키코가 화났잖아."

"어머니가 어쨌는데요?"

"유키코는 '우리 아들을 어쩌겠다고?' 하고 물었어. 그랬더니 그 남자가 분위기 파악 못 하고 뭐라고 했어. 무슨 말을 했는지는 잊어버렸는데 뭔가 상스러운 협박이었어."

"그다음이 굉장했지." 구온이 웃었다. "유키코 씨는 별다른 대꾸 없이 그대로 등을 돌렸어. 그런가 싶더니 타고 온 차로 돌아가서 운전석에 올라타는 거야."

"설마." 신이치가 쓴웃음을 지었다.

"나도 방금 처음 만난 사람이라 어쩔 줄을 몰랐어. 갑자기 시동을 걸더니 우리 쪽으로 오잖아."

"깜짝 놀랐지. 속도는 대수롭지 않았지만 유키코의 차가 누가 봐도 남자를 노리고 달려왔거든."

남자를 위에서 짓누르고 있던 나루세가 펄쩍 물러났다. 눈앞에서 다가오는 자동차의 기세와 운전석에 앉은 유키코의 싸늘한 얼굴에는 그만한 박력이 있었다.

남자는 묶인 채로 몸부림치고 있었다. 겨우 위기를 실감했는지도 모른다. 다가오는 자동차를 응시하며 비명을 질렀다.

차가 멈췄을 때 앞바퀴와 남자의 머리 사이는 거의 붙어 있었다. 짓뭉개기 직전이었다.

운전석에서 내린 유키코가 태연한 얼굴로 말했다. "우리 아들한테 손댔다간 뭉개 버린다."

완전히 바람 빠진 풍선으로 변한 남자를 내버려 두고 교노 일행은 그 자리에서 떠났다.

돌아오는 차 안에서 나루세가 연방 감탄했다. "굉장한 재주네. 아슬아슬하게 차를 세웠어. 머리를 치기 일보 직전 이었다고."

"쳐도 된다고 생각하면 오히려 안 치게 되더라고."

극장으로 돌아와 그 자리에서 교노 일행을 내려 주고 유키코는 떠났다.

교노는 나루세와 나란히 역으로 걸어갔는데 그때 뒤에서 구온이 쫓아왔다. 손을 들고 "그 영화 또 보러 갈 거예요?"라고 물었다.

"설마." 교노는 그 자리에서 부정했다. 뭐가 좋다고 그런 영화를 다시 봐야 하나.

"또 만날 수 없을까요?" 구온이 그렇게 물었다.

교노는 나루세의 얼굴을 보았다.

처음 만난 시바견에게 호의를 산 것처럼 당황스러웠다.

그때 나루세가 구온을 가리키며 입을 열었다. "다음에 만날 때 나한테서 훔친 지갑 돌려줘."

"그땐 깜짝 놀랐어. 지금까지 헤아릴 수 없을 정도로 남의 물건을 훔쳤지만 달아나기 전에 들킨 건 처음이었거든."

"그걸 어느 틈에 훔친 거야?"

"극장에서 뛰쳐나가 직원 앞에 사람들이 모여 있었을 때. 무심코 훔쳤어요."

교노는 눈썹을 추켜올리고 기가 막힌다는 표정을 지었다.

"참고로 그때 교노 씨 지갑도 훔쳤어요."

교노는 귀를 의심했다. 처음 듣는 소리였다. "거짓말이지?"

"몰랐죠?"

"거짓말하지 마."

"속이 너무 비어 보여서 몰래 도로 돌려놨어요."

교노는 백미러 너머로 구온의 얼굴을 보았다. 한마디 하려고 입술을 달싹였지만 말이 나오지 않았다. 승리를 뽐내듯 눈을 반짝이는 구온이 얄미웠다.

"결국 극장은 폭발하지 않은 거죠?" 신이치가 물었다.

교노가 끄덕였다. "경찰이 처리했어. 고집스레 남아 있던 백발 남자가 어떻게 됐는지는 모르지만."

"하지만 그 후에도 또 사건이 터졌잖아요. 이번에는 강도 사건. 재수가 없어도 어쩜 그렇게 없을 수 있어요?"

"그러게." 구온도 남의 일처럼 말했다. "그땐 놀랐어. 그 사건이 있고 한 달쯤 지나 같은 극장에서 재상영회를 했거든. 극장 지배인이 미안하다면서. 폭파 미수 사건 당일에 왔던 손님들을 무료로 초대했어."

"또 그 지루한 사람 영화?" 신이치가 한발 먼저 물었다.

"맞아, 또 그 녀석 영화였어." 교노가 지긋지긋하다는 듯이 혀를 내밀었다.

"그렇게 싫었으면 보러 오지 말지." 구온이 말했다.

"공짜로 보여 준다는데 누가 마다해?"

"얄미운 성격이네. 어쨌거나 그날도 사건이 터졌어."

"은행 강도였죠?" 신이치가 웃었다. "왠지 황당한 이야기예요."

"황당한 이야기는 때때로 현실에서 일어날 수 있으니 황당하다고 치부할 수 없어." 교노는 그렇게 말하며 그때의 일을 떠올렸다.

"하지만 그래서 함께 은행 강도를 하게 됐다고 들었어요."

"뭐, 그렇지." 교노는 어물쩍 대답했다.

그러는 사이 목적지가 가까워졌다. 자동차 속도를 늦추었다. "혹시 저 건물인가?" 왼편에 보이는 주차장을 가리켰다.

"맞아요." 신이치가 차창에 이마를 대고 끄덕이더니 돌연 심각한 표정을 지었다. "저거야."

교노는 무의식중에 또다시 〈아베마리아〉를 흥얼거리고 있었다.

구온 4

복싱【boxing】 그리스에서 시작되어 중세 이후 영국에서 행해졌다. 주먹으로 서로 상대를 공격하는 경기.

이건 은퇴한 파친코 가게가 아니라 현역 폐허라 부르는 게 맞지 않나, 구온은 생각했다. 불빛이 없는 파친코 가게는 널찍한 편도 2차선 도로변에 있었다. 다가가기 힘든 어둠이 감돌고 있었다. 밤눈으로 봐도 유리가 깨져 있었고, 벽에는 스프레이 낙서가 있었다.

차를 세웠다. 너른 주차장에는 자그마한 밴 차량 한 대뿐이었다.

교노가 챙겨 온 검은 장갑을 끼면서 구온에게도 같은 장갑을 건넸다.

"지문을 안 남기려고요?" 신이치가 물었다.

"맞아. 게다가 이건 여기 주먹 부분에 가벼운 쿠션이 들어 있어." 구온은 자기 손을 보여 주며 말했다. "사람 몸을 작정하고 때리면 자기 손도 다치거든."

신이치는 생각도 못 했는지 눈을 휘둥그레 뜨고 중얼거렸다. "제, 제대로네요."

구온은 서 있는 밴을 가리켰다. "저게 신이치네 친구들이 타고 온 차 아니야?"

"응, 아마 선배 차일 거예요."

옆으로 열리는 슬라이드 도어는 길거리에서 귀가하는 여성을 끌고 들어가기에 안성맞춤으로 보였다.

조수석에서 나온 신이치는 말수가 적었다. 마치 어둠 속에서 살얼음 위를 걷는 듯한 표정이었다. 가게 안이 어렴풋이 보였다. 파친코 기계는 철거되고 없는 것 같았다. 몇 대는 망가져서 쓰러져 있다. 입구 옆 자동판매기에는 누군가 불을 지른 흔적도 보였다. 그대로 방치된 검게 그을린 자동판매기는 이 파친코 가게 자체가 세상의 규칙이나 법률로부터 격리되어 있다는 증거 같았다.

교노가 걸음을 멈추고 국도를 돌아보았다. "왜 그래, 교노 씨?" 그의 시선 끝을 좇으며 물었다.

"저기에 서 있는 차 보여? 옆 주유소 입구 쪽 말이야."

가르쳐 준 방향을 쳐다보았다. 문을 닫은 주유소 입구에는 이미 밧줄이 쳐져 있었다. 그런데 분명 그 옆에 미니왜건이 서 있었다. 불은 꺼져 있다. 사람이 있는지 없는지도 보이지 않았다.

"있는데 저게 왜요?"

"우리 다음에 온 것 같아서."

"뒤따라왔다는 거예요? 누가 타고 있나?"

"사람이 내린 기척은 없어."

"별로 신경 안 써도 될 것 같은데요. 그냥 커플이 저기에서 쉬고 있는 건지도 모르고."

"이렇게 어둡고 위험한 곳에 차를 세울 필요가 있을까?"

"문을 닫은 주유소나, 망해서 치안이 나쁜 파친코 가게가 유행하고 있는지도 모르죠. 중요한 건 무드니까." 구온은 과장스럽게 발음했다. "무드와 이미지, 세상은 그런 걸로 가득하니까." 한 번 더 말했다. "빨리 가요."

파친코 가게 입구로 향했다.

"자, 어쩔까?" 교노가 턱을 어루만졌다.

"권총을 가져올 걸 그랬네요." 양을 통솔하려면 양치기 개가 있으면 되지만, 천박한 소년들을 다스리려면 총이 필요할 것 같았다.

나루세가 흔히 말하듯 짧은 시간 안에 사람을 굴복시키려면 다소 거친 수단이 필요할 게 분명했다. 그들의 '주인'을 몰아내야만 한다.

"진짜 총은 나루세가 가져갔으니까."

"괜찮아요?" 신이치가 불안한 표정으로 쳐다보았다.

원래는 자동문이었을 파친코 가게 입구는 이미 깨져서 산산조각 나 있었다. 주변의 벽 자체가 무너졌다. 누군가 차로 돌진했는지도 모른다. 황폐하기 짝이 없었다.

유리 조각을 피해 안으로 들어갔다. 동시에 가게 안에서 사람 목소리가 들려왔다.

알아들을 수는 없지만 깜깜한 폐허 속에서 모닥불을 지피는 듯한 고양감이 느껴졌다.

여러 명의 목소리가 들렸다. 광적인 웃음소리가 한 차례 요란하게 울려 퍼졌다.

구온은 불쾌해졌다. 천박한 웃음소리는 인간의 결함 중 하나다.

교노가 말없이 앞으로 나아갔다. 신이치는 각오를 다진 진지한 표정으로 뒤를 따랐다. 주먹을 불끈 쥐고 있다.

처음에는 거대한 반딧불이가 날아다니는 것처럼 보였다. 반딧불이가 아니라 회중전등이었다. 회중전등이 몇 개나 빙빙 돌고 있었다.

가게 맨 안쪽은 파친코 기계가 전부 철거되어 유도 연습을 할 수 있을 만큼 너른 공간이 있었다.

구온은 가까운 파친코 기계에 몸을 숨기고 고개만 내밀어 상황을 살폈다.

어두운 가게 안에는 불온한 공기가 가득했다. 의자 하나가 놓여 있고 회중전등 불빛이 집중적으로 쏟아지고 있었다. 꼿꼿하게 앉은 소년의 모습이 떠올랐다.

"저게 가오루라는 애니?" 구온은 자기 앞에 있는 신이치에게 작은 목소리로 물었다. 신이치가 고개를 끄덕였다.

구온은 의자에 앉은 소년을 가만히 지켜보았다. 앉은키 나 무릎 높이를 보아 키가 크다는 것을 알 수 있었다.

소년의 팔, 무릎과 발목은 의자에 묶여 있었다.

"박스 테이프네." 옆에 서 있는 교노가 갈라진 목소리로 말했다.

그러네. 구온에게도 보였다. 박스 테이프로 의자에 묶여 있다. 그 볼품없는 수단이 더 잔혹해 보였다. 임무에 실패한 스파이가 책상에 묶여 고문을 기다리는 모습이 떠올랐다.

"불쾌하네."

소년들은 열 명 남짓 되었다.

중학생 같지 않은 체격의 남자들이 몇 명 있었다. 구온은 그중 하나가 리더라고 판단했다. 말투로 보나 덩치로 보나, 그가 다른 녀석들보다 위에 서 있다는 사실은 틀림없었다.

키가 크고, 이목구비도 멀끔하고, 덧붙이자면 집안도 좋을 것 같았다. 특징이 없는, 흔해 빠진 미남. 때때로 닿는 회중전등 불빛에 눈이 요사스럽게 빛났다.

리더로 보이는 그 남자는 어깨에 닿을 만큼 머리카락이 길었다. 노란 머리가 찰랑거렸다.

"그럼 너부터." 그 노란 머리가 느긋한 목소리로 내뱉었다. 들고 있던 몽둥이를 옆에 서 있던 키 작은 소년에게 내민다.

"입 다물고 있지 말고. 너부터 하라니까. 먼저 너부터 패."

노란 머리가 내린 명령이 가게 안에 울려 퍼졌다. 서클 활동 연습 내용을 알리듯 가벼운 태도였다.

소년들 사이에 긴장감이 감돌았다. 침을 꼴깍 삼키는 듯했다.

"위부터 내려가자. 얼굴 말이야. 면상을 노려." 노란 머리는 자기가 말한 '면상'이라는 단어의 발음이 마음에 들었는지 거기서 유쾌하게 웃었다. "면상을 때려서 이가 나가면 가점이야. 어금니가 5점, 앞니는 2점."

노란 머리는 자기가 만든 규칙이 걸작이라도 되는 듯 즐기고 있었다. "이 녀석 다리는 원래 뒤틀려 있으니 이건 나중에 해야지."

덜컹덜컹 소리가 났다. 의자가 춤추듯 소리를 냈다. 묶인 소년이 필사적으로 몸을 좌우로 흔들고 있었다. 달아나려는 것이다. 박스 테이프로 칭칭 감긴 소년은 의자와 한 몸이었다. 아무리 몸부림쳐도 의자에서 달아날 수 없는 그 모습은 비장함으로 똘똘 뭉쳐 있었다. "잠깐, 잠깐만." 의자에 묶인 소년이 애원했다. 눈도 테이프로 덮여 있었다.

자, 당장 뛰쳐나가자. 구온은 그리 결심했지만 막상 신이치가 염려되었다. 이대로 나가면 함께 있는 신이치가 어른들에게 고자질한 배신자로 찍힐지 모른다. 그리 바람직한 일은 아니었다.

그러자 교노가 처음부터 정해 둔 것처럼 신이치의 귓가

에 "조금만 참아라" 하고 속삭였다.

그리고 외쳤다. "낭만은 어디에!" 시작 신호다. 구온도 바닥을 박찼다.

"악!" 파친코 가게에 짤막한 비명이 울렸다. 신이치의 비명 소리였다. 의자를 에워싸고 있던 소년들이 창백한 얼굴로 구온이 있는 쪽을 쳐다보았다.

교노가 신이치의 팔을 등 뒤로 꺾고 있었다. 뒤에서 붙들어 인질을 끌고 가듯 앞으로 나갔다.

회중전등이 일제히 그들을 향했다.

"너흰 뭐야?" 당당하게 맞선 것은 리더인 노란 머리 남자였다. 정면에서 보니 얄미울 정도로 잘생긴 미소년이었다.

"신이치." 회중전등을 든 소년 중 누군가가 말했다.

"이 녀석, 여기 숨어 있던데 너희 친구 아냐?" 교노가 그렇게 말하며 신이치를 앞으로 떠밀었다.

신이치가 친구들 앞까지 휘청거리며 떠밀렸다.

머리 좋네. 구온은 감탄했다. 이러면 신이치는 파친코 가게에 있다가 우연히 붙잡힌 것처럼 보인다.

"신이치도 왔었나." 누군가 혼잣말처럼 중얼거렸다.

신이치는 고개를 푹 숙이고 있었다.

"자, 소년들. 너희는 대체 뭘 하고 있었지?" 교노가 익숙한 말투로 떠들기 시작했다. 평소와 다름없는 태평한 연설에 가까웠다.

정말 말이 많다니까. 구온은 슬그머니 웃었다. 돌발적인 대홍수가 나서 몇 시간 안에 세상이 가라앉는다 해도 주위가 허락한다면 교노는 기꺼이 연설을 할 게 분명했다. "그렇게 가라앉은 표정을 짓고 있으면 가라앉고 말아요"라고 말문을 열겠지.

소년들이 당황했다.

"뭐야, 저 아저씨?" 어디선가 작은 목소리가 났다.

교노가 말을 이었다. "실은 우리는 여기 가오루 소년의 아버지한테 부탁을 받았어. 의자에 앉아 있는 게 가오루지? 귀가가 늦어서 위험한 일에 휘말린 건 아닌지 확인해 달라 하셨거든."

어디서 그런 엉터리 이야기가 튀어나오는지 구온은 도무지 감을 잡을 수 없었다. "위험한 일에 휘말렸는지는 모르겠지만 박스 테이프에는 휘감겨 있는 것 같네" 하고 일단 입을 맞추었다.

노란 머리 남자는 여전히 침착한 표정이었다. "여길 어떻게 알았지?"

"본인도 모르지만 가오루한테는 발신기가 붙어 있거든. 아버지는 언제나 위치를 알 수 있다는 뜻이지."

교노가 그런 말을 해서 웃음을 터뜨릴 뻔했다. '발신기'는 어딘가 극화 같고 고풍스러운 느낌이 났다.

"너희들, 이 녀석 홀어머니밖에 없는 그냥 가난한 집안이라고 하지 않았어?" 노란 머리가 옆에 있는 중학생에게 고함을 질렀다. "말이 다르잖아, 어?"

"아니, 하지만 분명 그럴 텐데, 그렇지?" 키가 크고 홀쭉한 소년이 입을 비죽거리며 옆에 있는 친구들 얼굴을 보았다. 또 다른 한 명도 "맞아"라고 동의했다.

"유감이네, 가오루 소년에게도 생물학적 아버지는 있거든. 세상에 태어난 이상 당연하지. 너희에게는 몹시 불리한 일이지만 그 아버지가 자기하고 같은 스물세 개 염색체를 가진 아들이 괴롭힘을 당하는 꼴을 묵인할 만큼 신사는 아니라서, 우리를 보낸 거다."

"바보 아냐?" 노란 머리는 겁먹은 기색도 보이지 않았다. "됐어, 상관없어. 우리는 아무 짓도 안 했으니까. 그냥 놀고 있었을 뿐이야." 그러면서 웃는다. "맞지? 그렇지?"

구온이 일그러진 얼굴로 말했다. "하지만 의자에 박스 테이프로 묶었잖아."

"이 녀석이 스스로 해 달라고 부탁한 거야. 탈출 연습을 하고 있다면서. 그래, 탈출 마술이야."

즉흥적으로 둘러대는 데에는 이골이 난 듯했다.

"탈출 마술 연습이야. 우리는 불려 나와서 도와준 거고. 바보 아냐? 오히려 고맙다고 해야지."

"형광등이나 각목으로 맞고 있는 것 같았는데?" 구온은 흩어진 유리 조각과 부러진 목재를 굽어보았다. "피도 나고." 가오루의 뺨과 이마를 가리켰다.

"이 녀석이 연출한 거야. 우리는 부탁받아서 그런 것뿐이라고. 그렇지? 어이, 새끼야, 맞지?" 노란 머리는 그렇게 말하며 의자에 묶인 가오루의 얼굴을 노려보았다. 확실히 거역할 수 없는 박력이 있었다.

구온은 화가 치밀었다.

눈앞의 소년은 지금까지도 같은 방식으로 살아왔으리라. 쉽게 상상이 갔다. 참을성이 없다. 반성하지 않는다. 책임은 지지 않는다. 그렇게 살아온 것이다. 욕구가 이끄는 대로 폭력을 휘두른다. 부모나 교사가 야단치면 남에게 죄를 떠넘긴다. 스스로 유능한 변호사 역할을 하는 범죄자다. "증거가 없는 경우에는 죄를 입증할 수 없다", "의혹만으로는 벌할 수 없다", "확정될 때까지는 무죄가 아닌가"라고 당당하게 주장하는 것이다.

실제로 노란 머리가 하는 말은 상습적인 주장이었다. "아저씨들, 아무 짓도 하지 않은 우리를 어쩌려고? 그런 건 위험하지 않아? 청소년에게 폭력을 휘두르면 위험하잖아. 어른스럽지 못하게."

이런 소년은 상대가 폭력단이면 얌전히 꼬리를 말고 달아나는 주제에 그렇지 않은 상대, 상식 범위 안에서 행동할 수밖에 없는 경찰관이나 교사 앞에서는 세 치 혀로 넘어가려 한다.

사람 좋게 생긴 구온과 교노는 회유하기 쉬운 상대라고 직감적으로 판단했으리라.

"알았으면 아저씨들은 돌아가. 우리는 조금 더 이 녀석하고 어울리다 갈 테니까."

구온은 가만히 숨을 들이쉬고 담담히 말했다. "너희 하는 말은 하나도 못 알아듣겠다."

"뭐라고?"

"너희가 아무 짓도 하지 않았든, 무슨 짓을 했든, 아무 상관 없어."

"무슨 소리를 하는 거야?"

"우리도 하고 싶은 일을 하겠다는 것뿐이야."

어른이 모두 논리적이라고 생각하지 마라. 구온은 혀를 내밀었다. 논리에 맞지 않는다는 지적에 움츠러들 줄 알았다면 큰 오산이다.

말을 끝내기 무섭게 바닥을 박찼다. 눌려 있던 용수철이 끊겨 겨우 자유로워진 기분이었다. 샴페인 병에서 날아가는 코르크 같은 기분이었다. 맨 오른쪽 끝에 있던 소년 앞에 섰다.

바로 팔을 휘둘렀다.

주먹으로 힘껏 때리지는 않았다. 그러면 손이 아프니까.

살짝 갖다 대는 느낌으로 상대의 코를 노렸다.

싸움에 익숙하지 않은 중학생 수준이라면 얼굴에 그 정도 공격을 가하기란 어렵지 않다. 코의 통증으로 쉽사리 전의를 상실하기도 한다.

예상대로 소년은 그 자리에 무릎을 꿇고 웅크렸다.

그때 소년들의 행동은 몇 가지로 분류할 수 있었다. 회중전등을 내던지고 달아나는 아이, 갑자기 찾아온 위험에 당황해 꼼짝도 못 하는 아이, 자세를 갖추는 아이.

구온은 달아나는 그들의 뒷모습을 보면서 바로 몸을 돌려 남은 상대를 보았다. 체격 좋은 녀석들이 네 명 정도 있었다.

마주하면서도 이 소년들이 학급 우등생이거나 축구부 정규 선수라 해도 조금도 이상하지 않겠다고 생각했다. 겉보기에는 평범한 중학생의 모습이다. 평범한 소년들이 무리지어 남을 괴롭히고, 결국에는 살인에 이르러도 어쩔 수 없다고 생각하는 태도는 구제할 길 없이 음습했다.

위험이 따르지 않는 폭력의 어디가 즐겁다는 걸까?

인간은 멸종하는 게 낫겠다는 생각이 구온의 머릿속에 떠올랐다.

차례로 소년들을 공격했다. 때리고, 걷어차고, 바닥에 짓눌렀다.

회중전등이 어지러이 날았다.

비명도 신음 소리도 없었다. 다만 담담하게 울리는 둔탁한 소리와 사람이 쓰러지는 소리, 달아나는 발소리가 들릴 뿐이다.

노란 머리 소년이 어느 틈에 교노 앞에 서 있었다.

눈이 분노와 초조함으로 충혈되어 있었다. 근처에 굴러다니던 각목을 쥐고 있었다. 두 손으로 꽉 움켜쥐고 자세를 취하고 있다.

노란 머리 소년은 재빨리 계산했으리라. 젊은 구온보다 중년인 교노가 더 상대하기 쉽다고 생각했을 것이다.

쓰러지고 달아나느라 다른 소년들은 없었다. 구온은 선 채로 상황을 지켜보았다.

교노가 숨을 가볍게 내쉬고 무릎을 살짝 굽히더니 몸을 비스듬히 기울였다. 왼손을 앞으로 뻗고 오른손을 뒤로 돌려 가볍게 손가락을 오므려 주먹을 쥐고 있다.

노란 머리 소년이 바로 교노에게 달려들었다. 무모했지만 박력 있는 공격이었다.

각목을 휘두르는 모습을 본 구온은 바로 머리가 나쁘다고 느꼈다.

휘두르는 행동은 곧 적이 품에 파고들 공간을 만든다는 뜻이다. 무기로 찌른다면 또 몰라도 휘두르려 하다니, 막무가내라 말이 나오지 않았다.

아니나 다를까 교노는 재빨리 상대의 품속에 파고들었

다. 그리고 허리를 돌려 오른손 주먹을 소년의 턱을 향해 날렸다.

소년이 그대로 쓰러졌다.

"다운!" 구온은 드높이 외쳤다. "뉴트럴 코너로 물러나십시오!"

심판 흉내를 내며 교노의 등 뒤를 가리켰다.

교노가 연극적인 몸짓으로 뒤로 물러나 두 대의 파친코 기계 사이에 몸을 기댔다. 로프 대신이라고 생각하는지도 모른다.

"역시 아프네." 자기 오른손을 문지르고 있다.

노란 머리 소년은 쓰러져서 일어나지 못하고 있었다. 구온은 발밑에 떨어진 박스 테이프를 주워서 쭉 잡아당겨 끊었다. 그리고 쓰러져 있는 노란 머리 소년의 두 손목과 발목에 칭칭 감았다.

교노가 다가왔다.

"교노 씨, 대단한데요?" 구온이 말했다. "역시 고교 체전 준결승 녹아웃 패배는 다르네요. 나이를 먹어도 펀치가 날카로워."

신이치가 입을 떡 벌리고 놀라움을 금치 못했다. 교노가 복싱으로 고교 체전에 나갔다는 사실을 믿지 않았으리라.

쇼코 씨조차 믿지 않았으니 어쩔 수 없다.

"그건 사실상 결승전이라고들 했어."

"1회전에서 진 아이도 분명 똑같은 소리를 할 거예요."

"흥." 교노는 콧방귀를 뀌었다.

"너희들 가만두지 않을 테다!" 발밑에서 애벌레 꼴이 된 노란 머리는 아직 기운이 넘쳤다.

"말대꾸하지 마. 나는 너를 더 이상 때리고 싶지 않아. 주먹이 너무 아프단 말이야."

"그때 극장 사건이 떠오르네요." 구온이 웃었다. 폭탄을 설치한 그 범인도 나루세에게 제압당한 뒤에 똑같은 소리를 했다. 모두들 어디서 배운 것처럼 비슷한 소리를 한다. 독창성은 어디로 갔나, 한탄스럽다.

"이런 놈들은 철저하게 본때를 보여 줘야 정신을 차려. 나쁜 짓을 하면 반성할 때까지 용서받을 수 없다는 사실을 어렸을 때 배우지 않은 거겠지."

교노가 안타깝다는 듯 울적한 표정을 지으며 구온에게 박스 테이프를 받아 들었다. 힘껏 테이프를 잡아당긴다. 시트를 찢는 것처럼 시원한 소리가 났다.

"어쩌려고요?" 그렇게 묻자 교노는 어깨를 움츠렸다. "더 확실하게 감아야지, 시끄러워서 못 참겠어."

그렇게 남자의 머리를 박스 테이프로 칭칭 감기 시작했다. 조금도 망설이지 않았다. 교노는 〈아베마리아〉를 흥얼거리고 있다. 정수리부터 목까지 단숨에 둘둘 일곱 바퀴나 감더니 손으로 끊었다.

"질식하는 거 아니에요?"

"질식하면 문제 있어?" 교노가 진지한 얼굴로 말했다.

노란 머리가 겁먹었는지 몸을 움찔거렸다.

박스 테이프 미라가 된 소년은 그 자리에서 데굴데굴 구르기 시작했다. 도망치려고 저항하는 건지도 모른다.

주변 소리나 말소리를 듣지 못하도록 귀까지 테이프로 감았다.

"머리를 들어." 교노가 남자의 발을 잡으며 구온의 얼굴을 보았다. 구온은 바로 알아듣고 뒤통수를 잡았다. "하나둘" 하는 구령에 호흡을 맞춰 남자를 들어 올렸다.

그대로 파친코 가게 구석으로 이동했다.

"나중에 경찰에 전화하면 되겠죠?" 바지에 묻은 흙먼지를 탁탁 털며 구온이 작은 목소리로 물었다.

"이렇게 혼쭐이 나도 이런 놈들은 정신 못 차릴 거야." 교노가 말했다. "인간은 후회하는 동물이지만 뉘우치지는 않거든. 반복하는 거야, 어리석은 짓을. '역사는 되풀이된다'라는 건 그 변명이지."

구온은 시선을 돌려 미라 상태의 소년을 힐끗 쳐다보고 끄덕였다.

쓰러져 있던 소년들은 셋 다 일어나 있었다. 몸에 불이라도 붙은 것처럼 달아나는 모습이 보였다.

동급생들의 모습이 사라지자 신이치가 그제야 어깨에

서 힘을 뺐다. 안도한 표정으로 의자 쪽으로 달려갔다.

"가오루, 무사해?" 신이치가 가오루의 눈에 붙어 있던 박스 테이프를 떼어 냈다.

"아야야!" 테이프를 떼어 내자 가오루가 소리를 질렀다.

두 손을 풀어 주자 그는 발을 직접 풀었다.

가오루가 혼란스러워하는 것은 구온도 알 수 있었다. 머릿속을 정리하려는 표정으로 입을 꾹 다물고 있었다. 영리해 보이는 소년이다. 뺨에 상처를 입어 피가 났지만 그리 심각한 부상 같지는 않았다.

잠시 후 웅얼거리는 목소리로 말했다. "고맙습니다." 서툰 인사를 입에 담는 표정은 어디로 보나 중학생이라 호감이 갔다.

신이치가 어디선가 목발을 찾아와 가오루에게 건넸다. "미안해, 도와주지 못해서."

교노가 가오루 앞에 섰다. "그렇지 않아. 신이치는 우리를 데리고 너를 구하러 왔어."

"신이치네 가족분이세요?"

"신이치를 도와준 것뿐이야." 구온은 웃었다.

"요컨대 이치조 천황의 섭정이 된 후지와라 미치자네지. 그거하고 똑같아. 천황이 어린 경우 정치를 대행하는 제도 말이야!" 교노가 기쁜 듯이 떠들었다.

"어? 일본사?" 구온은 뜬금없는 화제에 되물었다.

"천황이 미성년자일 경우 뒤를 봐주는 사람을 섭정, 성인이 된 후에는 관백이라고 불러. 들어 본 적 있지? 섭관 정치 말이야. 후지와라 미치자네가 완고하게 섭정을 고집했던 건 알아?" 그렇게 말하며 집게손가락을 세웠다. "그건 섭정하고 관백의 권한이 달랐기 때문인데."

"아니, 교노 씨, 그런 건 상관없고요." 구온은 당황해서 말을 막았다.

"아, 저기, 아까, 아버지한테 부탁받아서 왔다고 그랬는데." 가오루가 난감한 기색으로 입을 열었다. "저희 아버지는 이미 돌아가셨는데."

구온은 웃으며 교노를 쳐다보았다. 교노는 머리를 긁적이며 대충 둘러댔다. "죽어도 아들은 걱정되는 법이야. 몇 살이 되어도 아들은 아들이니까."

"그리고 발신기라는 건 대체?" 가오루는 위험한 물건이라도 찾듯이 제 몸을 굽어보고 있었다.

"몸속에 심어 놨어." 교노가 가오루를 아무렇게나 가리켰다.

"어, 어디에요?"

"깊숙이 심어 놨어, 몸속 어딘가에." 구온도 웃으며 손가락을 빙글빙글 돌려 가오루의 몸을 어중간하게 가리켰다.

"인체에는 영향이 없어." 교노가 덧붙였다.

"최신형이니까." 구온도 거들었다.

가오루가 복잡한 표정으로 어색하게 웃었다.

그때 큰 소리가 났다. 무슨 일이 벌어졌는지 전혀 몰랐다.
"꼼짝 마!" 예상치 못한 곳에서 고함 소리가 난 것이다.
반사적으로 돌아보았다. 눈앞에 권총을 움켜쥔 중년 남
자가 서 있었다. 파친코 가게 입구로 들어왔으리라.
이건 누구지? 구온은 어리둥절한 상태로 속으로 그렇게
중얼거렸다.
"꼼짝 마!" 중년 남자가 한 번 더 말하며 다가왔다.
"누구야, 저 남자는?" 교노가 얼굴을 가까이 대고 물었다.
"가오루를 걱정한 아버지일지도 모르겠네요."
"망했다." 교노가 말했다. "발신기 때문인가?"

교노 6

이심전심 ① 선종에서 말로는 표현할 수 없는 진리를 스승이 제자의 마음에 전하는 것. ② 생각하는 바가 말을 거치지 않고 서로의 마음에서 마음으로 전달되는 것. ③ 무선 신호.

교노의 눈앞에는 중년 남자가 거머쥔 권총이 있었다. 변명도 빈말도 통하지 않는다는 점에서 총구는 무뚝뚝하고 고집스러운 공무원 같았다.

"그 아이한테서 떨어져." 남자가 말했다.

"하아." 상황을 이해할 수 없었다. 교노는 주위를 둘러보고 일단 두 손을 들었다. 저항해야 할지 말지 판단이 서지 않았다. 옆에 있는 구온도 똑같은 자세를 취했다.

가오루도 동요하는 모습으로 보건대 그가 아는 사람도 아닌 듯했다.

"너." 남자가 신이치의 얼굴을 왼손으로 가리켰다. "그 남자들한테서 떨어져."

"저요?" 신이치가 깜짝 놀라 자기를 가리켰다. "저 말이에요?"

갑자기 나타난 남자가 누구인지, 어째서 신이치를 떼어놓으려 하는지, 교노는 알 수 없었다. 나이는 교노보다 많아 보였다. 마흔 초반일까. 피부는 햇볕에 그을었지만 어딘가 나약한 인상도 있다.

"스피츠인가?" 구온이 속삭였다.

"굳이 따지자면. 시바견 같기도 해." 교노는 짤막하게 대답했다. 스피츠만큼 시끄럽지는 않지만 허세를 부리면서도 사실은 겁쟁이처럼 보였다. 시바견은 자기 주변에만 관심을 쏟고 답답한 생활을 싫어한다. 눈앞의 남자는 그와 비슷했다. 신이치가 뒷걸음질로 가오루 옆까지 물러났다.

"좋아, 그럼 너희는 그대로 밖으로 나가." 중년 남자가 신이치와 가오루에게 고개를 돌리고 턱짓으로 출구를 가리켰다.

"우리를 어쩔 셈이지?" 교노가 물었다.

"얌전히 있으면 쏘지 않겠다. 아이들이 안전하게 밖으로 나갈 때까지 가만히 있어."

"수상하네요. 쏠지도 몰라." 구온이 말했다.

교노도 동감이었다. 눈앞의 남자에게는 이성이 충분히 남아 있는 것 같았지만 양식 있는 선량한 일반인으로 보이지도 않았다.

"아이들을 어쩔 셈이지?" 교노는 신이치와 가오루에게 시선을 돌렸다.

"안전한 곳으로 데려간다."

"이 세상에 안전한 곳이 있다면 좀 알려 주면 좋겠네." 교노는 그렇게 말했다. "아이들을 어쩔 셈이지?"

남자가 우물쭈물했다. 중학생 두 사람을 피신시킨 다음에는 어쩔 작정인지 거기까지는 생각하지 못한 건지도 모른다.

이 남자는 발작적으로 총을 들었구나. 교노는 그렇게 생각했다. 판단력이 부족한 겁쟁이, 틀림없다.

"잠깐 기다려. 우리는 나쁜 사람이 아니야. 저 아이들 편이라고." 구온은 어쩌면 권총을 든 중년 남자와 그들 사이에 어떤 오해가 있는 게 아닐까 싶어 그렇게 말했다. 커뮤니케이션이 부족해서 생긴 오해라고.

"나는 가게 밖에 있었어. 그랬는데 방금 전에 아이들이 도망쳐 나왔어. 사정을 들어 보니 정신 나간 어른들이 폭행했다는 거야. 당신들을 말하는 거잖아?"

"그건 오해야. 나쁜 건 우리가 아니야." 교노는 설명하려 하면서 눈앞에 있는 남자의 정체를 고민했다. 형사로 보이지도 않는다.

"오해는 무슨. 그 아이들에게 손대지 마."

"아니, 역시 오해 같은데." 구온이 쓴웃음을 흘렸다.

교노는 박스 테이프로 감긴 소년을 보았다. 이따금 부스럭거리는 것이 시야 한구석에 들어왔다. 권총을 쥔 남자가 그것을 알아차린 기미는 없었다. 만약 남자가 발견했다면 교노와 구온을 확실하게 학대 가해자로 결론 내렸을 것이다. 그렇게 되면 더 복잡해진다.

그때 신이치가 끼어들었다. "정말이야, 이 아저씨들은 저를 도와줬어요."

떨리는 목소리였지만 진지한 말투였다.

교노는 눈을 빛냈다. 가까이 있는 중요한 증인을 잊고 있었다. "그래, 맞아. 여기 증인이 있었지. 신이치가 증언해 주면 이해가 빠를 거야. 저 아저씨한테 설명해 줘. 배심원 혹은 재판관이자, 형벌 집행인인 저 수수께끼의 남자에게 확실하게 알려 줘. 우리가 얼마나 선량하고 무해한지 가르쳐 줘. 교미 후의 수컷 사마귀보다 무해하다고."

"꼼짝 마." 날카로운 목소리가 재빨리 날아들었다. "신이치, 잠깐 이쪽으로 와."

신이치가 몸을 흠칫 떨며 놀랐다. 설마 남자가 자기 이름을 부를 줄은 생각도 못 했으리라.

우리가 신이치를 부르는 소리를 들었구나. 교노는 그렇게 생각했다.

순찰차 소리가 들려온 것은 그때였다.

파친코 가게에 있는 모든 사람이, 정확히 말하면 박스테이프로 미라가 된 노란 머리를 제외한 모든 사람이 사이렌 소리에 반응했다. 남자의 얼굴이 잔뜩 일그러졌다. 경찰이 들이닥치면 권총을 쥐고 있는 남자에게는 변명의 여지가 없다.

남자는 권총을 재킷 안쪽에 넣었다. 그리고 걸음을 돌려 달리기 시작했다. 순간 신이치 쪽을 향해 시선을 던졌지만 포기한 듯 고개를 저었다. 파친코 기계 사이를 빠져나가 출구로 향했다.

거의 동시에 구온이 바닥을 박찼다. 쓰러진 의자를 사뿐하게 넘어 남자 앞으로 튀어 나갔다. "잠깐!" 두 손으로 앞을 막았다.

남자가 구온과 충돌했다. 구온이 파친코 기계 쪽으로 쓰러지는 사이에 남자는 출구로 사라졌다. 지갑을 훔쳤구나. 교노는 알 수 있었다.

"신이치, 가자. 가오루 너도."

밖으로 사라지는 구온의 모습이 보였다.

"우리는 남아 있는 게 나아요." 신이치의 입에서 그런 말이 나왔다.

"왜 그래?"

"아마 저 순찰차는 내 친구가 경찰에 신고해서 출동한 걸 거예요. 우리가 남아 있는 게 낫지 않겠어요?"

"경찰에 우리를 뭐라고 설명하려고? 귀찮을 텐데. 달아나는 게 편하잖아."

"저 사람은 어쩌려고요?" 신이치가 박스 테이프로 자유를 빼앗긴 소년을 쳐다보았다.

"내버려 둬. 경찰이 찾아 주겠지. 그리고 우리는 어차피 아이를 학대한 범죄자 취급을 당할 거야."

"하지만, 하지만." 신이치는 필사적으로 고민했다. "안 돼요. 가오루는 다리가 불편하니 달릴 수 없고, 우리 둘 다 없으면 나중에 모두 의심할 거예요."

"친구들이?"

"응. 어떻게 달아났는지 의심하겠죠. 자칫하면 아저씨들하고 한패였다는 걸 들킬지도 몰라요. 그러면 또 온갖 소리를 들을 거예요. 그럴 바에야 경찰에 나하고 가오루가 대충 둘러대는 게 진짜 같지 않겠어요?"

"경찰에 뭐라고 하려고?"

"가오루를 괴롭히려고 모두 모였는데 낯선 아저씨들이 나타나서 가오루를 구해 줬다고. 그렇게 말할 거예요." 낯선 아저씨라는 부분에서 신이치가 교노를 가리켰다.

"신이치 넌 괴롭히는 쪽이 될 셈이야?"

"뭐, 그렇죠. 그 정도가 딱 좋아요." 신이치는 웃었다. "현실성의 문제예요."

"너는 나를 도와주러 왔잖아." 그렇게 말한 것은 가오루였다.

"그게 나아." 신이치가 단호하게 말했다. 결정한 방침은 절대 바꾸지 않겠노라 각오한 태도였다.

"그럴 수는 없어." 교노는 난처했다. '그럴 수는 없는' 근거를 스스로도 찾지 못했지만 일단 그렇게 말했다.

"경찰이 와서 아무도 없으면 저기서 박스 테이프에 묶여 있는 선배가 유일한 증인이 돼요. 무슨 소리를 할지 알 수 없으니 위험하다고요. 그럴 바에야 나하고 가오루가 입을 맞추는 게 나아요."

교노는 머릿속으로 상상해 보고 있었다. 경찰이 순찰차를 타고 들이닥친다. 교노와 구온을 에워싸겠지. 교노는 "나는 소년을 구하려고 왔소!"라고 주장해 보지만 경찰은 "그래서 소년을 때렸습니까?"라고 눈을 부릅뜰 것이 분명했다. 입매도 성나 있겠지. "지나쳤나요?" 그렇게 머리를 긁적이면 "어른스럽지 못하잖아요"라고 싸늘한 말투로 수갑을 꺼낼 게 틀림없다.

"알았어." 교노는 고개를 절레절레 저었다. 스무 살도 더 어린 소년에게 사물의 판단을 맡기는 건 씁쓸했지만 결단을 질질 끌 여유가 없는 것도 사실이었다. 이러는 동안에도 순찰차는 다가오고 있다.

교노는 파친코 가게에서 뛰쳐나갔다. 바깥 공기를 마시니 몸이 가벼워지는 것 같았다.

구온은 이미 차 옆에 서 있었다. "빨리 가요. 순찰차가 다가오고 있어. 어라, 신이치하고 가오루는?"

"일단 타. 이유는 바로 설명할게." 재빨리 말하고 자동차 문을 열었다.

구온은 이해가 빨랐다. 고개를 끄덕이고 차에 올라탔다.

교노는 시동을 걸었다. 액셀에 발을 뻗었다. 주차장을 대담하게 가로질러 차도로 뛰어들었다. 지나가는 차는 없었다. 깜빡하고 불을 켜지 않아 황급히 켰다. 교노는 액셀을 쉬지 않고 밟았다. 당황해서 그런지 속도가 제대로 붙지 않는다.

"신이치하고 가오루는 남았어."

"왜요?" 구온이 얼굴을 찌푸렸다.

"경찰에 설명하겠대." 그리고 교노는 신이치가 무슨 말을 했는지 간략하게 구온에게 설명했다. 중학생에게 설득당할 줄은 몰랐다고 쓴웃음을 지었다.

"내가 잘못 판단한 걸까?" 교노는 문득 신이치와 가오루를 남겨 두고 온 게 불안해졌다.

"교노 씨도 불안해질 때가 있어요?"

"4년에 한 번쯤은."

"교노 씨는 조금 더 자주 불안해져도 될 것 같아요."

그런가? 교노는 고개를 갸웃거렸다.

"괜찮아요. 경찰은 신이치하고 가오루를 붙잡아도 바로 풀어 줄 테고, 게다가 신이치가 경찰에 친구들 이름을 불지 않으면 분명 그 안에서 점수를 딸 거예요." 구온이 밝게 말했다.

"그러면 다행인데."

국도 차선을 타고 가다가 신호에서 우회전을 할까 고민

했다. 발이 액셀에서 미끄러질 것만 같다.

"그나저나 유키코가 얼마나 대단한지 알겠어." 교노는 진심으로 중얼거렸다.

"왜요?"

"경찰에 쫓기면서도 용케 그렇게 차분하게 운전하잖아. 나는 지금도 벌써 정신없어 죽겠는데." 도주 중에 평상시처럼 운전하는 게 얼마나 어려운 일인지 통감했다. 핸들을 쥔 손에는 힘이 잔뜩 들어가고 다리도 바르르 떨렸다.

"그 남자는 대체 뭐였을까요?" 구온이 의문을 입에 담았다. "우리한테 총을 들이댔잖아요. 그냥 미친놈인가?"

"그런 건 아니었어. 가오루를 구하러 온 정의의 사도인가 싶기도 했는데, 그렇지도 않았고. 영문을 모르겠군. 구온, 아까 그 남자한테서 뭔가 훔쳤지?"

구온이 주머니에서 휴대전화를 꺼내 교노에게 보여 주었다. "사실 지갑이 나왔는데 마음대로 안 되더라고요. 어두워서 어디에 들어 있는지도 모르겠고."

교노는 그 휴대전화를 왼손으로 받아 들고 쳐다보았다.

갑자기 전화가 울렸다.

발밑에서 순찰차가 튀어나온 줄 알고 교노는 깜짝 놀라 휴대전화를 떨어뜨렸다.

구온이 안전벨트를 풀고 전화를 주우려고 손을 뻗으며 웃었다. "차 안에서 매미가 우는 것처럼 시끄럽네요."

휴대전화를 주웠다. "어쩌지. 발신 표시 제한인데. 받아볼까요?"

"내가 받을게." 교노가 말했다.

"운전하고 있잖아요."

교노는 앞쪽을 보았다. 국도가 쭉 뻗은 일차선인 것을 확인하고 대답했다. "내가 말할 테니 전화기를 들고 있어."

"내가 받을게요."

"됐어, 됐어." 교노는 화난 것처럼 언성을 높였다. "이런 건 내가 잘해."

"교노 씨는 이렇게 재미있어 보이는 일은 항상 독차지한다니까. 어린애도 아니면서."

"신이 세상을 이레 만에 창조한 건 호기심 덕분이라고."

아랫입술을 비죽 내민 구온이 통화 단추를 누르고 교노의 왼쪽 귀에 휴대전화를 갖다 댔다.

"여-보세요." 교노는 쾌활한 목소리로 말했다.

"교노?"

예상도 못 한 대답이 돌아와 교노는 아연실색했다. 아무리 생각해도 맨션 쪽에 가 있는 나루세의 목소리였다.

"아, 이 목소리는, 나루세야?" 경악을 집어삼키고 간신히 태연한 척했다. 구온이 휘둥그런 눈으로 쳐다보았다.

"잠깐. 어째서 자네 전화로 연결되는 거야?" 역시 이 목소리는 나루세가 틀림없었다.

"사랑의 힘 아닐까?" 교노는 그저 우스운 나머지 그렇게 대답했다.

나루세 5

난입 동료가 아닌 사람이 갑자기 가입하는 것. 또는 그 사람. 미리 설명하면 반대할 것이 확실한 경우에 동의를 얻지 않고 당당하게 참가하는 것. "나는 자네 인생에 ○○했네."

나루세는 "교노?"라고 물으며 혼란스러운 마음을 가라앉히려 애쓰고 있었다. 머릿속에서 소리가 나는 것 같았다. 짜고 있던 가설이 무너지는 소리다.

유키코가 걱정스러운 눈빛으로 바라보았다. "교노 씨야? 뭐래?"

"어떻게 된 영문이지." 나루세는 전화기에 대고 말했다.

머리를 굴렸다. 정보가 블록 쌓기라면 정보에서 추측하는 가설은 블록으로 만든 성이다. 방금 전까지 나루세의 머릿속에는 성이 완성되어 있었다. 하야시의 시체를 발견했을 때도 그 성은 무너지지 않았다. 그의 추측은 틀리지 않았다고 확신했을 정도다. 그런데 재다이얼 단추를 눌러 교노가 전화를 받은 순간에 무너졌다. 예기치 못한 블록 조각이 위에서 떨어진 것 같았다.

교노가 전화를 받을 이유를 찾지 못하겠다.

"나루세, 자네야말로 어디에서 거는 거야?" 교노는 약간 흥분한 목소리였지만 그래도 어느 정도는 이 상황을 즐기는 기색이었다.

교노는 신기한 일이나 비현실적인 현상을 좋아한다. 옛날부터 그랬다.

"파크맨션에서 걸고 있어."

"허, 하야시 씨 자택인가."

"고故 하야시 씨야." 나루세가 말했다.

"고?"

"지금은 식칼이 꽂힌 시체거든."

"오호라."

"안 놀라?"

"세상에서는 매 초마다 몇 명씩 죽어 나가는데 어떻게 일일이 놀라? 오히려 아무도 죽지 않으면 그게 더 놀랍겠다."

"그건 그렇지." 나루세는 교노도 자기하고 비슷한 생각을 한다는 사실에 쓴웃음을 흘렸다. "다만 눈앞에 시체가 있는 건 기쁘지 않아."

"시체도 기뻐해 달라고 자네 앞에 있는 건 아니겠지. 그래서 자네는 거기에서 어떻게 이 휴대전화로 전화했어? 번호를 어떻게 알았어?"

"지금 하야시 씨 집에 있는 전화로 재다이얼을 했어. 그랬더니 자네가 받았고. 그건 자네 휴대전화야?"

"내 건 아니야." 교노가 말했다. 그리고 무슨 일이 있었는지 설명하기 시작했다. 교노는 간결하게 요점을 말하는 능력이 결여되어 있다. 나루세는 그것을 알고도 남았기 때문에 "짧게 부탁해"라고 말했지만 당연하게 무시당했다. 시간을 충분히 들인 설명이었다. 나루세는 그 이야기를 들으며 블록을 다시 쌓기 시작했다. 새 블록을 더해 성을 다시 세웠다.

교노의 설명이 끝나자 나루세는 가슴을 쓸어내렸다. 자기 생각이 크게 빗나가지 않았음을 알았기 때문이다. 새로 세운 가설은 방금 전까지 그가 그리고 있던 것과 거의 같았다.

유키코를 힐끗 쳐다보고 이어서 쓰러져 있는 하야시를 굽어보았다.

"신이치는 어떻게 됐어?"

아들의 이름이 나오자 유키코가 번쩍 고개를 들었다. 얼굴이 창백했다. 마치 하야시의 안색이 옮은 것만 같았다.

"파친코 가게에 남았어. 경찰에 설명하겠대. 현명한 아이야."

"그 수수께끼의 남자가 신이치를 데려간 건가?"

"아니, 틀려. 파친코 가게에 있다고 했잖아. 지금쯤 경찰이 보호했을 거야." 교노가 뭘 들은 거냐고 화를 냈다.

나루세는 개의치 않았다.

유키코가 걱정스러운 표정으로 들여다보기에 수화기를 귀에서 떼고 설명했다. "교노하고 구온은 신이치하고 함께

밖에 나갔었대. 방금 전까지 파친코 가게에 있었다는 모양이야. 동급생들 싸움을 말리러 갔다는군."

"뭐?"

"거기에 묘한 남자가 오는 바람에 달아났고."

"묘한 남자?" 유키코가 얼굴을 흐렸다.

"총을 든 남자가 갑자기 나타났대. 그래서 그 묘한 남자 휴대전화를 구온이 훔쳤고. 지금 연결된 건 그 휴대전화인 것 같아."

"신이치는?"

"두 사람하고 같이 있지는 않아."

"무, 무슨 뜻이야?"

"글쎄." 나루세는 시치미를 뗐다. "그 수상한 수수께끼의 남자는 경찰이 오기 전에 사라졌다는 모양이야."

"그 남자가 신이치를 데려간 거구나." 유키코의 눈이 날카로워졌다. 아이를 덮치려는 적에게 맞서는 육식동물의 얼굴이 되었다.

"나루세 씨, 나 먼저 갈게."

"어디로?"

"신이치가 걱정돼."

나루세는 얌전히 끄덕이고 다시 수화기를 들었다. "교노, 자네들은 여기 맨션으로 와 주겠어? 나를 데리러 와 줘."

그러는 사이에 유키코는 소리도 없이 현관에서 뛰쳐나

갔다.

나루세는 눈으로 그 모습을 좇으며 치타를 떠올렸다. 치
타는 지상에서 가장 빠른 다리를 가졌지만 생존율은 몹시
낮다. 유연하고 아름답지만 연약함도 가지고 있다. 사냥감
에게 뜻하지 않은 반격을 받고 겁에 질려 퇴각하는 치타를
텔레비전에서 본 적이 있는데, 지금의 유키코가 실로 그러
했다. 동요를 감출 여유도 없이 필사적이었다.

교노와 구온이 탄 차는 30분쯤 지나 도착했다. 맨션 앞 T
자 도로에서 나루세를 확인하고 정차했다.

"처음부터 우리를 여기 데려오면 빨랐잖아." 교노가 으
스댔다.

"유키코 씨는요?"

"서둘러 나갔어."

"어디로?" 교노가 물었다.

"신이치를 찾으러 갔어."

"자네는 내 이야기를 안 들었어?" 교노가 집게손가락을
세우고 따졌다. "신이치는 경찰이 보호했다니까. 알겠어?
경찰이라고. 찾으러 가도 못 찾아. 내 이야기를 제대로 들
으라고 했잖아. 애초에 자네는 말이지, 옛날부터."

나루세는 무뚝뚝하게 손을 저었다. "됐어, 됐어."

"되긴 뭐가 돼? 유키코가 찾으러 가도 못 찾는다니까. 지
금 당장 도로 불러." 교노는 불만스러운 기색을 감추려고도

하지 않았다. 자동차 기어가 올라가듯 입이 점점 매끄러워진다. "애초에 자네는 말이지, 옛날부터."

나루세는 손을 앞으로 뻗어 교노 앞에 벽을 만들며 쓴웃음을 지었다. "알았어, 알았어. 내 오래된 단점에 대해서는 다음에 천천히 들을게. 아마 나도 그때는 속죄할 각오를 할 수 있을 거야. 어쨌거나 나는 수수께끼를 풀었어."

"수수께끼? 무슨?"

"우리가 휘말린, 이 귀찮은 일련의 사건 말이야."

나루세 일행은 차를 세우고 그 옆에 서서 이야기를 나누었다. 높은 가로등이 고개를 숙이고 있었다. 인적은 드물었다.

"일련의 귀찮은 사건이라니 어떤 거 말이에요?" 구온이 아리송한 얼굴로 물었다. "분명 은행에서 훔친 돈은 빼앗겼지만 딱히 뭐에 휘말린 건 아니잖아요. 오히려 우리가 멋대로 끼어들었을 뿐이죠."

"좋아, 정리해 볼까?" 교노가 손뼉을 치는 소리가 주민들의 인기척 없는 주택가에 울려 퍼졌다.

나루세는 잠자코 있었다. 애초에 교노는 옛날부터 이런 '이야기 정리' 작업을 몹시 좋아했다. 토론이 혼란에 빠지거나 불량배들이 도둑질 영역 문제로 싸우고 있으면 정식 중재인 같은 표정으로 끼어들어 "정리해 볼까?"라고 말하는 것이다. 대학생 때는 교수와 학생의 연애에도 끼어들었고, 카페를 운영하면서부터는 상점가와 대형 아웃렛 점포의 다툼에도 끼어들었다. 언젠가 국가 간, 민족 간의 분쟁을 중재하는 것이 꿈인 게 분명했다. 아마도 교노가 끼어들면 저 수다에 모두 질려서 일단 교노부터 사격하지 않을까? 그리고 다투던 민족들은 만악의 근원은 저 수다쟁이 남자이고, 이로써 다툴 이유는 사라졌다며 부둥켜안고 기뻐할지도 모른다.

"우리에게 일어난 일을 정리하자. 먼저 우리는 은행을 습격했어. 내 충분한 노력과 나머지 세 사람의 미미한 노력의 결과, 4천만 엔을 손에 넣었어."

"그러네, 우체통이 빨간 것도, 야구에 연장전이 있는 것도, 전부 자네 덕분이야." 나루세가 말했다.

"모처럼 손에 넣었는데." 구온이 말했다. "원래대로라면 뉴질랜드에 갈 예정이었는데. 양들이 나를 기다리고 있는데."

"그런데 우연히 튀어나온 강도와 맞닥뜨리는 바람에 우리는 그놈들에게 돈을 빼앗겼어."

"현금 수송차 잭에게 말이죠."

"그래서." 교노는 그 호칭을 듣기도 싫은지 불쾌한 표정을 지었다. "구온이 운전사의 지갑을 훔쳤고 나루세하고 유키코가 그 맨션을 찾아갔지. 운전사 하야시는 살해당했어. 그러고 보니 하야시는 정말 죽은 거 맞아?"

"그게 연기이고 하야시가 아직 살아 있다면 나는 지금 당장 무덤을 파서 아버지도 연기를 하시는 건지 확인해야겠는데."

"자네가 하야시의 집 전화로 재다이얼을 해 봤더니 우리가 가진 휴대전화로 연결되었어."

그것이 대강의 줄거리라는 듯 교노가 손을 펼쳤다. "말해 보니 별 내용 아니군. 영화라면 30분 만에 재현하고도 남아. 만화라면 두 페이지도 안 들어."

"그 휴대전화는 파친코 가게에서 만난, 총을 든 그 남자의 소지품이에요."

교노는 끄덕이며 "하야시와 그 수수께끼의 남자"라고 말하고 조용히 미확인 대상을 지칭하기에 걸맞은 기호를 꺼냈다. "귀찮으니 X 씨라고 부르자. 하야시하고 X 씨는 서로 아는 사이라는 뜻이겠지. 하야시의 집에서 전화를 건 흔적이 남아 있었으니까."

"그리고 아마 X 씨가 하야시 씨를 죽였겠군요."

나루세는 그렇다는 보장은 없다고 생각했다. 오히려 그럴 가능성은 낮지 않을까. 하야시가 X 씨를 전화로 불러낸 것은 확실했다. 재다이얼로 전화가 걸렸으니 알 수 있다. 하지만 X 씨가 살인까지 저질렀다는 뜻은 되지 않는다.

"X 씨와 하야시가 동료라는 말은 X 씨도 현금 수송차 습격범 중 하나라고 추측할 수 있어." 교노가 말했다.

나루세도 그 말에는 동의했다. "그 현금 수송차 습격범은 매번 동료를 바꾼다더군. 다나카에게 들었어."

"옳거니. 그러니까 그 강도 그룹은 유능한 사장의 옹고집 경영 같은 건가." 교노가 빠르게 이해하고 끄덕거렸다.

"아마 그럴 거야. X 씨는 보스에게 호출당한 부하에 지나지 않아."

"그 X 씨가 어째서 파친코 가게에 있었던 거죠?" 구온이 고개를 갸웃거렸다. "우연?"

"그럴지도 몰라." 교노가 말했다.

"우연일 리 있어?" 나루세는 얼굴을 찌푸렸다.

"세상에는 우연이 가득해." 교노가 기쁜 듯이 입을 열었다. "은행 강도와 현금 수송차 습격범이 마주칠 정도이니 무슨 일이 우연히 벌어져도 이상할 것 없지."

"인생은 모든 게 논리적이지는 않으니까요." 구온이 말했다.

"나루세, 어차피 자네는 우연이나 그런 걸 좋아하지 않지?"

나루세는 대답했다. "맞아. 나는 우연이라는 걸 별로 믿지 않아."

진심이었다. 행운과 불운으로 세상이 결정된다고 생각하기 어려웠다. 나루세는 다다시의 자폐증도 단순한 우연이라고 생각할 수 없었다. 원인이 존재하지 않는 결과라니,

구원 없는 기도와 마찬가지로 무익하고 무자비하게 느껴졌다.

"그런 말을 하면 우리가 강도 짓을 시작한 계기도 오로지 우연이었잖아."

그 말을 듣고 나루세는 그때의 일을 회상했다.

극장 폭파 미수 사건 한 달 뒤, 같은 극장에서 무료 재상영회를 했을 때였다. 극장을 찾은 나루세도, 다른 사람들도 그들이 다시 사건에 휘말릴 줄은 꿈에도 몰랐다.

상영 시간 전에 극장 옆에 있는 은행에 들렀는데 강도단이 쳐들어왔다. 그들은 기관총을 난사하며 일본어가 아닌 말로 소리를 질러 댔다. 시끄러운 강도단이었다.

복면을 쓰고 피부를 가렸다. 나중에야 안 사실이지만 그들은 아시아계 외국인 시늉을 한 백인들이었다.

상당히 난폭해서 알 수 없는 소리를 지껄이고는 차례로 손님들을 폭행했다.

나루세는 교노와 나란히 긴 의자에 앉아 있었다.

"잘 들어, 그때 그 현장에 구온하고 유키코도 함께 있었어. 그게 우연이 아니면 뭐겠어?"

"결과로 보니까 우연처럼 느껴지는 거야. 그날은 그 폭파 사건 피해자를 위한 상영이었어. 전에 얼굴을 마주한 우리가 모두 그 인근에 있었다 해도 놀랄 건 없어."

"그렇다 해도 옆 건물 은행에 모두 모여 있었다는 건 꽝장하잖아."

"그때는 먼저 자네가 유키코를 알아봤지. 은행에 들어가는 모습을 보고 '저 사람은 지난번 차를 운전했던 여자잖아'라고 말했어. '그러고 보니 돈을 찾는 걸 잊었네'라며 은행으로 들어갔고. 우연이 아니야. 우리는 유키코의 뒤를 따라간 거나 다름없었어."

"그건 잘 기억이 안 나네." 교노는 머리를 긁적였다.

나루세는 헛웃음이 나왔다. "뭐, 됐어. 게다가 구온도 우리가 있어서 들어왔을 거야."

"확실히 그때 나루세 씨하고 교노 씨가 보여서 이야기를 해 보고 싶었어요. 그래서 은행까지 따라갔죠."

나루세는 은행에서 있었던 일을 계속 떠올렸다.

백인 강도단은 기세는 좋았지만 묘하게 손발이 맞지 않아 결국 경찰에 에워싸이고 말았고, 농성을 시작했다.

"누가 총에 맞는 건 처음 봤어요." 구온이 얼굴을 찌푸렸다.

나루세도 마찬가지였다.

그들은 그저 테러리스트 흉내를 낸 아마추어였다. 의미 없이 총을 쏘고, 흥분했다. 아마 게임으로 여겼으리라.

인질이었던 한 회사원은 상대가 발포하지는 않을 거라 넘겨짚었는지 저항했고, 바로 그 총에 맞아 죽었다.

그리고 농성을 시작한 지 열 시간 뒤, 경찰이 반쯤 강제로 돌입했다.

복면을 쓴 범인들은 그 자리에서 사살되었다. 바로 그 2주 전에 다른 도시에서 관광버스 농성 사건이 있었다. 그것이 경찰을 예민하게 반응하게 했다. 그쪽 사건에서 범인은 반 나절이나 농성하며 결국 인질 절반을 죽였다. 두 번 다시 그런 실수는 할 수 없다는 경찰의 강력한 의지가 백인 강도 단을 주저 없이 사살하게 만들었으리라.

"어이, 나루세, 인질에서 해방된 자네 첫마디가 뭐였는 지 기억나?" 교노가 물었다.

"자네는 쓸데없는 것만 기억해."

"자네는 의자에 앉은 채로 '저 녀석들 방법이 틀렸어'라 고 했어."

그때 나루세는 확실히 그렇게 말했다. 강도들의 실수와 허점을 완벽하게 이해할 수 있었다.

감금되었던 열 시간, 강도들의 솜씨를 가만히 관찰하는 것 말고는 할 일이 없어 '어떻게 하면 성공했을까' 그 생각 만 했다.

그리고 교노에게 말했다. "나라면 훨씬 잘할 수 있어."

"자네는 사살당한 범인들의 문제점을 차례로 읊었지. 그 리고 어떻게 해야 하는지 내게 설명했어."

나루세의 생각은 간단했다.

은행 강도는 농성을 하는 순간 실패한다. 어떻게 경보

장치를 막고 돈을 꺼내서 달아날 것인가. 핵심은 그뿐이다.

"나는 그때 뒤에서 나루세 씨 이야기를 듣고 있었는데, 매력적으로 들렸어요."

"무슨 말을 했는지 실은 잘 기억이 안 나." 나루세는 그렇게 말했다. 인질에서 풀려난 직후라 머릿속이 혼란스러웠다.

"나루세 씨는 이렇게 말했어요. '세상에는 범죄다운 범죄가 필요해'라고."

"내가 그런 말을 했어?"

"했어요." 구온이 미소를 지었다. "세상에는 실업자가 필사적으로 저지르는 강도나, 어른을 우습게 보는 어린애들이 저지르는 살인, 아니면 국가들끼리 공격하고 보복하는 경우들뿐이라서 힘도 없는 지식인이 으스댄다고 그랬어요."

"내가 그런 말을 했어?" 실제로 기억이 없었다.

"했다니까." 이번에는 교노가 손가락을 들이밀었다. "자네는 그런 지식인 시늉을 하는 놈들이 잘난 척하니까 질서도 윤리도 사라진다고 그랬어. 눈앞에 쓰러져 있는 인질의 시체를 보면서 '그래서 현실에 리얼리티가 없어'라고 중얼거렸지."

"맞아요, 맞아. 그래서 교노 씨가 큰 소리로 '요컨대 미국이 잘못한 거야. 뭐든 미국이라니까. 세상의 범죄나 생활 대부분이 미국 스타일이지. 사건을 일으키는 것도 그 나라야. 애초에 콜럼버스가 대륙을 발견한 게 잘못이야. 콜럼버스의 쌍안경을 미워해야 해'라고 외쳤어요."

"내가 그런 소리를 했어?"

"했다니까요." 구온이 말했다.

"했어." 나루세도 강하게 동의했다.

"나하고 유키코 씨는 뒤에서 그 이야기를 듣고 있었어요. 흥미진진하게."

당시에 저마다 다른 이유로 돈이 필요했다. 은행 강도 계획을 의논하게 되기까지 그리 긴 시간은 필요하지 않았다.

그때 그들은 열 시간의 감금과 불쾌한 인질 체험으로 비정상적인 고양감과 스트레스를 느꼈던 것이다. 나루세는 그렇게 생각했다. 그렇기에 '은행 강도'라는 엉뚱한 이야기를 진지한 얼굴로 나눌 수 있었던 것이다.

"그 상황은 전부 우연이 아니야. 원인이나 이유는 있었어."

그러자 교노가 "됐어, 자네가 뭐라 하건 세상은 우연으로 가득해. 아쿠타가와 류노스케가 뭐라고 했는지 알아? '사실적인 소설이란 아마도 인생보다 우연성이 적은 소설일 것이다'라고 썼다고."

"그게 왜?"

"요컨대 현실 세계는 소설보다 더 우연이 많다는 뜻이야."

나루세는 귀찮아져서 손을 내저었다. "아니, 어쨌거나

적어도 이번 일은 우연을 빼고도 설명이 가능해."

"어떻게?" 구온이 다시 호기심 가득한 개 같은 표정을 지었다.

"잘 들어, 자네들은 왜 파친코 가게에 갔지?"

"가오루 소년을 구하러 간 거지. 소년들의 폭행을 막기 위해서."

"X 씨는 어째서 그 파친코 가게에 있었지?"

"가오루를 구하려고?" 교노가 말했다.

"질문을 바꿀게. 나하고 유키코가 이 맨션에 있었어. 자네들은 파친코 가게에 있었고. 이 둘을 연결하는 건 뭐지?"

"연결하는 것?" 구온이 고개를 갸웃거렸다. "전화죠. 전화로 나루세 씨하고 우리가 연결되었어요."

"그것 말고." 나루세는 천천히 타이르듯 말하며 교노와 구온을 보았다. "잘 들어, 이쪽 맨션에는 유키코가 있었어. 그쪽에는 신이치가 있었고. 신이치는 유키코의 아들이야."

"그래서 뭐야?"

"양쪽에 다 관계가 있는 건 유키코야."

"뭐?" 교노와 구온이 동시에 소리를 질렀다. 얼빠진 대꾸였다.

나루세를 노려본다. 갑작스러운 이야기로 동료를 혼란에 빠뜨리는 짓은 그만두라는 표정이었다.

"유키코 씨가 얽혀 있다니 무슨 뜻이에요?"

"시시한 억측으로 남의 이름을 꺼내는 건 비겁해."

"일기에도 거짓말을 쓰는 자네한테 그럴 말을 듣기는 싫은데." 나루세는 웃었다.

"대체 무슨 뜻이에요?"

"이번 은행 습격 때부터 유키코는 이상했어."

"이상했어? 언제?"

"작전 회의 때부터."

"맨 처음이잖아요." 구온이 놀랐다.

"맨 처음. 그래, 우리에게 그건 사건의 시작이었어. 다만 유키코에게는 끝이었던 거야."

"무슨 뜻인지 모르겠네. 유키코가 어떻게 이상했는데?"

"그 작전 회의 때 고개를 들려고 하지 않았어. 입도 열지 않았고."

"그랬나?"

"그때 유키코는 뭔가 숨기고 있는 표정이었어."

이 인간 거짓말탐지기가, 하고 교노가 실눈을 떴다. "유키코는 뭘 숨겼던 거야?"

"유키코는 그날, 거기서 RV 차량이 튀어나올 걸 알고 있었던 게 아닐까? 내 생각은 그래. 유키코는 우리가 돈을 빼앗길 걸 알고 있었어."

"자, 잠깐 기다려요." 구온이 말을 더듬었다. "유키코 씨

251

는 그 현금 수송차 잭을 알고 있었던 거예요?"

"아무리 그래도 그건 말이 안 돼." 교노가 말했다. "그건 사고야."

"사고로 위장한 것뿐이야. 유키코의 운전 실력이라면 가능해. 시간도 맞췄고. 타이밍을 노려서 맞닥뜨리게 한 거야."

"불가능해." 교노는 고개를 저었다.

"유키코는 그 범인들 중 누군가를 알고 있었어."

"누구?" 구온이 바로 물었다.

"X 씨겠지." 나루세는 단언했다. 머릿속에 완성된 가설로 볼 때 그것은 거의 틀림없었다.

"유키코는 우리를 배신한 거야?"

"결과적으로는 그렇게 될지도 모르지만 딱히 배신하면 안 된다고 계약한 것도 아니니까. 게다가 배신하고 싶어서 그런 건 아닐 거야."

"자네가 하는 말은 애매해서 이해하기 힘들어. 등산길하고 똑같아. 전모가 전혀 보이지 않아. 정상에 선 사람만 파악할 수 있는 길에 무슨 의미가 있어? 올라가고 있는 사람들도 살펴볼 수 있는 길을 만들어 줘."

"유키코 씨는 달아난 거예요?" 구온이 섭섭하다는 듯 중얼거렸다.

나루세는 시계를 보았다.

"자네는 유키코 씨가 어디 갔는지 알아?" 교노는 나루세를 다그쳤다. 화를 내야 할지 한탄해야 할지, 판단이 서지 않는 눈치였다.

"아마도 그쪽 누군가를 만나러 갔을 거야."

"그쪽 누군가?"

"X 씨겠지."

"X 씨는 어디 있는데?"

"아직은 몰라."

"모르는데 침착하네요." 구온은 깨달았다. "수상해요. 나루세 씨는 대개 앞을 내다보는데."

"전화가 가르쳐 줄 거야." 나루세는 자기 휴대전화를 꺼내 교노에게 보여 주었다. 그러자 때마침 착신 진동이 오기 시작했다. "마침 울리네. 이건 우연이야. 어쩌면 세상에는 우연이 있을지도 모르겠군."

"누구야?" 교노가 고개를 들이댔다.

나루세는 교노에게 전화기를 건넸다. "자네가 받아."

어째서 자기가 받아야 하냐고 투덜거리긴 했지만 교노는 결국 전화를 받았다. 통화 버튼을 누르고 귀에 댔다.

"교노 씨는 저렇게 재미있어 보이는 일은 자기가 하려고 든다니까." 구온이 토라졌다.

"외계인이 오면 '안녕하세요' 하고 손을 들고 가장 먼저 만나러 갈 타입이야." 나루세가 말했다.

"그리고 가장 먼저 습격당하겠죠?"

"빨리 외계인이 오면 좋겠네." 나루세는 어깨를 으쓱했다.

휴대전화에 귀를 대고 있던 교노가 한참 있다가 큰 소리를 냈다. "왜 당신이 전화를 해?"

나루세는 그 모습을 바라보며 웃음을 참고 있었다.

교노 7

부부 ①남편과 아내. 부처. ②적법한 혼인을 한 남녀의 신분.

교노는 차를 운전하면서도 여전히 놀라고 있었다.

나루세가 건네준 휴대전화를 받으니 "여보세요, 나루세 씨, 알아냈어"라는 여자 목소리가 들렸다. 그것은 몹시 귀에 익은, 굳이 따지자면 가장 일상적으로 듣는 목소리였다. 쇼코의 목소리였다.

"왜 당신이 전화를 해?"

"어머, 여보." 전화 속 쇼코는 실망한 눈치였다.

"전화한 이유보다, 당신 지금 어디야?"

"왜 당신한테 말해야 하는데?"

"알 권리지. 알 권리." 교노는 버럭버럭 소리쳤다. "지금 어디야?"

"시끄러워. 일본이야, 일본. 일본 어딘가."

교노는 한숨을 쉬었다. "당신 어린애야?" 고개를 들자 나루세가 싱글싱글 웃으며 서 있었다.

"놀랐어?"

"지금까지 인생에서 겪은 놀라운 일 베스트 3에 들어."

"첫 번째는?" 구온이 물었다.

"쇼코가 내 프러포즈를 받아 준 일이지."

"아아, 그건 확실히 놀랐겠네요. 두 번째는?"

"그 후에 바로 쇼코가 '어차피 항상 하는 빈말이지?'라고
했을 때."

"그거 좋은 이야기네요." 구온이 웃었다.

교노는 핸들을 쥐고 있었지만 짜증은 풀리지 않았다. 액
셀에 얹은 발에 필요 이상으로 힘이 들어갔다. 조수석에 나
루세, 뒷자리에 구온이 앉아 있었다. 쇼코가 전화를 건 장
소로 향하고 있다. 그리 멀지는 않다.

"자네, 직장에서 미움받지?" 정면을 바라본 채로 조수석
의 나루세에게 말했다.

"시청에서? 글쎄. 직장에서 사람들이 나를 어떻게 생각
하는지 생각해 본 적이 없어."

"분명 싫어할 거야." 교노가 단정하며 침을 튀겼다. "정
보를 꼭 끌어안고, 자기만 안다는 듯 떠드는 상사를 좋아할
리 없어."

"오호라."

"내가 자네 부하로 들어가면 그 자리에서 부서를 바꿔
달라고 할 거야. 이동 아니면 사직이야."

"부탁이니 사직해 줘." 나루세가 말하자 뒷자리의 구온이 웃었다.

"하지만 나루세 씨, 제대로 설명 좀 해 줘요. 어떻게 된 거예요? 영문 모를 일 천지야. 유키코 씨는 우리를 배신한 거예요?"

"확실한 건 나도 몰라. 억측일 뿐이야."

"그 억측이라도 상관없으니 들려주면 좋겠는데." 교노는 진심으로 짜증스러웠다. "유키코는 대체 어떻게 된 거야? 어디에 있어? 왜 배신했지? 그리고 어째서 쇼코가 전화를 한 거야? 그 녀석은 어째서 지금 그런 곳에 있는 거지? 추가로 더 알려 줄 수 있다면 자네의 그 애태우는 성격은 언제 형성된 거야?"

빠르게 쏟아 내는 교노는 질문의 화살로 20년 넘게 어울린 친구를 쏘려 하는 것 같았다.

"아까도 말한 것처럼 내가 유키코를 수상하다고 생각한 건 작전 회의 때였어."

"아까도 그렇게 말했지. 뭐가 수상했어?"

"그때 카페에 신이치가 있었잖아."

"신이치는 우리 가게를 좋아하니까. 딱히 그날에만 있었던 건 아닌데."

"맞아. 신이치가 자네 가게에 있는 건 특별한 일이 아니야. 그런데 유키코가 굉장히 당황했던 걸 기억해? '어디에

갔었느냐'고 신이치를 혼냈어."

"아아!" 구온이 외마디 소리를 질렀다. 맞다, 맞아 하고 경쾌한 맞장구를 친다. "생각났어요. 생각났어. 그래, 유키코 씨가 신이치를 유독 걱정했어. 교노 씨도 놀랐잖아요. 유키코 씨답지 않다고 생각했어."

"그건 부자연스러웠어."

"연기였다는 거예요?" 구온이 물었다.

"그렇지 않아. 평소의 유키코하고는 달랐어. 그건 진심으로 걱정했던 거야."

"갑자기 왜 저러나 했죠." 구온이 이해할 수 없다는 듯 고개를 갸웃거렸다.

"유키코는 아마도 신이치가 예기치 못한 일을 당할지도 모른다고 생각했던 거야. 그래서 과하게 걱정한 거지."

교노가 생각났다는 듯 말했다. "그러고 보니 신이치 말로는 요즘 유키코가 예민하다고 했어."

"맞아요, 맞아, 치타가 아니라 얼룩말 같다고 했어."

갑자기 튀어나온 동물 이름에 나루세가 의아하다는 듯 얼굴을 찌푸렸다.

"유키코는 뭔가를 두려워했던 건가?" 교노는 고민하며 입에 담았다. "대체 무엇을?"

"신이치를 인질로 잡혔겠지." 나루세의 짤막한 말에 차 안이 쥐 죽은 듯 고요해졌다.

"인질?"

"유괴라는 뜻이에요?" 구온이 소리쳤다. "하지만 신이치는 있었어요. 작전 회의 때도 있었고 아까도 있었어. 유괴 당하지 않았다고요."

구온이 '유괴'라는 단어를 힘겹게 발음했다. 교노는 그 모습을 보며 전에 구온이 유괴당한 소꿉친구 이야기를 했던 것을 기억해 냈다.

"그렇지. 신이치는 분명 유괴당하지 않았어. 하지만 협박당했을 거야. 협박이야. 돈을 마련하지 않으면 아들이 위험해질 거라든가."

교노는 나루세의 이야기를 가로막았다. "아니, 잠깐. 설령 그렇다 쳐도 우리는 은행 강도를 할 예정이었어. 돈이 들어올 예정이었다고. 유키코도 그 몫을 협박범에게 주면 되는 것 아니야?"

"모자랐던 거야." 나루세가 모든 것을 꿰뚫어 보고 있는 것처럼 말했다.

"모자랐다는 건, 천만 엔으로는 모자랐다는 뜻이야?" 교노가 물었다.

나루세가 창밖을 가만히 바라보며 대답했다. "그래서 전부 필요했겠지."

"전부." 구온이 곱씹듯 중얼거렸다. "4천만 엔 가까이?"

"유키코는 4천만 엔이 필요했어. 그래서 어쨌는가 하면."

"그런 사고를 냈다는 거야? 하지만 어째서 그런 거금을 지불해야 했을까?"

"글쎄. 다만 그 현금 수송차를 습격한 범인은 탐욕스럽다니까. 어떤 계기로 유키코에게서 거금을 빼앗을 수 있다는 걸 알면 그 기회를 놓칠 타입은 아닐 거야."

"하지만 일부러 우리하고 맞닥뜨리게 할 필요도 없지 않아?"

"잘 들어." 나루세는 설명했다. "우리가 일하는 방식을 떠올려 봐. 돈을 담은 가방은 자네들이 각자 들어. 무사히 달아나면 이번에는 내가 그걸 받아서 보관해."

"항상 그런 수법이지." 구온도 동의했다.

"그러면 유키코는 손을 댈 수가 없어. 생각해 보면 당일에 유키코가 돈을 손에 넣을 기회는 없어. 의식한 건 아니지만 역할 분담이 그래. 운전하는 유키코가 전액을 손에 넣을 타이밍은 한정적이야."

"그래서?" 교노는 그들의 수법을 차례대로 되짚어 보며 말했다.

"돈을 빼앗아 은행에서 달아나는 동안뿐이야." 나루세가 말했다. "유키코가 전액이 든 가방과 함께 있는 건 그때뿐이야."

교노는 혀를 찼다.

"차 안에서는 우리가 가방을 무릎에 안고 있으니 바꿔치기도 못 해요." 구온이 말했다.

"유키코는 협박범을 설득했겠지." 나루세가 말을 이었다. "'차로 돈을 운반할 테니 그때 습격해'라고."

"우리가 은행 강도라는 걸 상대에게 설명했다는 거야?"

"글쎄. 그냥 단순히 돈을 운반한다고 설명했을지도 몰라. 현금을 운반하는 일은 여러 가지잖아. 어쨌거나 사고를 위장해 자동차째 가방을 가져가라고 제안했어. 그렇게 거래한 거야."

"사고 같은 귀찮은 일을 벌일 필요가 있었을까?"

"우리를 배려한 거겠지." 나루세가 즉답했다.

"우리를?"

"어디까지나 사고로 위장하고 싶었을 거야. 노골적으로 우리를 배신한 것처럼 보이긴 싫었겠지."

"어째서요?" 구온은 얼굴을 찌푸렸다. "미리 의논했으면 좋았잖아."

"그래." 교노도 분통을 터뜨렸다. "그렇고말고. 돈이 필요하면 그렇다고 말하면 되잖아. 우리도 같이 고민했을 텐데."

그렇게 말하면서 교노는 작전 회의 때의 기억을 끄집어냈다.

"그러고 보니 그때, 쇼코가 황당한 소리를 했어." 기억을 더듬으며 아내의 말을 되풀이했다. "'얻은 돈을 독차지할 생각은 안 해 봤어?'라고 했지."

"아아, 그건 나도 기억나요." 구온이 끄덕였다.

"유키코는 우리 반응을 살폈던 거야." 나루세는 담담했다. "그때, 의논하고 싶었겠지."

"정말? 잠깐만, 그때 내가 뭐라고 대답했더라?" 교노는 자기 발언을 되짚어 보았다. 확실하지는 않지만 내용은 대충 생각났다. 분명 "그건 배신이야! 배신자는 용서할 수 없다!"라고 말했다.

구온도 거의 동시에 비슷한 생각을 했는지 "교노 씨, 인정머리 없는 소리를 했네요"라며 타박하듯 말했다.

"당연히 농담이었지."

"그러고 보니 교노 씨는 '배신자에게는 죽음뿐!'이라는 말까지 했어요." 구온이 죄를 고발하듯 손가락을 들이댔다. "죄가 무거워."

"진심일 리 없잖아."

"진지하게 고민하는 사람에게는 어떤 말이든 심각하게 들려요."

이때다 하고 비판하는 구온에게 반론할 수가 없다.

"유키코가 그 말을 듣고 무슨 생각을 했는지 정확히 알 수는 없지만, 결국 우리에게 도움을 청하지 않았어."

"내 잘못이라는 거야?" 억울하다는 듯 얼굴을 찌푸렸다. "쇼코 녀석, 쓸데없는 소리를 해서."

"아니, 그것도 우연이 아니야." 나루세가 말했다. "쇼코 씨는 부탁을 받았던 거야."

"부탁을 받아?"

"그 작전 회의에서 그렇게 물어봐 달라고 유키코가 부탁했던 모양이야. 쇼코 씨가 전날 전화를 받았다고 했어."

"유키코 씨가 일부러 부탁했다는 거예요?"

"우리 반응이 궁금했을지도 모르지. 독차지하는 것을 우리가 어떻게 생각하는지 궁금했던 거야."

"누가 그런 식으로 의논해요?" 구온이 쓴웃음을 흘렸다. "둘러말하는 것도 정도가 있지."

"유키코는 원래 남을 의지하는 데 서툰 것 아닐까? 내 눈엔 그렇게 보여. 자기 힘으로 문제를 해결해 온 타입이야. 도움을 받은 적이 없으니 방법이 서툰 거야."

"하지만 그런 방법이 우리는 더 곤란한데." 구온이 웃었다. "직접 의논하는 게 훨씬 나아요."

"사람이 하는 생각이 항상 논리적인 것은 아니야." 나루세가 말했다.

"자네는 항상 그렇게 아는 척하지."

"유키코 씨는 4천만 엔을 범인에게 건네고 싶었다. 그래서 미리 짜고 거기서 접촉 사고를 일으켜 자동차째 현금을 넘겨줬다. 그렇게 된 거예요?" 구온이 정리했다.

"내 억측에 의하면 그래." 나루세가 끄덕였다. "그 강도들은 우리 차를 원했던 게 아니야. 우리의 돈을 원했던 거야."

"잠깐. 불길한 예감이 드는데. 나루세, 너 언제부터 그놈들이 가방을 노렸다는 걸 알았어?"

자네는 항상 중요한 이야기는 말을 안 한단 말이야. 교노는 나루세를 노려보았다.

옛날부터 그랬다. 교사가 칠판에 잘못된 지식을 적어도 그것을 지적하지 않는다. 학급에서 아무도 알아차리지 못하고, 나루세 혼자 아는 경우에도 아무 말도 하지 않고 나중에 흥미 없다는 얼굴로 "다들 아는 줄 알았어"라고 말한다. 함께 호주로 여행 갔을 때도 그랬다. 해안에 드러누워 있는데, 거대한 도마뱀이 열 마리나 줄지어 지나갔다. 교노는 그것을 보지 못했다. 나루세 혼자 조용히 그것을 바라보며 즐기고 있었다. 나중에야 왜 안 가르쳐 주었느냐, 도마뱀의 행렬을 놓치지 않았느냐고 비난하자 "자네도 아는 줄 알았지"라고 미안한 기색도 없이 말했다. 결국에는 이런 말까지 했다. "도마뱀 행렬을 보고 싶었어?" 당연히 보고 싶지! 도마뱀 행렬이잖아!

"그놈들이 우리에게 권총을 겨눴을 때야. 처음부터 계획된 것처럼 보였어. 수상해서 '목적은 자동차냐, 가방이냐' 하고 물었어. 우리 앞에서 권총을 겨누고 있던 남자는 '자동차'라고 대답했어. 그건 거짓말이었어."

"인간 거짓말탐지기 같으니."

"유키코 씨가 관여한 것도 알고 있었어요?"

"작전 회의 때부터 유키코가 뭔가 숨기고 있다는 건 알았어. 사고 때도 태도가 이상했어."

교노는 한숨을 쉬었다.

"그렇다는 건 자네는 알고 있었으면서 순순히 돈을 빼앗겼다는 뜻이야?"

나루세가 웃음을 터뜨렸다. "내가 어째야 했지? 유키코는 필사적으로 상대에게 돈을 건네려 했어. 내가 난동을 피워 봤자 아무한테도 득 될 게 없었어."

"그럼 나루세 씨는 어쩔 셈이었어요?"

"나는 그 시점에서 돈은 포기했어." 나루세가 태연히 말했다.

말투가 어찌나 태연한지 교노는 비난하는 것도 잊고 감탄의 박수를 보낼 뻔했다. "멋대로 포기하지 마."

나루세는 그 자리에서 의논할 수도 없었다고 했다. "유키코가 그렇게 주도면밀하게 움직인 이상, 뭔가 옴짝달싹 못 할 이유가 있었을 거야. 서툴게 움직였다가는 오히려 해를 끼칠 것 같았어."

"옴짝달싹 못 할 이유라니, 요새는 그런 말 안 써."

"나중에 유키코한테는 물어볼 생각이었어." 나루세가 말했다.

"그래서 유키코 씨하고 맨션에 갔던 거예요?"

"유키코를 난처하게 만들 생각은 없었지만, 함께 하야시를 찾아가면 뭔가 반응이 있을 것 같았어. 하야시가 달아나거나, 유키코가 달아나거나, 둘 중 하나일 줄 알았지. 그래서 쇼코 씨에게 미행을 부탁했어."

"뭐?" 교노는 떡 벌어진 입을 다물지 못했다.

"우리가 하야시가 사는 맨션에 들어간 뒤에 누가 나오면, 아마 유키코나 하야시겠지. 그 상대를 미행해서 행선지를 확인하고 연락해 달라고 부탁했어."

"왜 쇼코한테 부탁한 거야?"

"유키코도 자네나 구온은 조심하는 것 같았으니까, 들킬 위험이 있었어."

"쇼코 씨는 차로 미행했던 거예요?"

"렌터카를 빌렸어. 아무리 그래도 자네 차를 쓸 수는 없잖아. 유키코한테 들킬 테니."

"그래서 결국 맨션에 가 봤더니 하야시 씨는 죽어 있었다." 구온이 말했다. "그것도 나루세 씨 예상대로였어요?"

"아니. 도마뱀의 꼬리라는 말은 했지만 실제로 그렇게 쉽게 잘라 낼 줄은 몰랐어."

"내부 분열인가."

"원래 그놈들은 동료가 아니었어." 나루세가 말했다. 하야시의 집에 도청기가 설치되어 있었다는 설명을 했다. "하야시 씨는 신뢰받지 못했다는 뜻이야. 그리고 아마 하야시는 그 도청기를 알아차렸는지도 몰라. 황급히 X 씨에게 연락하려 했겠지. 어쩌면 자기 몫을 더 달라고 했는지도 몰라."

"그래서 식칼로 푹." 구온이 얼굴을 찌푸렸다. "아팠겠다."

"유키코는 왜 뛰쳐나간 거야? 어디로 간 거야?"

"하야시가 죽은 걸 보고 유키코는 동요했어. 자기가 아는 X 씨가 살해한 게 아닌지 의심했을 거야."

"정말 유키코는 X 씨를 아는 거야?"

"아마도. 그래서 나는 일부러 거짓말을 했어. X 씨가 신이치를 데려간 것처럼 의미심장한 소리를 했지."

"바늘 도둑이 소 도둑 되는 거야." 교노는 브레이크를 밟으며 말했다. "엉터리만 지껄이다가는 도둑이 될 거야."

"그럼 자네는 도둑 챔피언이게?"

"내가 거짓말을 한 적이 있어?"

"그게 이미 거짓말이야. 어쨌거나 유키코는 황급히 나갔어. 틀림없이 그 X 씨를 찾아갔을 거야. 쇼코 씨가 그 뒤를 쫓았어."

"X 씨는 정체가 뭐야?" 교노는 얼굴을 찌푸렸다. 파친코 가게에서 권총을 들이댔던 남자를 다시 떠올렸다. "아이들을 구하러 왔다"라고 말한 그는 정의감으로 움직이는 것 같았지만 그렇다고 해서 침착하지도 않았다. 착한 사람이라기보다는 겁쟁이에 평범한 중년 남자로 보였다.

"그 사람은 어째서 우리한테 총을 겨눴을까요?"

"자네들이 악인으로 보였겠지."

"우리가 악인으로 보일 정도면 거리에 돌아다니는 퍼그는 다 체포해야 돼요."

"퍼그는 중학생을 다짜고짜 때리지 않으니까." 나루세가 말했다. "X 씨는 도망쳐 나온 중학생들을 보고 놀랐어. 그래서 아이를 구하려 했지."

"왜요?"

"아버지라면 당연히 수상한 어른에게서 아들을 지키고 싶지 않겠어?" 나루세가 태연히 말했다. "아무리 관심이 없어도, 오랫동안 못 만났어도, 자기 아들이 위험에 처하면 구하고 싶어지는 법이야."

"네?" 구온이 얼빠진 소리를 냈다. "아들?"

"X 씨는 신이치의 아버지야."

나루세는 놀란 교노와 구온에게 아랑곳하지 않았다.

한참 지나서야 교노는 겨우 입을 열었다. "자네는 뭐든 아는군. 조만간 지진이 오는 것도 알게 될 거야."

"내가 말없이 짐을 싸기 시작하면 조심들 하라고."

"하지만 유키코 씨, 권총을 가져갔잖아요, 괜찮을까?" 구온이 걱정했다. "감정에 휩쓸려 X 씨를 쏘면 어쩌죠?"

"유키코도 무턱대고 쏘지는 않을 거야." 교노는 그렇게 대답했지만 이어서 "하지만 신이치가 얽혀 있잖아요?"라는 말을 들으니 자신이 없어졌다.

유키코 4

전말 ① 일의 처음부터 끝까지. 일의 과정. 자초지종.
② 범인의 고백에 의한 지루한 설명.

유키코는 공원 입구 근처 벤치 앞에 서 있었다. 오산바시♥
에서 들어오는 방향이었다. 경차는 차도 갓길 옆에 세워 놓
았다. 평소 그녀가 차를 조달하는 장소이다 보니 자기 차도
다른 사람에게 도둑맞을까 봐 불안했다. '눈에 보이는 사람
은 다 도둑'이라는 말은 분명 도둑이 지어냈을 것이다.

"신이치는 어디 있어?"

벤치에 앉은 남자를 노려보며 권총을 거머쥐었다.

"위, 위험하잖아." 노타이 회사원 같은 차림의 지미치는
나약한 표정으로 일어섰다.

권총을 들었다.

"신이치는 어디 있냐니까?" 유키코는 방아쇠에 건 손가
락에 힘이 들어가려는 것을 꾹 참았다.

"아니, 난 몰라. 그 사람들 당신 친구 아니야? 파친코 가

♥ 요코하마항의 항만 시설.

게에서 남자애들을 패고 있었어. 그 남자들이 신이치를 데려간 것 아니야?"

남자의 얼굴을 가만히 관찰했다. 가로등 불빛에 어둑하게 비친 얼굴은 유키코의 기억보다 훨씬 늙었다. 눈 밑의 다크 서클이 지미치가 걸어온 황폐한 인생을 알려 주는 것 같았다.

권총을 쳐다보며 지미치가 불안한 표정을 지었다.

"휴대전화를 도둑맞았어." 그런 소리를 한다.

"내가 지금 불러냈잖아."

"그건 다른 전화야." 말을 얼버무렸지만, 요컨대 동료와 연락하기 위한 휴대전화를 따로 가지고 있었다는 뜻이리라.

"당신 동료가 훔쳐 갔어."

"이 권총, 진짜야. 내가 그냥 위협 삼아 들고 있는 것 같아?"

"아, 아니, 당신이라면 쏠지도 모르지."

지미치가 하는 말이 거짓말인지 아닌지 알아내려고 뚫어져라 얼굴을 쳐다보았다. 나루세처럼 상대의 거짓말을 읽어 낼 수 있다면 얼마나 편할까?

"약속이 다르잖아."

"약속?"

"나는 당신 빚 4천만 엔을 대신 갚았어. 잘 들어, 4천만 엔이야. 4천 엔을 대신 내 주는 것하고는 차원이 달라. 그렇지? 그 대신 신이치는 건드리지 않겠다고 약속했잖아."

"뭐, 뭐, 그랬지."

어물쩍거리는 꼴에 더 울화가 치밀었다. 눈앞에서 어색하게 웃는 지미치를 보면서 유키코는 옛날하고 똑같은 생각을 했다. 마흔이 넘도록 저런 꼴이라니. 경멸과 안도가 섞인 마음이었다.

"절망스러울 정도로 발전이 없네." 무심코 그렇게 말했다.

지미치는 의아한 표정을 지었다. "나도 아들을 만나고 싶다고."

"아들?" 유키코는 기가 막혀서 웃음을 터뜨렸다. "신이치는 중학교 2학년이야. 당신이 모르는 사이에 10년 넘게 나이를 먹었어. 고작 자금만 대 놓고 남이 감독한 영화를 '이건 내 영화다'라고 말하는 사람보다 뻔뻔해."

"나도 그 후에 유키코 당신 행방을 찾기는 했어. 찾았지만 못 찾은 거야."

"진심이었다면 찾을 수 있었을 거야."

지미치는 "찾아보았다"고 했지만 아마도 그것은 분명 전화번호부를 뒤적여 전화번호가 실려 있지 않은지 찾아보는 수준이었을 것이다.

"정말이지." 유키코는 크게 한숨을 쉬고 머리카락을 쥐어뜯었다. "이번엔 정말 바보짓을 했어."

고요 은행에서 도주 경로를 미리 살펴볼 때 지미치를 발견했다.

마침 교노의 전화를 받았을 때였다. 얼떨결에 "아" 하고 외마디 소리를 지른 유키코는 그만 자동차 속도를 줄여 접근하고 말았다.

비틀비틀 흐리멍덩한 눈으로 거리를 헤매고 있는 것은 틀림없이 지미치였다.

일말의 그리움과 절망스러운 지미치의 표정 때문이었다. 정신을 차렸을 때 유키코는 운전석에서 그를 부르고 있었다.

"무시하고 재빨리 지나가지 않았던 어리석은 내가 놀라울 따름이야."

"그렇지 않아. 거기서 유키코가 말을 걸어 주지 않았다면, 돈을 마련해 주지 않았다면 나는 위험했어."

"지금은 안 위험하고?" 유키코는 작게 웃으며 총구를 앞으로 내밀었다.

그때 10여 년 만에 만난 지미치가 입을 열자마자 빚을 졌다고 우는소리를 할 줄은 유키코도 예상하지 못했다. 너무 뜻밖이라 감탄스러울 정도라 "도와줄 수 있을지도 몰라" 하고 입을 놀렸을 정도다.

지미치는 인간적으로는 전혀 성장하지 않았는데 도박에 쓰는 돈은 늘어났다. 옛날보다 악랄한 상대에게 빚을 지기 시작했다.

구온이 전에 "인간의 최대 결점 중 하나는 '분수를 모른다'는 거예요. 동물은 그렇지 않거든요"라고 말한 적이 있는데, 지미치를 보면 실로 옳은 말임을 실감할 수 있다.

"이번 상대는 정말 위험해"라며 지미치는 울먹거리는 얼굴로 몇 번이나 말했다. "위험한 상대야. 간자키 씨는 정말 위험해."

위험한 상대라니, 어떤 식으로 위험하냐고 묻자 지미치는 벌벌 떨며 몹시 거북한 기색으로 교활하고 냉혹하다고 말했다.

그 말을 들었을 때 유키코는 배꼽이 빠져라 웃었다. 교활하고 냉혹해서 '위험한' 상대에게 돈을 빌린 당신이 잘못한 거잖아?

빚이 얼마인지 묻자 지미치는 이 세상의 종말을 본 사람 같은 표정을 지었다. "유키코는 절대 마련하지 못할 돈이야."

그 말을 듣고 '내가 못 할 줄 알고' 하고 괜한 오기를 부린 것은 사실이다.

지미치가 액수를 말했을 때 유키코는 놀라지 않았다. 태연한 표정을 지으며 "난 그런 거금도 마련할 수 있다"라고 말해 버렸다.

"허세와 자존심이야." 유키코는 자조 섞인 목소리로 중얼거렸다. 그때의 유키코는 그녀가 10년 전과는 다르게 살고 있다는 것을 지미치에게 보여 주고 싶었던 건지도 모른다. "사람이 함정에 빠지는 이유는 대개 그런 거야."

"거금을 마련할 수 있다"라는 유키코의 말을 들은 지미치의 행동은 재빨랐다. 놀라운 적극성과 열정으로 계획을 짜기 시작했다. 필사적이었으리라.

그것도 모자라서, 유키코로서는 정말 믿을 수 없는 일이었지만 지미치는 간자키에게 그 정보를 전했다. 교활하고 냉혹한 상대에게 자기 패를 보여 주는 게 무슨 뜻인지, 지미치는 그것조차 몰랐던 것이다.

"설마 간자키 씨가 신이치를 협박 미끼로 삼을 줄은 몰랐어."

"간자키는 당신이 신이치의 아버지라는 사실을 알아?"

"아니." 지미치가 고개를 절레절레 저었다. "몰라. 유키코 당신도 그냥 아는 사이라고 설명했어."

"그러니 그렇지. 그래서 내가 배신할까 봐 걱정한 것 아니야? 우리 관계를 모르니까 내가 지시를 잘 따를지 불안했던 거야. 그래서 아들이 있는 걸 빌미로 협박에 사용했고. 애초에 당신 빚은 천만 엔만 있으면 충분히 갚을 수 있었어. 그런데 신이치를 인질로 삼아 결국 값을 올린 거잖아." 사건 당일까지 간자키는 만나 보지 못했지만 그 수법으로 보아 두뇌 회전이 빠를 것 같았다. 그리고 탐욕스러웠다. 유키코가 손에 넣을 수 있는 금액이 4천만 엔 이상이라는 사실을 안 순간 전액을 탐냈다.

"간자키 씨한테 신이치는 별로 중요하지 않았어." 지미치가 강하게 말했다. "지금 말한 것처럼 유키코가 배신할까 두려워 예방책을 마련한 것뿐이야."

거기서 유키코는 권총의 방아쇠를 당겼다. 반동이 느껴지고 권총이 포효했다. 한밤중의 총성은 묵직하게 울렸다.

지미치가 쓰러졌다. 끙끙대며 엉뚱하게도 무릎을 붙들고 굴렀다.

"안 맞았어." 기가 막혀서 한숨도 나오지 않았다. "바닥을 노렸다고."

"어?" 지미치는 정신을 차린 듯 동작을 멈추고 다시 일어섰다. 그는 민망해하는 기색도 없이 흙먼지를 털었다.

이렇게나 어리석은 남자라니. 유키코는 웃음이 나왔다. 어리석고, 우스꽝스럽고, 가련함을 넘어 깜찍하기까지 했다. 아아, 어쩌면 10여 년 전의 유키코는 그 어리석은 매력에 끌렸던 건지도 모른다.

437초. 유키코는 지미치와 대화한 시간을 헤아리고 있었다.

"자기 아들이 위험한데 고작 '예방책'이라니 너무하잖아?" 유키코는 이번에는 정확하게 상대의 가슴에 총구를 겨누었다. "아버지 자격도 없어."

그때 문득 걱정이 들었다. 지미치의 이 얄팍한 인간성으로 볼 때 이대로 총을 쏴도 그대로 통과해 버리는 것 아닐까? 반쯤 진심으로 그렇게 생각했다.

"신이치가 지금 어디에 있는지는 나도 몰라."

"그렇다면 그 남자가 끌고 간 것 아니야?"

"그, 그럴 리는 없어. 간자키 씨는 더 이상 당신 패거리하고 얽힐 생각이 없어. 돈은 충분히 손에 넣었으니까."

"돈!" 유키코는 갑자기 깨닫고 소리를 질렀다. "그건 뭐였어? 그 현금 수송차! 현금 수송차를 습격한다는 말은 못 들었는데."

이튿날 신문 기사로 그 사건을 알고 유키코는 경악했다.

"아아." 지미치가 태연하게 대꾸했다.

"제대로 대답해. 난 못 들었어. 현금 수송차를 습격하다니, 언제 결정한 일이야? 당신이 그 습격범하고 한패였다니."

"유키코는 몰라도 될 일이었어." 지미치의 얼굴이 그때만큼은 우위에 선 표정으로 바뀌었다. "간자키 씨는 현금 수송차를 몇 번이나 해치웠어."

"요즘 소문이 자자한 모양이던데."

"간자키 씨는 독자적인 정보를 가지고 있거든."

"독자적이라." 유키코는 턱을 치켜들고 나루세가 했던 말을 떠올렸다. "어차피 경비 회사하고 한패겠지."

그러자 지미치는 말문이 막힌 듯 당황하다가 바로 둘러댔다. "어쨌거나 그 일에 나를 불러 준 거야."

"억지로 끌려간 거겠지."

"유키코가 나를 불렀을 때, 그때는 마침 현금 수송차를 습격할 루트를 확인하던 참이었어. 그래서 요코하마에 있었지."

"그때 당신은 혼자였잖아."

"간자키 씨 일행하고 막 헤어졌을 때였어. 그때 당신이 날 부른 거지. 우리는 현금 수송차를 습격할 준비를 하고 있었고."

"그런데 내게서도 돈을 챙기려 했던 거야?"

"아, 아니, 그건 그렇지만 사정이 달라. 현금 수송차 쪽은 간자키 씨 일이야. 아무리 잘 풀려도 내 빚은 사라지지 않아. 그 사람 일을 돕기만 할 뿐이지, 내 몫은 거의 없었어. 유키코의 돈이 없었다면 나는 위험했어. 내 빚은 그걸로 겨우 청산했어."

"내가 필사적으로 마련한 4천만 엔은 괜한 돈이었던 것 같은데."

"그러니까 그건 그것대로 필요했다니까."

"사실은 천만 엔으로 족했어. 안 그래? 당신이 먼저 정보를 흘려서 약점을 잡힌 거야."

"아아, 그건." 지미치는 말을 더듬었다. "하, 하지만 어쨌거나 그 돈은 필요했어."

"그럴까?" 유키코는 흥겹게 말했다. "어차피 당신은 지금 내가 권총으로 쏴 버릴 테니, 역시 4천만 엔은 필요 없었던 거야."

"거짓말이지?" 상대는 굳은 얼굴로 웃었다.

"내가 거짓말을 할 것 같아?"

지미치는 고개를 저었다. "아니, 당신은 이런 거짓말은 별로 안 했어."

"나는 거짓말이 싫다니까. 귀찮은 데다가." 그렇게 말하고 나니 나루세의 얼굴이 떠올랐다. "금방 들켜."

"당신은, 맞아, 그래, 그런 성격이었어."

"그랬던 내가 당신을 위해 이번에 동료들에게 거짓말을 해야 했어."

지미치가 의아한 표정을 지었다. "당신이 '동료'라는 말을 하다니 뜻밖이군. 함께 살았을 때도 나는 당신 동료가 아니었는데."

"당신 같은 인간이 동료면 내 피를 빨러 온 모기는 은인이야."

나루세 일행에게 의논했다면 어땠을까. 뒤늦게 후회했다. 남에게 의논하거나 약한 소리를 하는 것도 기술이 필요하다고 이번에 처음으로 깨달았다. 유키코에게는 불가능했다.

의논하려고 시도는 했지만 역시 한 발을 내딛지 못했다.

공원 안에는 행인들이 있었지만 그래도 조용하고 쌀쌀

했다. 유키코와 지미치를 눈여겨보는 사람은 없다.

519초.

"이제 됐어."

"어?"

"당신은 아마 모르겠지만 시간이라는 건 한정적이야."

"그 정도는 알아."

"분명 당신이라면 지구가 태양 주변을 돈다는 것도 알고 있겠지. 하지만 그런 건 이해한 게 아니라 그냥 알기만 하는 거야. 알겠어? 인생의 길이는 시간으로 결정되고, 그건 이러는 사이에도 줄고 있어. 이해해? 모래시계의 모래가 줄줄 떨어지는 것처럼 점점 줄고 있는 거야."

"안다니까." 지미치가 정색했다.

"당신 같은 사람은 모래시계의 모래가 언젠가 채워질 거라고 믿어. 자기 시계는 절대 끝나지 않는다고 낙관적으로 믿는 거야. 그래서 신이치는 어디 있지? 간자키하고 같이 있어? 그렇다면 간자키를 불러내. 그게 아니라 뭔가 거래하고 싶은 거라면 뭔지 빨리 말해. 그 남자가 돈에만 관심이 있다면 냉큼 신이치를 돌려줘."

"그러니까 신이치는 안 데려갔다니까. 아마 간자키 씨도 상관없을 거야."

"당신, 신이치를 따라다녔잖아? 그래서 파친코 가게에 나타났고."

그러자 지미치는 우물쭈물하며 주절거렸다. "그, 그야, 나도 신이치를 만나고 싶었어. 이야기를 해 보고 싶었다고."

"왜?" 유키코는 차갑게 말했다.

"아버지니까 당연하지."

유키코는 진심으로 놀란 표정을 지었다. "거짓말."

"뭐, 뭐가?"

"진심으로 아버지 행세를 하는 거야? 아까도 말했지만 당신은 영화에 자금을 댄 프로듀서에 지나지 않아."

"잠깐만, 그거야, 프로듀서도 영화를 볼 권리는 있잖아." 지미치가 필사적으로 반박했다.

유키코는 망설이지 않고 한 번 더 발포했다.

예상도 못 했는지 지미치가 비명을 질렀다. 믿을 수 없다는 표정이었다.

"신이치를 영화 따위에 빗대지 마." 유키코는 퉁명스럽게 말했다.

"처음에 그렇게 말한 건 다, 당신이잖아." 지미치는 나약하게 반론하며 얼굴을 일그러뜨렸다. "부조리해."

"파친코 가게에는 왜 간 거야?" 유키코는 아랑곳하지 않고 말을 이었다.

"신이치하고 이야기해 보고 싶었던 것뿐이야. 정말이야. 그 후에 역시 아무래도 신이치가 신경 쓰여서 하교하는 걸 따라갔어. 그랬더니 당신 동료들인가? 그 남자들하고 신이치가 망한 파친코 가게로 들어갔어. 당연히 신경 쓰이지."

"아버지니까."

"얼마 뒤 다른 아이들이 파친코 가게에서 줄줄이 도망쳐 나오는 거야."

지미치는 이마를 문지르던 오른손을 그대로 바지 뒷주머니로 뻗으려 했다.

경계해서 그 손에 총을 겨누자 지미치가 힘없이 변명했다. "손수건으로 땀을 닦고 싶은 것뿐이야."

지미치가 손수건을 꺼내고 다시 말을 이었다. "깜짝 놀랐어. 파친코 가게에서 무슨 일이 벌어졌는지는 몰라. 다만 아이들이 누군가에게 맞은 건 사실이었어. 그래서 신이치가 걱정됐어. 당연하잖아."

"아버지라는 이유로."

"어쨌거나 그래서 파친코 가게 안으로 들어갔어. 그랬더니 다른 남자들이 신이치를 앞에 두고 뭔가 떠들고 있기에 당황해서 총을 겨누었어. 그놈들은 당신 강도 패거리지?"

유키코는 그 질문에 대답하지 않았다.

지미치가 손에 든 손수건을 주머니에 넣었다.

부스럭거리다가 다시 오른손을 꺼냈을 때는 권총을 쥐고 있었다.

유키코의 눈앞에 총구를 겨누고 있다. 혀를 찼다.

"어쩔 작정이야?"

"당신이 총을 안 치우니까. 당신은 아마 나를 쏠 거야. 그렇지? 하지만 나는 총을 맞고 싶지 않아. 이걸로 겨우 대등해졌어."

지미치는 희미하게 웃고 있었다. 동등한 입장을 기뻐하는 아이 같은 웃음이었다.

유키코와 지미치는 2미터도 못 되는 거리에서 총을 겨누고 마주하고 있었다.

주위는 어두워서 멀리서 보면 남녀가 서로 손가락질하며 말다툼하는 광경으로 보였을지도 모른다.

"하야시는 왜 죽인 거야?" 유키코는 맨션에서 본 시체를 떠올렸다. 자기 피 웅덩이에 쓰러져 있었다.

지미치는 어리둥절했다. 귀를 의심하는 표정이었다. "하야시가?"

"아까 하야시네 맨션에 다녀왔는데."

"그랬는데?"

"죽어 있었어. 얌전하게."

지미치는 순간 눈을 데굴데굴 굴리며 동작을 멈추었다. 침을 꼴깍 삼키고 중얼거렸다. "간자키 씨다." 권총을 든 손이 조용히 떨렸다. "하야시가 나한테 전화를 했어."

지미치 말에 따르면 하야시는 원래 간자키가 운영하는 도박장의 단골손님이었다고 한다. 즉 지미치와 같은 처지의 남자였다. 성실한 회사원이었는데 빚이 쌓여 억지로 현금 수송차 습격을 돕게 되었다. 사건이 끝나고 형식적인 죄책감에 시달리던 하야시는 지미치에게 의논했다.

"당신은 어차피 간자키에게 그대로 보고했겠지."

이 남자는 간자키의 의견을 묻지 않으면 아무 행동도 하지 못하는 것이다. 상사의 안색만 살피며 스스로 판단하기를 포기하고 모든 일을 상사에게 보고하지 않으면 불안해서 못 견디는, 그런 사람이 있다. 계약직으로 일했던 직장에서도 흔히 보았다. 남의 그늘 밑에 숨어서, 강자의 비위를 맞추고, 목소리 큰 보스에게 아첨한다. 그런 타입이다.

"하야시의 집에는 도청기가 있었어."

"아아." 지미치가 인정했다. "내가 설치했어. 간자키 씨가 시켜서. 나도 도청기는 조금 알거든." 그때만큼은 지미치의 얼굴에 자만과 자신감이 떠올랐다. "하야시는 그 도청기를 알아차리고 괜히 더 불안해했지."

"당신은 그걸 간자키에게 알렸고."

"그, 그럼."

"하야시는 간자키가 무서워서 당신한테 의논하려 했던 거잖아? 그걸 간자키에게 보고하다니, 배신한 것 아니야?"

지미치는 어째서 그게 배신이냐며 이해할 수 없다는 듯 고개를 갸웃거렸다.

"당신, 나하고 함께 살았을 때가 차라리 더 나았어."

"어?"

"영혼의 수준이 떨어졌어."

지미치가 얼굴을 찌푸렸다.

그때 누가 달려오는 소리가 났다. 지미치의 등 뒤에서 경쾌한 발소리가 울렸다.

지미치가 뒤를 돌아보려 했을 때는 남자들이 우르르 달려들고 있었다.

뒤에서 겨드랑이 밑으로 팔을 집어넣어 붙드는 사람, 권총을 든 손을 끌어안는 사람, 박스 테이프를 꺼내는 사람.

"힉!" 지미치는 그들이 입을 막기 직전에 겁먹은 비명을 질렀다.

유키코는 무슨 일이 벌어졌는지 이해하지 못하고 멍하니 서 있었다. 권총을 어디에 겨눠야 할지 몰라 망설였다.

"우연이네요, 이런 데서 만나다니." 눈앞에서 구온이 웃으며 말했다.

나루세 6

약속 ① 정해 놓는 일. ② 어떤 일에 대해 장래까지 정하는 일. 계약. 약정. ③ 신뢰할 수 없는 상대와는 특히 더 해야 할 일.

나루세는 남자의 입을 왼손으로 틀어막고 있었다. 오른손을 상대의 겨드랑이 밑에 넣어 그대로 목덜미를 붙잡았다.

교노가 남자의 손에서 권총을 빼앗았다.

구온이 가져온 박스 테이프를 능숙하게 잘라 남자의 입에 붙였다.

"유키코 씨." 옆에 선 쇼코가 마치 부티크에서 우연히 만난 것처럼 손을 흔들고 있었다. 나루세는 이 부부는 태평한 점이 닮았다고 생각했다.

유키코는 마치 건전지가 빠진 장난감 같았다.

"총을 줘." 그렇게 말해도 유키코는 바로 반응하지 않았다. 한참 있다가 깜짝 놀란 듯 고개를 들더니 천천히 권총을 나루세에게 돌려주었다.

"자, 느긋하게 대화 좀 해 볼까?" 나루세가 남자를 마주보았다.

박스 테이프로 입을 막힌 남자는 뭐라 아우성쳤다. 교노와 구온이 남자를 박스 테이프로 묶었다. 눈을 가리고, 양 손목을 뒤로 묶었다.

"솜씨가 제법인데."

"오늘 밤 두 번째거든." 교노가 모래를 터는지 손을 문질 렀다. "파친코에서 미리 연습했어."

"우리는 분명 포장하기 위해 태어났을 거야." 구온이 호 들갑을 떨었다.

"어떻게 여기에?" 유키코가 천천히 입을 열었다. 자기가 어디에 있는지, 발밑을 확인하는 듯한 말투이기도 했다.

"미안해. 내가 미행했어." 쇼코의 밝은 목소리는 불온한 분위기가 감도는 공원에는 어울리지 않았다.

한 무리의 학생들이 지나갔다. 남녀 합해서 여섯 명 정 도, 술을 마셨는지 신나게 웃으며 어깨동무라도 할 기세였 다. 혁명을 결심한 청년들이 저렇게 아침을 맞이하겠지 싶 은, 그런 일치단결이기도 했다.

양쪽에서 남자를 붙잡아 벤치에 앉게 했다. 교노가 남자 의 귓가에 뭐라 속삭였지만 나루세에게는 들리지 않았다. 효과적으로 위협했으리라. 남자는 발버둥 치지 않고 벤치 에 앉았다.

학생들은 시시껄렁한 농담을 외쳐 대며 지나갔다. 나루 세가 쥐고 있는 권총이나, 박스 테이프에 감긴 남자는 보지 못한 듯했다.

"당신을 미행해 달라고 했어." 나루세는 유키코를 마주 보더니 쇼코를 가리키며 그렇게 말했다.

"미행이라니, 아까 하야시네 맨션에 갔을 때 따라왔던 차?"

"그걸 알아차리다니 당신은 역시 대단해."

"하지만 왜."

"아무렴 어때, 일단 이 남자하고 이야기 좀 해 보자." 벤치에 앉아 있던 교노가 손뼉을 쳤다. 동료의 어깨를 두드리며 연인과 어떻게 만났는지 캐묻는 회사원처럼 보이기도 했다.

우우, 하고 남자가 아우성쳤다. 박스 테이프 틈새로 새어 나오는 것은 천박한 잡음처럼 들렸다.

"이 남자는 자네들이 파친코 가게에서 만난 X 씨와 동일 인물인가?"

"바로 본인이야. 우리에게 총을 겨누고 쏘려 했던 X 씨다." 교노는 기쁜 목소리로 벤치의 남자를 가리켰다. "하마터면 총에 맞을 뻔했어."

"왜 안 쏘았담." 쇼코가 한탄했다.

"마치 내가 맞았으면 좋겠다는 것처럼 들리잖아?"

"아닌 것처럼 들려?"

"이 사람, 진짜 신이치 아버지예요?" 구온이 물었다. 남자가 꿈틀 반응했다.

유키코는 말없이 고개를 끄덕였다.

"어디 보자, 자네 예상이 맞아떨어지기 시작했군. 이 남자는 X 씨야. 파친코 가게에서 우리하고 만났지. 거기에는 어떻게 왔지? 단순히 뒤를 쫓아온 건가?"

남자는 고개를 숙인 채로 아무 말도 하지 않았다. 박스 테이프로 입을 막았다고는 해도 이야기하려는 의지가 보이지 않는다.

"신이치하고 이야기를 해 보고 싶었대." 유키코가 내뱉듯 말했다. "그래서 뒤를 쫓아 파친코 가게에 도착했고, 잠시 후 거기에서 아이들이 도망쳐 나와서 당황했대."

"아버지니까." 구온이 기쁜 듯이 말했다. "아버지니까 신이치를 구하려 했구나. 그렇죠? 말로는 뭐라고 해도 아들한테 무관심할 수는 없거든요. 신이치가 위험하다고 생각하고 파친코 가게로 뛰어든 거겠죠."

"그냥 호기심이야. 신이치를 협박 미끼로 썼는걸." 유키코가 차가운 목소리로 단정했다.

박스 테이프에 묶인 남자가 그때 뭐라 끙끙거렸다. 부정하려 했는지도 모른다.

"어디까지 알고 있어?" 유키코가 나루세를 보았다.

그러자 교노가 먼저 입을 열었다. 이 남자는 내 대리인 행세를 하는 건가? 나루세는 쓴웃음을 지었다.

"이 남자는 모르는 게 없어. 유키코가 일부러 RV 차량하고 접촉 사고를 낸 것도, 4천만 엔을 통째로 이놈들에게 넘기려 했던 것도 다 알아."

유키코는 말문이 막혔다. "그, 그래?"

"이 남자는 신이치의 아버지지? 신이치의 아버지가 곤경에 처했다면 유키코가 돕지 않을 수 없었겠지. 게다가 신이치도 위험했어. 그렇지?" 교노가 말했다.

그러자 유키코가 고개를 숙였다. 자기 죄를 읊조리는 목소리를 가만히 듣고 있는 표정이었다.

"어째서 당신이 그렇게 으스대며 말하는 거야?" 쇼코가 작은 목소리로 교노를 구박했다. "당신은 잘한 것 하나도 없잖아."

"어허, 잘 들어." 마치 그 한 마디로 이 세상의 모든 법칙을 증명할 수 있다는 듯이 자신만만한 목소리였다. "저 녀석은 내 친구야"라며 나루세를 가리켰다.

"그래서 뭐?" 쇼코는 기가 막혔다.

"인간의 가치는 그 친구를 보면 알 수 있어."

"당신 친구들이 불쌍하다."

나루세는 박스 테이프에 묶인 남자에게로 시선을 돌렸다.

"이제 어떻게 할까?" 벤치에 앉은 교노와 구온의 얼굴을 번갈아 보았다.

"어떻게 하긴, 이 남자 말이야?" 교노가 남자의 어깨를 툭툭 쳤다.

"이 남자는 어디까지 알아?"

"어디까지?"

"당연히 유키코와 신이치를 알겠지." 나루세가 손가락을 꼽았다. "유키코, 당신 집도 알고 있나?"

"안 가르쳐 줬어. 연락은 전부 휴대전화로만 했고."

"하지만 이 남자는 신이치를 미행했어. 당신 집을 알지 않을까?"

벤치의 남자는 반응하지 않았다.

"입에 붙인 테이프를 떼어 줘. 이야기를 들어 보자."

나루세는 교노에게 권총을 건넸다. 교노가 총을 겨누고 "조용히 하지 않으면 쏘겠다"라고 말하고 남자의 입에 붙은 박스 테이프를 뗐다.

찌익 벗겨지는 소리와 동시에 남자가 고통스러운 비명을 질렀다.

교노가 상대의 관자놀이에 총구를 들이댔다. "조용히."

"이름은?" 나루세는 유키코를 돌아보았다.

"지미치."

"지미치? 착실한 노력가 지미치 씨인가?" 나루세는 감탄했다. 때로 이름은 무책임한 타인보다도 잔혹하다. "지미치 씨는 현금 수송차를 습격했어. 그때 있었던 건 세 사람이었지. 그리고 그중 하야시 씨는 퇴장했어."

"퇴장?"

"인생의 무대에서 퇴장했어. 지미치 씨가 죽였으니까."

"뭐!" 지미치가 소리를 질렀다.

교노가 바로 권총으로 쿡쿡 찔렀다. "조용히 해야지."

"내가 한 게 아니야, 내가 아니야."

"하야시 씨가 죽은 건 확실해."

박스 테이프로 시야를 빼앗긴 지미치는 목소리가 날아오는 방향을 찾으려는 듯 두리번거렸다.

"난 아니야."

"하야시 씨 시체를 봤는데 바닥에 피로 '지미치'라고 써놨던데." 구온이 아이도 하지 않을 거짓말을 했다.

"다잉 메시지라는 거로군." 교노는 반쯤 재미로 맞장구를 쳤다. "맞아, 맞아, 그건 지미치하게, 착실하게 살라는 가르침인가 했는데 당신 이름이었나."

"내가 아니야." 지미치는 조금 더 세게 말했다.

"당신 상사인 간자키가 그랬겠지." 유키코가 비웃듯 말했다.

"오호라, 탐욕스러운 리더의 이름은 간자키 씨인가." 나루세는 고개를 끄덕였다. RV 차량에서 나와 유키코에게 총을 겨누었던 남자다. '셰퍼드'로 보였다.

"지미치 씨." 나루세는 천천히 곱씹듯 말했다. "지미치 씨하고 간자키 씨는 우리를 어디까지 알고 있지? 우리가 뭘 했는지는 알아?"

지미치가 입을 우물거렸다.

"알아. 신문으로 봤을 거야. 이 사람들은 우리가 강도범인 걸 알아."

"뭐!" 교노가 요란하게 놀라는 시늉을 하며 연극적인 말투로 말했다. "그 사실을 안 이상 살려 둘 수는 없겠군."

"아무한테도 말 안 할게! 말할 리 없잖아!" 지미치가 필사적으로 고개를 저었다.

"그럼 그 간자키 씨는 어디까지 알고 있지? 우리를 조사했나?"

"그 사람은 돈만 들어오면 다른 일에는 관심 없어. 현금 수송차의 돈도, 유키코의 돈도 손에 넣었어. 그러니 다른 일에는 관심이 없어."

"수상한데." 나루세가 즉각 반박했다.

"맞아요, 수상해." 구온이 말했다. "지금은 괜찮아도 조만간 우리를 기억해 낼 거예요. 그리고 간자키 씨는 우리를 찾아내 이렇게 말하겠죠. '너희가 강도라는 사실을 안다. 내 말을 들어라, 그렇지 않으면 전부 경찰에 털어놓겠다.' 심심풀이로 협박할 거예요. 최악이야."

"최악의 전개로군." 교노가 소금 덩어리라도 삼킨 듯한 표정을 지었다.

"원래 갱 영화의 마지막은 총격전이니까요." 구온이 지긋지긋하다는 듯이 말했다.

"정직하게 말해. 너는 신이치의 뒤를 쫓았어. 우리가 사는 곳도 알고 있나?"

잠시 침묵이 있었다. "아니." 지미치는 고개를 저었다.

"거짓말이군." 나루세는 금방 알 수 있었다. 지미치는 거짓말을 숨기려는 시늉도 하지 않는 것처럼 보였다.

"거짓말은 금방 들통나." 교노가 입을 열었다. "우리 가운데에는 거짓말을 꿰뚫어 보는 달인이 있거든. 너는 방어도 하지 않고 챔피언에게 달려드는 아마추어야. 승산이 없어."

"맞아. 사람이 하는 거짓말은 금방 탄로 나는 법이야." 나루세는 그렇게 말하며 교노를 돌아보고 지시했다. "또 거짓말하면 쏴 버려. 쏘고 바로 달아난다. 알겠지?"

지미치는 당혹감과 공포를 드러냈다. "유, 유키코가 사는 아파트는 알아. 그게 다야."

"간자키 씨는?"

"간자키 씨한테는 말하지 않았어. 유키코 얘기도 한 마디도 하지 않았어. 나하고 유키코, 신이치의 관계도 말 안 했어. 유키코는 믿어 주지 않았지만 나도 그 정도로 어리석지는 않아. 나름대로 간자키 씨한테 숨기는 건 있어."

"간자키가 관심을 보이지 않았던 것뿐이겠지?" 유키코는 가볍게 반박했다. "만약 그가 명령했다면 당신은 모조리 털어놨을 거야."

나루세는 눈도 깜빡이지 않고 남자의 얼굴을 지그시 쳐

다 보았다. 거짓말은 아니었다.

간자키라는 남자는 아마도 자기가 계획하는 범죄에만 관심이 있을 것이다. 손에 들어올 돈에는 집착하지만 다른 일에는 무심하다. 그래서 동료도 쓰고 버린다.

"지미치 씨, 간자키 씨나 당신은 우리 이름을 아나?"

"모, 몰라." 지미치는 마치 숨을 삼키면서 말하는 듯했다.

"거짓말이 아니군." 나루세가 말했다. 지미치의 얼굴에는 아무런 꿍꿍이가 없었다.

교노가 팔짱을 끼고 유키코를 보았다. "그러고 보니 당신이 신이치더러 우리 가게에 가까이 가지 말라고 말한 건 그런 이유였어? 이 남자들에게 장소를 들킬까 봐?"

유키코가 끄덕였다. "혹시나 신이치를 미행하면 성가시니까."

나루세는 확인하듯 물었다. "지미치 씨, 앞으로도 우리 일은 간자키 씨에게 말하지 않을 수 있나?"

"그, 그럼."

"거짓말이야." 유키코가 짤막하게 말했다. "이 사람은 그런 점에서는 정말 최악이야. 간자키라는 남자가 조금만 세게 윽박지르면 뭐든 떠벌릴 거야. 우리 정보든, 신이치든, 뭐든 갖다 바치겠지."

"그렇지 않아." 지미치가 필사적으로 부정했지만 허둥거리는 그 모습은 신뢰할 수 있는 사람의 태도 같지 않았다.

구온이 뭔가 생각났다는 듯이 갑자기 말했다. "그러고 보니 우리 돈은 지금 어디에 있어? 그 소중한 4천만 엔."

"어차피 간자키가 가지고 있겠지." 유키코가 싸늘하게 내뱉었다.

입을 벙긋 연 지미치는 할 말을 찾는 듯했다.

이 판국에도 손익을 따지고 있는 것처럼 보였다.

"간자키 씨가 4천만 엔을 갖고 있겠지. 현금 수송차에서 훔친 1억 엔도 같이. 그렇지?" 나루세는 자기 추측을 말해 보았다.

"실제로는 1억 엔도 안 돼." 지미치가 힘없이 말했다.

나루세는 경비 회사가 보험금을 부풀려 청구한 건지도 모르겠다고 짐작했다. 보험금 차익을 위해 간자키에게 정보를 흘리고 한패로 움직이는 자가 있어도 이상하지 않다.

"그 돈은 어디에 있지?" 나루세가 질문했다. "간자키의 자택인가?"

"자택에는 없을 거야."

"예금이라도 맡겼나?"

거기서 지미치는 동작을 멈추고 고뇌하듯 나직한 신음을 흘리며 중얼거렸다. "은행 대여금고. 간자키 씨는 그렇게 말했어."

"대여금고!" 구온이 유쾌하다는 듯이 말했다. "은행에서 훔친 돈을 다시 은행에 맡기다니!"

"용케 심사를 통과했군." 교노가 그렇게 말하자 지미치가 설명했다. "간자키 씨는 야쿠자도 아니고, 서류야 어떻게든 할 수 있어."

지미치에게 거짓말을 하는 기색은 없었다.

"좋아." 교노가 결심한 듯 말했다. "그 은행을 습격하자. 대여금고에서 우리 돈을 되찾는 거야."

쇼코가 재빨리 반박했다. "그러니까 그건 원래 은행 돈이라니까."

나루세는 머릿속에 떠오르는 다양한 생각들을 정리하고 있었다. 대여금고란 금고실에 들어가기 위한 열쇠와, 금고 자체의 열쇠 두 종류, 그리고 비밀번호가 있으면 열 수 있다. 그렇다면 굳이 습격하지 않아도 다나카에게 열쇠를 준비해 달라고 부탁하면 해결할 수 있을 것도 같았다. 어떻게 해야 할까. 선택지를 전부 늘어놓고 재빨리 시뮬레이션을 되풀이했다.

잠시 후 입을 열었다. "간자키 씨는 무시하자."

"무시?" 교노가 실눈을 떴다.

"지금 대여금고를 털어도 금방 들켜. 그렇게 되면 아마도 화가 치민 간자키 씨는 지미치 씨를 협박하겠지."

"그럴지도 모르겠네." 교노가 말했다.

"그러면 모처럼 우리에게 관심이 없던 간자키 씨가 관심을 가지겠지. 머리가 좋고 계획을 잘 세우는 남자는 체포당하는 것보다 뒤통수를 맞는 걸 더 싫어할 거야. 간자키 씨는 몹시 분노할 거고, 화나면 분명 무서울 테지."

"무섭겠죠." 구온이 과장스럽게 말했다.

"교활하고 냉혹하대." 유키코가 말했다.

"간자키 씨는 무시하자. 우리는 우리 돈을 손에 넣으면 돼." 나루세는 그렇게 말했다. 이야기하면서 시나리오를 확인했다. 머릿속에 떠오른 요코하마 주변 지도로 각 은행의 위치 관계를 확인했다. 머릿속에서 차례로 계획이 펼쳐졌다.

"어쩌려고?"

"한 번 더 은행을 습격한다. 요코하마 시내. 지난번 고요 은행 근처야. 요코하마 관업 은행." 나루세는 단정하듯 말했다.

바로 대꾸하는 사람은 아무도 없었다. 나루세는 동료들의 얼굴을 바라보며 즐겼다.

"한 번 더?" 교노는 마치 절망을 부르짖듯 말했다. "진심이야?"

"진심이고말고."

"고요 은행을 습격한 게 바로 엊그제잖아. 게다가 여기 지미치 패거리가 현금 수송차까지 습격했어. 알겠어? 잘 들어. 지금 일본 전국에서 은행 강도에 가장 민감한 곳이 있다면 그건 자네가 지금 입에 담은 요코하마야."

"맞는 말이야." 나루세도 인정했다.

"그렇다면 왜 바로 지금 요코하마에서 그래야 하는데?"

"고요 은행을 사전 답사하기 전에 그쪽 은행도 조사해 뒀거든. 거기라면 지금 당장이라도 실행할 수 있어."

"서두를 필요가 어디 있어? 이해할 수가 없네." 교노가 고개를 갸웃거렸다.

"노리려면 지금뿐이야."

"갑자기 왜 그래요?" 구온도 이해할 수 없다는 듯 입을 비죽거렸다.

두 사람의 반대에도 나루세의 뜻은 변함없었다. 타이밍을 따진다면 지금뿐이다.

"간자키에게 빼앗긴 돈은 포기하고 우리가 또 위험한 다리를 건너자고? 자네 말이야, 침착하게 생각하라고. 너무 어리석잖아."

"괜찮아. 잘될 거야."

"으음." 구온이 고민하는 표정을 지었다.

"지미치 씨만 배신하지 않는다면 괜찮아." 나루세는 그렇게 말했다.

지미치의 얼굴이 얼어붙었다. 등을 꼿꼿이 펴고 자세를 가다듬는다.

"지미치 씨, 쓸데없는 짓만 안 하면 돼. 우리는 은행을 습격할 거야. 방해만 하지 않으면 돼. 물론 간자키 씨에게는 비밀로."

"정말 좋은 아이디어일까요?" 구온은 명백하게 내키지 않는 투였다.

"이 남자, 분명히 나불거릴 거야." 유키코가 지미치를 턱짓으로 가리켰다.

"누, 누가 그런대?" 지미치가 반론했다.

나루세는 지미치를 보았다. 거짓말 같지는 않았다. 그렇지만 이런 남자의 성가신 점은 지금은 진심이더라도 나중에는 배신할 가능성이 있다는 점이었다. 나약한 정신을 본인이 가장 이해하지 못하는 것이다.

그때 구온의 몸에서 휴대전화 벨 소리가 울렸다. 나루세는 교노와 얼굴을 마주 보았다. 구온이 재빨리 휴대전화를 꺼냈다. "지미치 씨 휴대전화가 울리는데요."

"누구 전화야?"

"모르겠어요."

"가, 간자키 씨일지도 몰라." 지미치가 말했다.

"받아. 이상한 소리는 하지 마. 간자키 씨라면 얌전히 평소대로 따르면 돼. 만약 수상한 낌새를 보이면 아무리 우리라도 쏠 수밖에 없어." 나루세가 말했다.

"겨우 쏠 수 있는 거야?" 교노가 총구를 들이댔다. 구온이 휴대전화 통화 단추를 눌러서 지미치의 오른쪽 귀에 댔다.

"예." 전화를 받은 지미치가 소리를 높였다. "아, 간자키 씨."

나루세는 가만히 그 모습을 관찰했다.

"쓰나시마 말입니까?" 그렇게 확인하듯 물은 뒤에는 "예", "예" 하는 대답만 되풀이하다가 마지막에는 "알겠습니다"라고 힘없이 동의했다.

구온이 휴대전화를 끊었다.

"소문의 간자키 씨 전화인가?" 교노가 들뜬 기색으로 말했다.

지미치가 입을 뻐끔거렸다. 나루세 일행과 간자키, 어느 편에 서야 할지 필사적으로 고민하고 있으리라.

"호출받았군. 그렇지?" 나루세는 넌지시 떠보았다. 쓰나시마라는 말이 나왔으니 다른 여지는 거의 없다.

지미치는 한 박자 늦게나마 인정했다. 고개를 위아래로 끄덕였다.

"무슨 목적으로?" 구온이 나루세의 얼굴을 보았다.

"하야시." 나루세는 그렇게 말해 보았다.

지미치는 체념했는지 천천히 고개를 떨구었다. "하야시의 맨션으로 오라고 했어."

"틀림없어. 시체 운반을 도우라는 거겠지." 나루세는 웃지도 않고 말했다.

"하!" 유키코가 저도 모르게 헛웃음을 흘렸다. "그래서 당신은 '알겠습니다'라고 얌전히 대답한 거야? 바보 아니야?"

지미치는 입술을 깨물며 분한 마음을 억누르고 있었다.

"최악이네." 유키코가 말했다.

"하지만 평소처럼 따르라고 했잖아."

나루세는 끄덕였다. "그래. 잘했어, 괜찮아. 거절했으면 의심했을지도 몰라. 그야말로 지미치 씨답지 않지."

"하지만 이 남자, 이제는 빚도 없어. 지난번 4천만 엔으로 갚았으니까. 따를 필요도 없는데 바보 아니야?"

"그건." 지미치가 입을 열었지만 뒷말을 잇지 못했다.

상상해 보았다. 아마 그에게는 간자키에게 거역한다는 행동 자체가 선택지에 없을 것이다. 빚 때문에 눈치를 보는 게 아니라 보다 더 동물적인 공포가 그렇게 만드는 것이다.

"그래서 어쩔 거야?" 교노가 물었다.

"지미치 씨." 나루세가 한 걸음 다가섰다. "당신을 풀어 줄게."

"어째서?" 구온과 유키코가 동시에 소리를 질렀다.

지미치의 입가에 감돈 미소가 재빨리 사라졌다. 어리둥절한 시늉은 하고 있지만 자기 안전이 희미하게 눈에 보이자 냉큼 안심하는 표정이었다.

"이 남자, 분명히 떠벌릴 거야." 유키코가 '분명히'라는 말을 한 번 더 강조했다. "지금 간자키를 만나러 가면 일단 떠벌리고 보겠지. 우리가 이번에 할 은행 강도 계획을 말할 거야. 하야시의 시체를 어딘가에 묻으며 '실은 재미있는 이 야기가 있습니다' 하고 자랑스럽게 보고할 게 뻔해. 그리고 간자키는 우리를 방해하겠지."

"멋대로 단정하지 마." 지미치가 불쾌하다는 듯 말했다.

"합리적인 단정이야. 지난번에도 떠벌렸어. 그래서 신이 치가 협박당했고, 괜한 돈까지 빼앗겼어."

"나도 신용 못 하겠어요." 구온이 조심스럽게 말했다. "이 사람은 분명 말할 거예요."

나루세는 가만히 지미치의 표정을 바라보았다. "지미치 씨, 우리 일에 대해서는 말하지 말아 줘."

"무, 물론이지."

"뻔한 거짓말이야." 유키코가 말했다.

"지미치 씨는 배신하지 않을 거야." 나루세는 거기서 확 실하게 말했다. "그러면 이렇게 하면 어떨까? 지미치 씨도 우리 동료로 삼는 거야."

유키코 5

신뢰 ①믿고 의지하는 것. ②말로 하면 할수록 줄어드는 것. ○○의 원칙 : 주의의무 기준의 하나. 가령 자동차 운전사가 교통법규를 지키면 다른 운전사도 법규에 따른다고 신뢰해도 된다는 원칙. 갱은 예외.

나루세의 제안을 유키코는 바로 이해할 수 없었다.

"동료?" 멍하니 발음은 했지만 의미를 알 수가 없었다. 그것은 지미치도 마찬가지인 것 같았다. 그도 예상하지 못한 말에 놀라고 있다.

"당신도 우리하고 함께 일하지 않겠어?" 나루세의 표정은 진심 같았다.

"함께 일할 수 있을 리 없잖아?" 교노가 기가 막혀서 말도 나오지 않는다는 듯이 말했다.

유키코는 나루세 앞에 섰다. "불가능해."

"나는 기회를 주고 싶어." 나루세가 진지한 얼굴로 말했다. "신용을 잃은 사람에게도 기회를 주고 싶은 거야. 게다가 가령 지금 여기서 지미치 씨를 풀어 주는 것 말고 어떤 선택지가 있지?"

"감금하는 건 어때? 자네 방침대로 다른 은행을 습격할 거라면 그 일이 끝날 때까지 어디에 감금해 두면 돼. 유키코 말을 따라 하는 건 아니지만 그렇지 않으면 이 남자는 분명히 간자키에게 말할 거야." 교노의 의견은 거칠었지만 현실미가 있었다.

지미치는 몸을 움츠리고 있다.

"다 큰 어른을 어디에 가둬?" 나루세가 물었다.

"차라리 그냥 쏴 버려요." 구온은 별 고민 없이 말했다.

"자, 잠깐만." 지미치가 못 참겠다는 듯이 외쳤다. 그 말투가 유키코는 혐오스러웠다. 아첨하는 것 같았기 때문이다.

"너는 동물원에서 병으로 죽은 하마를 보고는 꺼이꺼이 울면서 사람은 쉽게 쏘라고 하네." 교노가 말했다.

"하마하고 사람을 똑같이 취급하다니!" 구온이 한탄했다.

유키코는 가만히 지미치를 쳐다보다가 이 남자가 정말 사살당하는 일이 벌어져도 슬프지 않을 거라 생각했다. 이상한 감각이었지만 그랬다. 10대 후반을 이 남자와 함께 보낸 추억은 있었지만 그렇다고 해서 애정 같은 감정은 없었다. 같은 통근 전철에서 몇 년이나 얼굴을 마주친 회사원의 인생이 그녀에게 아무 상관 없는 것과 비슷했다.

지미치는 나쁜 남자는 아니었다. 하지만 유키코가 알았던 때보다 장점으로 느껴졌던 부분이 줄어서 초라한 인간으로 전락한 것처럼 보였다. 겁 많고 비굴한 모습은 보기가 싫다. 보기 싫은 대상이 이 세상에서 사라지는 것은 그리 슬픈 일이 아니다.

"지미치 씨는 신이치의 아버지야." 나루세가 유키코를 쳐다보며 말했다.

"상관없어. 그야말로 이런 남자가 아버지 행세를 하며 신이치 앞에 나타날 거라 생각하면 지금 당장 사라졌으면 좋겠어."

"하지만 여기 지미치 씨는 파친코 가게에서 신이치를 구하려고 악인들에게 맞섰어."

"악인이라는 건 우리를 말하는 거지?" 교노가 난처한 표정을 지었다.

나루세의 목소리는 담담했다. "게다가 지금 간자키 씨는 지미치 씨를 기다리고 있어."

"시체를 묻으려고." 구온이 피식피식 웃었다.

"만약에 여기서 쏴 버리면 지미치 씨는 시체를 묻으러 갈 수 없어. 물론 감금할 경우도 마찬가지야. 그렇게 되면 간자키 씨는 의심하겠지. 신경도 쓰지 않았던 우리를 떠올리고 뭔가 낌새를 살피러 오지 않는다는 보장도 없어."

"그렇군. 그건 일리 있네." 교노가 말했다.

"알겠어? 지미치 씨는 간자키 씨한테 보낼 수밖에 없어. 평소처럼 행동하게 해야 해. 그 방법밖에 없어. 그리고 우리는 은행에서 돈을 훔치는 거야."

"그렇다고 동료로 삼을 필요는 없잖아." 유키코가 기세등등하게 말했다.

"보험 같은 거지. 지미치 씨가 배신하지 않도록 하려면 동료로 삼는 게 나아."

"아무 보험도 안 될 것 같은데." 교노가 바로 침을 튀기며 말했다. "알겠어? 유키코가 아까부터 말하는 것처럼 이 남자의 본질은 겁쟁이야. 손익을 따지는 게 아니라고. 평화로운 양 떼 속에서 살아도 언덕 위에 늑대가 보이면 다가가서 동료를 배신하는 거야. 무서우니까. 육식동물에게 빌붙는 타입이야."

"예리한 의견이야." 유키코도 동의했다.

하지만 나루세는 방침을 바꾸려 하지 않았다. "지미치 씨는 풀어 줄 거야. 이번만 동료로 삼는다."

교노가 소리 높여 반대했다. 풀어 주는 건 그렇다 쳐도 동료로 삼다니 무슨 짓이냐고 표현을 바꾸고 비유를 섞어 가며 열변을 토했다. 유키코도 동감이었다. 구온도 말수는 적었지만 변함없이 내키지 않는 기색이었다.

"아니." 나루세는 끝까지 의견을 굽히지 않았다. "이 방법밖에 없어."

최종적으로는 나루세의 의견에 따를 수밖에 없다. 유키코뿐만 아니라 교노나 구온도 그렇다는 것은 알고 있었다.

"모레 작전 회의를 하자." 나루세가 말했다. 그리고 국도에서 떨어진 곳에 있는 쇼핑몰 광장을 지정했다. 쇼핑몰 자체는 7시에 닫지만 중앙광장이라 불리는 곳은 가판대가 있어 심야까지 개방하는 듯했다. "테이블하고 의자가 있으니 딱이야. 거기서 작전 회의를 한다."

박스 테이프로 묶은 지미치를 데리고 공원에서 떠났다.

출구에서 나루세가 교노에게 얼굴을 들이대고 뭔가 말하는 소리가 들렸다. 잘 들리지 않았지만 교노가 놀란 목소리로 되물었다. "되감지 못하는 비디오?" 옆에서 쇼코가 웃고 있다.

유키코는 이해할 수 없었다.

지미치를 고요 은행 앞 인도에서 풀어 주었다. 자동차 뒷좌석에 앉은 구온이 지미치의 손을 묶은 박스 테이프를 떼어 내고 그대로 걷어차듯이 인도로 내보냈다.

지미치는 고분고분한 얼굴로 바샤미치를 터벅터벅 걸어갔다.

제4장

악당들은 작전을 짜고,
허를 찔린다

'바보는 여행을 보내도 바보로 돌아온다'

구온 5

반복 ① 새로 시작하는 것. 수정. "○○할 수 없다." ② 몇 번을 해도 같은 결과가 되는 것을 재확인하는 행위.

이틀이 지나 구온 일행은 쇼핑몰의 널찍한 부지에 모였다. 평소 같으면 강도 작전 회의는 유쾌한 소풍 오리엔테이션처럼 기대가 되었겠지만 그날 구온은 마음이 내키지 않았다. 소풍에 비를 몰고 다니는 남자가 참가한 것처럼, 혹은 반에서 사이 나쁜 친구가 끼어든 것처럼 우울했다.

분수가 있는 널찍한 장소다. 가스등 비슷한 조형물이 맵시 있게 늘어서 있다. 어둑해서 데이트 장소로 인기가 있는지도 모른다. 사람들로 넘쳐 났다. 분수 주위에는 간단한 식사나 음료를 파는 가판대가 즐비했다. 구온 일행은 그 광경을 바라보며 의자에 앉아 있었다. 다섯 명이서 테이블을 에워쌌다. 옆에서 보면 퇴근길에 한잔하는 동료들로 보일게 틀림없었다. 무드를 조성하려는 건지 어디서 흔해 빠진 음악이 흘러나오고 있다.

구온과 교노, 나루세는 각자 선글라스에 니트 모자 혹은 야구 모자를 쓰고 있었다. 동료로 삼겠다고는 했지만 맨 얼굴을 그대로 드러내는 짓은 피하고 싶었다.

정면에 앉은 지미치의 얼굴을 보았다.

공원에서 박스 테이프로 칭칭 감겨 있었을 때에 비하면 어딘가 표정에 여유가 있었다. 정식으로 구온 일행의 동료로 인정받았다고 말하는 듯한 뻔뻔함이 어른거려 그리 유쾌한 기분은 아니었다.

나루세 씨는 어째서 이런 남자를 끌어들였을까?

다른 누구보다도 유키코가 불만스러운 표정이었다. "작전 회의는 좋지만 정말 이 사람도 동료로 삼을 거야?"

"그래야 지미치 씨도 우리를 배신하지 않아."

"그럼, 천 번 만 번 맞는 말이고말고." 지미치가 아첨하듯 동의했다.

"우리 얼굴은 쳐다보지 마." 지미치는 시선을 들려다가 나루세가 날카롭게 말하자 다시 고개를 숙였다.

"역시 하야시 씨라는 사람은 살해당한 거야?" 구온은 문득 마음에 걸려 지미치를 쳐다보았다. 지미치의 얼굴이 창백해졌다. 알기 쉬운 반응이었다. 굳은 표정으로 "아아" 하고 끄덕였다. 신음에 가까웠다.

"간자키 씨라는 사람이 죽었어?" 구온은 질문을 거듭했다.

지미치가 고개를 꾸벅 숙였다. 어째서 서스펜스 드라마의 줄거리를 묻는 것처럼 가볍게 중대한 일을 입에 담을 수 있느냐고 불쾌하게 여기는 것 같기도 했다.

"지미치 씨는 시체를 묻으러 갔어?"

지미치는 끌어안았던 시체의 감촉을 떠올리듯 "뭐, 그렇지"라고 짤막하게 대답했다.

"명령을 받으면 뭐든지 하네." 유키코가 지긋지긋하다는 듯이 말했다.

"하지만 말이야." 그때 교노가 명랑하게 입을 열었다. 이런 투로 말할 때는 대개 어린애 같은 장난을 떠올렸을 때라는 것을 구온은 알고 있었다. "삽으로 땅을 파고 시체를 묻다니 좀처럼 경험하기 힘든 일이야. 안 그래, 지미치 씨? 당신은 귀중한 경험을 한 거야. 더군다나 대나무 숲에 묻었지. 숲속에 하야시林 씨를 숨기다니 뛰어나잖아? 나무는 숲속에 숨겨야 하듯 하야시 씨 시체를 숨기려면 실로 숲속이 제일이지."

"대나무 숲……. 어떻게 그걸?" 지미치가 민감하게 반응했다.

"물론 당신 뒤를 추적했으니까 알지." 교노가 선뜻 말했다. "당신이 모처럼 시체를 처분한다는, 드문 경험을 하고 있는데 봐 주지 않으면 미안하잖아."

"추적했어?" 지미치가 입을 열었다. "미, 미행한 거야?"

유키코도 깜짝 놀랐다.

거기서 나루세가 입을 열었다. "지미치 씨. 물론 동료로 삼겠다고는 했지만 그건 어디까지나 우리 사정이야. 지미치 씨의 배신을 방지하려고 어쩔 수 없이 그러기로 한 거야. 우리가 의기투합한 것도 아니잖아. 그러니 배신하지 않도록 보험은 들어 줘야겠어."

"보험?" 지미치와 유키코가 동시에 물었다.

거기서 교노가 기쁜 표정으로 입을 열었다. "귀중한 경험에 필요한 것은 무엇인가?" 잠시 뜸을 들인다. "필요한 것은 언제까지고 추억을 잊지 않기 위한 기념사진이지. 즉석 사진이야말로 소중한 기억을 보존할 수 있어." 그렇게 말하며 재킷 안주머니에서 사진을 꺼냈다.

구온은 얼굴을 들이댔다.

그 사진에는 지미치가 찍혀 있었다. 밤의 나무들 속에서 몸을 숙이고 땅을 파는 모습이었다. 다른 사진에는 인형처럼 손발을 늘어뜨린 시체를 뒤에서 끌어안고 운반하는 모습이 찍혀 있었다.

"이건?" 구온은 교노의 얼굴을 쳐다보았다.

"세상에는 플래시가 안 터지는 카메라라는 게 있어서 말이지." 교노가 자랑스럽게 말했다.

아아. 일전에 교노가 그 카메라에 대해 말한 적이 있다. 다나카에게 사긴 했는데 쓸모가 없다며 한탄했다. 되감지 못하는 비디오보다 쓸모없다며 쇼코가 화냈던 게 생각났다.

"반품 안 하길 잘했네요." 구온이 말했다.

"내가 헛돈을 쓸 리가 없잖아."

"하지만 두 번 다시 쓸 기회는 없는 것 아니에요?"

"쉿."

지미치의 얼굴은 굳어 있었다. 얼어붙은 것처럼 보이기도 했다. 말을 잃었다. 겁에 질려 주위를 살피고 있다. 낭만적으로 흐르는 색소폰 소리가 지미치의 심각한 태도와는 어울리지 않았다.

"그 사진은 어디까지나 보험이야." 나루세가 말했다. "미리 말하지 않은 건 미안하지만 지미치 씨가 배신하지 않도록 사진을 좀 찍었어. 만약 수상한 낌새를 보이면 그걸 경찰에 보낼 거야. 아마 조금은 관심을 보이겠지."

"추억의 즉석 사진이야. 인생의 한 페이지지." 교노가 끄덕였다.

"일부러 찍은 거예요?" 구온은 교노의 얼굴을 보았다.

"저 녀석이 부탁해서." 교노가 나루세를 가리키며 말했다. 얼굴은 찌푸리고 있지만 실제로는 희희낙락 적극적으로 나섰을 게 틀림없다.

"그렇게 즐거운 일은 항상 자기가 하려고 든다니까." 구온이 지적했다.

"아하." 유키코가 이해했다는 듯 중얼거렸지만 바로 지미치를 가리키며 말했다. "하지만 이 사람은 아마 그래도 배신할 거야."

"그래도 지구는 돈다는 말하고 비슷하네요." 구온이 말했다.

"맞아. 지구가 돌듯 이 사람도 배신해. 사진이 있어도, 우리가 자기한테 불리한 사진을 가지고 있더라도 이 사람은 여차하면 우리를 배신할 거야."

"어째서?" 나루세가 물었다.

"겁쟁이는 논리가 안 통하니까." 유키코는 단호한 목소리로 그렇게 말했다.

설득력이 있었다. 겁쟁이는 사람의 단순한 성격이나 버릇 같은 게 아니라 보다 본질적인 특성일지도 모른다. 위험을 회피하려는 것은 동물이라면 당연한 본능이다. 그것을 어중간한 이유로, 하물며 수상한 카메라로 촬영한 사진만으로 억누를 수 있을 것 같지는 않았다.

"유키코 씨 말도 일리가 있어요." 구온이 말했다. "동물은 강자를 따르지만 인간은 강해 보이는 사람을 따르는 것뿐이야. 절대적인 힘을 알 수가 없으니까, 강해 보이는 사람이나 무서워 보이는 사람, 그런 '강해 보이는' 환상에 속아요. 그러니 지미치 씨가 간자키 씨를 두려워하는 한 우리 동료가 되기는 어려워요. 머릿속에 자리 잡은 주인을 쫓아내기란 상당히 힘들거든요."

"아니, 괜찮아. 지미치 씨, 그렇지? 당신은 우리를 배신하지 않아."

어라. 구온은 갑자기 불안해졌다.

나루세의 말투가 자기 잘못을 지적당해 오기를 부리는 사람의 그것과 비슷했기 때문이다. 고등학교 때 교사가 그랬다. 평소에는 논리적으로 수업을 진행하는데, 학생이 반론하면 울컥해서 빠른 말투로 떠들었다.

눈앞에 앉은 나루세의 태도는 상대를 설득하려고 필사적이었던 그 교사와 흡사했다. 믿기 힘들었지만 그랬다.

불길한 예감이 가슴께에 차오르기 시작했다.

나루세 씨는 뭔가 실수하고 있는 게 아닐까, 그런 의문이 솟았다.

전에 교노가 "나루세는 해설을 미리 읽은 거야"라고 말한 적이 있다.

"해설?"

"잘 들어, 세상이라는 건 복잡해서 뭐가 옳은지 모르잖아? 다시 말해 난해하고 복잡한 영화 같은 거야. 전위적이라 몇 번을 보아도 내용을 이해 못 해. 우리는 그런 영문 모를 영화를 계속 보고 있는 거야. 이해할 수 없으니 멋대로 해석하지. 하지만 말이야, 나루세는 어디선가, 수상한 잡지일지도 모르지만 감독의 인터뷰를 읽은 거야. 어쩌면 똑똑한 평론가가 쓴 해설서일 수도 있고. 그래서 영화를 봐도 이해해. 당황하지도 않아. 그렇지 않고서야 저렇게 모든 걸 꿰뚫어 보는 얼굴로 차분히 있을 수 없어."

"언제나 올바른 선택을 하고요."

"저 녀석은 분명 해설을 읽은 거야."

"세상의 해설서?" 구온도 그런 게 있다면 꼭 좀 읽어 보고 싶었다.

"요컨대 그 녀석은 속임수를 쓰고 있는 거야." 교노는 그냥 그 말이 하고 싶었던 것 같기도 했다.

그 말을 들었을 때 구온은 깊이 동감했지만 이제 와서 불안해졌다.

나루세는 해설서를 읽었는지도 모른다. 지금까지는 올바른 판단을 하고 구온을 포함한 다른 사람들의 선두를 걸었다. 하지만 그것이 영원히 계속되리라는 법은 없지 않나? 실제로 지미치를 강도 작전 회의에 끌어들이는 행동은 현명한 사람의 선택 같지 않았다. 해설서에 낙장이 있듯이, 감독이 인터뷰에서 거짓말을 하는 경우도 있다. 중요한 무언가를 실수했을 가능성도 있었다.

나루세가 지도를 펼쳤다. 그 옆얼굴에서는 평소와 다름없이 조용하고 강인한 의지가 느껴졌지만 구온은 어딘가 불편했다. 요코하마 관업 은행 공사용 도면이 둥근 테이블 위에 펼쳐졌다. 요코하마시의 상세 지도도 나란히 있었다.

작전 회의 자체는 평소와 다름없는 순서로 진행되었다.

나루세는 은행원의 배치와 설비에 대해 설명했고 "이 남자가 셰퍼드야"라고 동그라미를 쳤다. 교노가 여전히 옆에서 끼어들었지만 구온과 유키코는 거의 말이 없었다. 그래도 머릿속에 정보는 차곡차곡 넣었다.

아무리 나루세의 판단이 불안해도 아마 구온은 은행을 습격하게 되리라는 것도 알고 있었다. 막연한 불신만으로 한패에서 빠질 생각은 없었다.

지미치가 유독 흥미롭게 지도를 들여다보며 눈을 빛내고 있다.

"잠깐." 유키코가 나루세를 향해 손바닥을 펼쳐 보였다. "달아날 때 말인데, 이번에 나는 이 은행에서 도주하는 경로를 달려 보지 않았어. 현장에도 안 가 봤고."

"괜찮아." 나루세는 태연히 대답했다.

유키코는 놀라서 소리를 높였다. "잠깐, 난 그런 건 자신 없어."

"괜찮아. 요전 고요 은행하고 300미터도 안 떨어져 있어. 기본적으로는 지난번 도주 루트를 쓸 수 있어."

나루세는 도로 지도에 손가락을 짚고 선을 그리듯 경로를 더듬어 갔다.

유키코는 머리를 긁었다. "그런 문제가 아니야. 역시 무모해."

나루세는 표정을 바꾸지 않았다. "이번에는 그렇게 가. 문제없어."

구온이 품고 있던 불안이 더욱 커졌다. 아무리 봐도 평소의 나루세와는 달라 보였다.

"우리가 은행에서 나온다. 유키코의 차에 올라탄다. 도주용 차는 두 대면 되겠지. 한 번 갈아탄다."

지미치가 거기서 몸을 쑥 내밀었다.

"고개 들지 마." 나루세가 매섭게 말했다.

"나, 나는 뭘 하면 되지?"

"지미치 씨는 아무것도 안 해도 돼. 우리가 은행을 습격해서 어딘가로 도망칠 때까지, 잠자코 조용히 지내면 아무 문제 없어. 간자키 씨에게는 아무 말도 하지 마. 의심 살 짓을 하면 곤란해. 오히려 그게 지미치 씨의 역할이야. 배분은 해 줄게."

"만약 무슨 일이 있으면 사진을 쓸 거야." 교노가 손에 든 사진을 흔들었다.

지미치가 진지한 얼굴로 "알고 있어"라는 말을 두 번이나 입에 담았지만, 그 말을 되풀이할수록 불안은 커졌다.

나루세의 설명은 그 후에도 이어졌다. 역시나 은행 안의 정보에 대해서는 이번에도 상세하게 조사했다. 4천만 엔 이상의 돈이 들어올 거라는 말도 했다.

구온은 머릿속으로 은행 안을 그려 보며 자기가 은행원을 마주하는 모습을 상상해 보았다. 은행 강도에게 가장 중요한 것은 작업을 시뮬레이션해 보는 일이다.

"이번에는 무슨 이야기를 할 거예요?" 교노에게 물어보았다.

"요전에는 기억에 대해 말했으니 다음은 시간 이야기지."

"연설은 이제 그만하는 게 좋지 않겠어?" 나루세가 얼굴을 찌푸렸다.

"무슨 어리석은 소리를 하는 거야." 교노가 화를 냈다.

평소와 다름없다. 괜찮다. 구온은 그렇게 생각하려 했다. 분명 잘될 것이다. 스스로를 타일렀다.

"내일, 다나카한테 가 줘." 나루세가 교노에게 말했다.

"다나카한테?"

"번호판이 필요해."

나루세의 말에 교노가 고개를 끄덕였다.

구온은 이유 없이 답답해져서 어깨를 들썩이며 심호흡을 해 보았다. 어깨를 짓누르는 불안을 털어 내려 했다. 이번에야말로 뉴질랜드에 갈 수 있을까 상상해 보았다. 광활한 목장을 느긋하게 걷는 양 떼를 떠올리니 심각한 문제는 아무것도 없는 것 같았다.

그 파친코 가게 소동 이후로 신이치가 어떻게 되었는지 유키코에게 물었다.

소년들이 심야에 파친코 가게에 모여 동급생을 괴롭히려 했고, 더군다나 수수께끼의 남자들이 나타나 폭행을 가한 사건은 그럭저럭 뉴스거리가 되었다. 지방신문 기사에도 작게 실렸다.

"전부 수수께끼의 남자들 소행이래." 유키코가 교노와

구온을 차례대로 가리켰다.

"뭐, 사실이니 별수 없지. 하지만 신이치는 경찰한테 안 시달렸대?"

"별로 대수로운 짓은 하지 않았으니까. 의외로 털털해. 그보다 학교가 심각했나 봐. 나도 어제 다녀왔어."

"왕따가 있었던 건 사실이니까." 교노가 말했다.

"다만 괴롭힘 당했던 그 아이가 상당히 훌륭해서 신이치도 감싸 줬어."

"가오루 소년 말이죠?" 구온은 다리를 절던 키 큰 소년을 떠올렸다. 그리고 가장 악질로 보였던 노란 머리 고등학생도 떠올렸다. 그가 어떻게 되었는지는 유키코도 모르는 듯했다.

"그래, 잊을 뻔했군." 그때 나루세가 생각났다는 듯 지미치의 얼굴을 보았다. "이번에 연락용으로 쓸 선불 휴대전화를 지미치 씨더러 준비해 달라고 했어."

지미치가 힘차게 일어나서 들고 온 종이봉투에서 휴대전화를 꺼냈다. 다른 사람들의 얼굴을 보지 않도록 고개를 숙인 채 각각 나눠 주었다.

어째서 지미치한테 휴대전화를 준비하라고 했을까 불만스러웠지만 나루세의 생각도 이해 못 하는 바는 아니었다. 뭔가 역할을 줘서 동료라는 실감을 느끼게 하려는 건지도 모른다.

유키코에게 휴대전화를 건넬 때 지미치가 미소를 머금은 것을, 구온은 미처 보지 못했다.

교노 日

이면 ① 표면의 반대쪽, 숨어 있는 쪽(에 있는 것). "○○의 이면을 노리다." 이쪽을 뒤엎으려는 상대의 계획을 반대로 뒤엎는 것. 지나치게 생각하면 좋은 결과를 남기지 못할 때가 많다.

교노가 카페로 돌아오자 쇼코가 카운터에 앉아 문고본을 읽고 있었다. 영업이 끝난 카페는 깔끔하게 정리되어 있다.

"어서 와." 쇼코는 고개도 들지 않았다. 무엇을 읽고 있는지 물어보았다.

그러자 쇼코는 후후후, 하고 웃으며 대답했다. "도스토옙스키의 『악령』."

"왜 웃는 건데?"

"마침 지금 읽는 부분에 나온 대사가 당신한테 딱 맞아서."

"어차피 감동적인 대사일 리 없지."

"'친구여, 나는 평생 거짓말을 했다네. 진실을 말하는 순간마저도.'" 쇼코는 그렇게 낭독하고는 또 웃었다.

"어디가 나한테 딱 맞는다는 거야?"

"이건 당신 이야기라니까. 입으로는 허풍밖에 안 나오고, 이야기를 확대하거나 축소하는 일에는 노력을 아끼지 않잖아."

"그 대사는 그런 의미로 쓰인 게 아닐 텐데."

교노는 쇼코를 상대하지 않고 가죽점퍼를 벗어 행거에 걸었다.

"작전 회의는 어땠어?"

"무사히 끝났어. 다음 주에 결행이야. 나루세는 여전히 사전 조사가 꼼꼼해."

"신이치네 아버지도 왔어?"

"그 남자가 신이치의 아버지라니 슬픈 사실이야. 어느 학자의 말이 떠올랐어. '과학의 비극은 아름다운 가설이 추악한 현실로 뒤집히는 일'이야."

"부자 관계는 과학이 아닌데."

"유전자로 모든 게 결정되는 게 아니라는 걸 새삼 깨달았어. 신이치는 그런 아버지를 보면 실망할 거야. 그래, 비행 청소년이 될 거야."

"나는 그럴 것 같지 않아. 신이치는 아마 이성적일 거야. 분명 그런 건 개의치 않겠지."

교노는 일어나서 카운터 안쪽으로 돌아가 냉장고 주변을 뒤적거리기 시작했다.

"하지만 그 지미치 씨가 배신할 가능성은 없는 걸까?"

쇼코와 얼굴을 마주 보았다. "그 남자가?"

"이렇게 말하긴 그렇지만 지미치 씨는 그리 강한 사람처럼 보이지 않았으니까. 박스 테이프로 칭칭 감겨 있어서 그렇다는 게 아니라, 그냥 유키코 씨 말처럼 간자키라는 사람이 위협하면 전부 털어놓을 것만 같아."

교노는 냉장고에서 햄을 꺼내 입에 넣으며 주머니 속 사진을 카운터에 올려놓았다. "이거, 지난번에 찍은 사진이야. 당신하고 함께 지미치를 미행했잖아. 오늘도 이걸 보여주고 나루세 녀석이 실컷 협박했어."

"그래서 지미치 씨는 포기했어?"

"포기했어." 교노는 그렇게 말하고 콧김을 내뿜었다. "그런 것처럼 보였어. 다만 유키코가 역설했어. 겁쟁이는 이런 사진으로 협박해도 배신할 때는 배신한다고."

"유키코 씨는 현명해."

"유키코는 분명 신중하고 예리해. 아무도 의지하지 않고 살아온 사람다워."

"지미치 씨가 배신하면 어떻게 될 것 같아?"

"무슨 뜻이야?"

"가정인데, 만약 간자키라는 사람이 지미치 씨한테서 정보를 얻었다면 어떤 행동을 취할까?"

"시뮬레이션해 보라는 거야?"

"맞아, 그거."

"선택지는 세 가지 정도겠지. 무시하거나, 질리지도 않고 또 돈을 가로채려고 하거나, 함정을 파거나. 그런데 간자키는 이미 돈을 손에 넣었어. 현금 수송차를 습격했으니까. 1억 엔 가까운 돈이야. 우리가 다음으로 습격해도 기껏해야 몇천만이야. 그렇게 생각하면 굳이 위험을 무릅쓰면서까지 끼어들지는 의문이야."

"하지만 무시하진 않을 것 같아."

"내 생각도 그래. 알아낸 은행 강도 정보를 냉정하게 무시할 수는 없겠지. 그래서야 프로 강도 실격이야. 그렇다고 가로챌 것 같지도 않아. 한다면 한 번 더 유키코를 협박하겠지만 같은 수법은 위험해. 반대로 우리가 그걸 내다보고 간자키를 함정에 빠뜨릴 가능성도 있으니까."

"무슨 소리야?"

"지난번에는 유키코가 협박당해 돈을 빼앗겼지만 그건 우리가 예상하지 못했기 때문이야. 허를 찔렸기 때문에 속았어. 다음에는 그렇게 잘 풀리지 않겠지. 의표를 찌를 수 있는 건 한 번뿐이니까. 내가 간자키라면 돈을 가로챌 생각은 하지 않을 거야. 상대가 은행 강도라는 것도 알았을 테니 나름대로 경계는 하겠지."

"그렇다면 남은 선택지는 당신들을 함정에 빠뜨리는 거겠네."

"나라면 그러겠어. 무시도 하지 않고 돈도 가로채지 않지만 방해는 하는 거지." 교노는 의외로 조리하지 않고 먹은 햄이 맛있어서 다시 꺼내러 갔다. "지미치한테 얻은 정보를 근거로 범행을 방해하려 들 거야. 간자키 입장에서 우리는 거치적거리는 파리에 가까우니까."

"더군다나 궤변만 늘어놓는 시끄러운 파리니까."

"흥." 교노는 콧방귀를 뀌었다.

"어떤 수법으로 방해할까?"

"뭐, 간단한 방법으로는 경찰에 신고하면 그만이겠지. 언제 언제, 어느 어느 은행에서 강도 사건이 벌어질 겁니다, 하고 말이야. 그것만으로도 영향은 커. 경찰도 완전히 믿지는 않겠지만 염두에는 두겠지. 은행에 경고해 두는 것도 효과적일 거야."

"지미치 씨는 어느 은행이 표적인지 알아?"

"그야 당연하지, 우리 동료니까." 교노는 큭큭 웃으며 기지개를 폈다. "커피 한 잔 주지 않겠어?"

"잠깐, 커피도 좋지만 지금 그럴 때야? 당신 말대로 간자키가 경찰이나 은행에 밀고할지도 몰라." 쇼코가 드물게 언성을 높였다.

"지미치 씨가 배신한다면 그렇다는 얘기야."

"배신할 거야, 내 느낌엔 그래."

"협박 사진에 효과가 없다면 그렇겠지."

"없을지도 몰라."

교노는 거기서 크게 웃었다. "나루세라는 남자는 짜증 날 정도로 근심이 많아."

"뭐?"

"일단 커피 좀 줘."

"무슨 소리야? 나루세 씨는 거기까지 생각하고 있다는 거야?"

"그 녀석은 말이지, 대개 몇 치 앞까지 고민해. 고등학생 때부터 그랬어. 교사가 입을 연 순간에 결론까지 머릿속에 떠올리는 타입이야. 하나를 들으면 열을 안다는 건 그 녀석을 가리키는 말이야. 하나를 들으면 열을 알고, 그렇게 하나부터 열 사이에 소수가 몇 개 있는지, 그런 것까지 미리 생각하는 녀석이야."

"당신은 교사가 한 마디 하면 그 이상 입을 열지 못하게 하는 타입이지. 하나를 들으면 열을 떠들 거야."

교노는 시끄럽다는 듯이 귀를 후볐다. "어쨌거나 나루세는 지미치가 배신할 가능성도 생각하고 있어."

"어, 무슨 뜻이야?"

"오히려 지미치가 배신하는 걸 전제로 생각하고 있는 모양이야."

"전제라니."

"어쨌거나 커피 좀 줘. 4인분."

"4인분?"

"이제부터 강도 작전 회의야."

"벌써 하고 왔잖아."

"지미치 씨가 참가한 사전 회의 놀이는 끝났어. 그건 엉터리야. 습격할 은행도 다르고, 진짜 실행 예정일은 더 빨라."

"그게 뭐야?"

"잘 들어. 지미치가 배신해도 갖고 있는 정보는 전부 거짓말이야. 날짜도 표적도 달라. 그렇다는 건 간자키가 방해하려 해도 전혀 영향이 없는 거지. 반대로 그날이 올 때까지는 얌전히 있을 테니 우리한테는 유리해. 우리가 은행을 털었다는 걸 알고 나서야 간자키는 당황하겠지. '어라, 모레라고 들었는데?' 하고 말이야."

"잠깐만. 그러려고 지미치 씨를 끌어들인 거야?"

"나루세 말로는 그래. 어설프게 정보를 감추면 괜히 더 의심만 사. 손에 든 패를 보여 주지 않으면 상대는 어떻게든 계획을 캐내려 드는 법이거든. 그렇다면 손에 든 패를 보여주는 척하면 돼. 그러면 패를 들여다보지는 않을 테니까."

"거짓말이지?"

"그 녀석 말로는 상식이래. 갱들한테는 당연한 수법이라던데. 아까도 작전 회의 하는 동안 사정을 모르는 유키코하고 구온은 불만스러워 보였어. 어째서 지미치를 동료로 삼느냐고. 하지만 뭐, 지금은 알아들었겠지. 이제부터 다 함께 여기에 모일 거야."

"다 함께라니, 다?"

"지미치 씨를 뺀 작전 회의야. 평소하고 같은 작전 회의지. 실제로 노리는 건 요코하마 관업 은행이 아니야. 다른 도시 은행이야."

"정말?"

"나루세는 몇 치 앞까지 내다본다니까. 빈틈이 없어. 재수 없는 녀석이지? 하지만 강도 리더의 재능은 있어."

"한 번 더 말해 줘. 지미치 씨는 거짓말로 알려 준 다른 날짜에 다른 은행을 습격한다고 믿고 있는 거야?"

"그래. 동료니까." 교노는 한바탕 웃었다. "다만 유감스럽게도 우리는 그 예정일보다 먼저 은행을 습격해서 놈들이 넋 나가 있는 사이에 냉큼 달아날 거야. 이제 알겠지? 아까 당신이 읽던 도스토옙스키의 대사는 나루세에게 어울리는 말이라고."

나루세는 평소의 은행 강도와 똑같다는 식으로 말했다.

지미치와 간자키에게는 다른 날에 강도 행각을 벌일 거라고 믿게 한다. 그들이 다른 장소를 습격할 낌새는 전혀 보이지 않는다. 당일이 되기를 가만히 기다린다. 그리고 그들이 예상도 하지 못한 날에 재빨리 은행을 습격하고 미처 상황을 파악하지 못하는 사이에 사라진다.

카페 입구에서 도어벨이 울렸다.

구온의 모습이 보였다. "나루세 씨한테 홀랑 속았어요." 흥분한 목소리로 떠들며 카운터로 다가왔다.

쇼코가 커피를 준비하기 시작했다.

조금 뒤늦게 유키코가 나타나고, 마지막으로 나루세가 들어왔다. 모두 모이자 테이블 위에 도면을 펼치며 말했다. "자, 진짜 작전 회의다."

이 남자는 태연해 보이지만 정말 얕볼 수 없다. 교노는 감탄하면서 그 지도를 들여다보았다.

나루세가 도주 경로를 설명하면서 유키코에게 지시를 내렸다. 그 모습을 바라보며 교노는 연설 내용을 고민했다.

"누구 나한테 전화했어?" 작전 회의가 끝난 후에 화장실에서 돌아온 유키코가 그렇게 말했다. 가방에서 꺼낸 휴대전화를 들여다보고 있다. "부재중 기록이 남아 있어. 번호는 안 뜨지만."

나머지 사람들은 서로 얼굴을 마주 보았지만 거의 동시에 고개를 가로저었다.

"그거 지미치 씨가 나눠 준 거죠? 번호를 아는 건 우리 말고는 지미치 씨뿐이야." 구온이 말했다. "잘못 건 것 아닐까요?"

"지미치가 나한테 전화를?"

결국 휴대전화에 대해서는 아무도 다른 말을 하지 않았고, 대화는 흐지부지 끝났다

유키코 6

배신하다 ① 적과 내통해 주인 또는 아군을 등지다. ② 약속, 신의에 반하는 행위를 하다. 인간의 예측에 반하다. "지미치는 ○○할 줄 알았어."

은행을 다시 습격하기로 한 당일은 맑았다. 하늘은 파란 페인트를 바른 것처럼 아름다운 파란색이었고, 미처 지나가지 못한 작은 구름 한 조각만 서쪽에 떠 있었다.

유키코가 운전하는 차는 갓 뽑은 세단이었다. 당당한 은색 차체는 흠집 하나 없었다.

"역시 안 되겠어." 핸들을 꺾은 뒤에 말이 튀어나왔다.

"뭐가?" 조수석에 앉은 나루세가 시선을 던졌다.

"평소에는 사전 조사 때 익숙해지는데, 갑자기 받은 차를 운전하면 손에 안 익어."

"홍법대사는 붓을 가리지 않는 법인데." 뒷좌석의 교노가 말했다.

"홍법대사는 가릴 처지가 못 되었던 거야. 가난해서." 유키코는 그렇게 말하며 핸들을 꺾었다. 고요 은행을 습격했을 때와 거의 같은 경로를 달리고 있었다.

"홍법 씨도 멋 부리지 말고 유키코 씨처럼 그냥 훔치지."

구온이 재빨리 대꾸했다. "그러면 '홍법대사 붓을 원 없이 고른다'라고 하겠죠?"

유키코는 체내시계를 확인하면서 액셀을 조정했다. 표적으로 삼은 은행 이름을 들은 이튿날부터 유키코는 시간이 허락하는 한 현장을 찾았다. 나루세는 "고요 은행 때하고 똑같으니 문제없다"라고 둘러댔지만 역시 불안했다. 눈과 다리, 몸으로 직접 도주할 때의 이미지를 파악해 두지 않으면 무섭다.

그사이 지미치는 한 번도 연락하지 않았다.

어리석은 남자. 웃음이 나왔다. 지미치는 지금쯤 간자키와 의논해 유키코 일행을 함정에 빠뜨릴 작전이라도 짜고 있을지 모른다.

박스 테이프에 묶이고, 하야시의 시체를 목격하고, 시체 유기 현장을 사진에 찍히고, 몇 번이나 당부를 받았지만 지미치는 그들을 배신할 거라고 유키코는 확신했다.

"지미치 씨는 모레 요코하마 관업 은행을 습격한다고 철석같이 믿고 있겠죠?" 구온이 말했다.

"우리 동료가 되었다고 생각한다면 그렇겠지."

"나루세 씨의 판단은 훌륭해." 유키코는 진심으로 감탄했다.

"지미치는 간자키에게 정보를 흘렸을까?" 나루세가 누구에게랄 것 없이 그렇게 물었다.

"분명 흘렸을 거야." 유키코는 확신을 품고 대답했다. "세상에 확신할 수 있는 일이 없다 해도 이것만큼은 분명해. 그 남자는 배신해."

커브를 빠져나와 핸들을 풀었을 때 트렁크에서 덜컹거리는 소리가 났다. "나루세 씨, 뭐가 들어 있어? 시끄러운데."

나루세는 웃기만 할 뿐 대답하지 않았다.

"애초에 이 차, 나루세 씨가 주워 온 거지?"

"시체가 들어 있어. 시체가." 교노가 농담하듯 말했다.

나루세가 니트 모자를 꺼내 뒤집어썼다. 뒷좌석의 두 사람도 같은 작업을 시작했다. 비닐 테이프를 뒤쪽의 교노와 구온에게 건넸다.

뺨에 테이프를 붙인다. 평소와 같은 수법이었다. 선글라스를 낀다.

"순서는 머릿속에 들어 있어?" 나루세가 확인했다. "우리가 차에서 내린다. 은행에 들어가는 건 30초 뒤. 그리고 5분 뒤에 같은 문으로 나온다."

"나는 그사이 차를 세워 둘게. 은행 출구가 보이는 장소에 차를 세우고 기다리고 있을 거야. 당신들이 나올 때 은행 앞에 정확히 멈춰서 맞이할 거야."

은행 앞 편도 2차선 도로는 시야가 넓고 노상 주차도 가능했다. 대기하기에는 안성맞춤이었다.

"문제없군." 나루세가 말했다.

"지난번처럼 배신할 예정도 없어." 자조와 함께 얼굴을 일그러뜨렸다.

"자, 시작한다." 백미러에 비친 구온이 준비운동을 하고 있다. 두 손을 배배 꼬고 있었다.

핸들을 힘껏 쥐었다. 은행이 보인다. 방향 지시등을 켜고 갓길에 차를 붙였다.

교노가 평소처럼 중얼거렸다. "낭만은 어디에."

가방을 든 구온이 밖으로 뛰쳐나갔다. 나루세와 교노도 이어서 밖으로 나갔다.

세 사람의 은행 강도가 날개라도 달린 것처럼 경쾌하게 은행으로 향하는 모습을 배웅했다.

시간을 세기 시작했다. 5분 30초. 5분 30초가 지나면 나는 이 은행 앞에 도착해 동료들을 태우고 이번에야말로 안전하게 달아난다. 그래야 겨우 몸에 가득한 죄책감을 덜어낼 수 있다. 그렇게 생각했다. 이번에는 제대로 성공할 것이다. 액셀에 얹은 발에 힘을 주고 차를 발진시켰다.

눈앞 사거리에서 왼쪽으로 꺾었다. 좁은 길을 지나 한 번 더 같은 길로 돌아왔다. 은행에서 50미터쯤 떨어진 곳에 차를 세웠다.

시동은 끄지 않았다. 기어를 중립에 놓고 핸드브레이크를 채우고 브레이크에서 발을 뗐다.

앞으로 250초.

호흡을 가다듬었다. 살짝 눈을 감아 본다. 흐르는 시간을 확인하며 순서를 몇 번이나 머릿속에서 떠올렸다. 차를 몰아 은행 앞으로 뛰어든다. 그녀가 해야 할 작업을 몇 번이고 머릿속으로 되풀이했다.

"문제없어." 그렇게 중얼거리며 눈을 떴을 때, 발포음이 났다.

은행 쪽에서 들렸다. 교노가 쐈을지도 모른다. 은행 행원이나 손님을 순간적으로 지배하기 위해 권총을 사용하는 경우가 있었다.

유심히 보니 은행 앞 행인들이 아까보다 줄었다. 원래 그리 통행인이 많은 곳은 아니었지만 그래도 너무 적다.

은행 안의 불온한 공기가 주위에도 흘러넘쳐 사람들을 피하게 만드는 건지도 모른다.

또다시 총성이 났다. 이어서 교과서처럼 여성의 비명 소리가 희미하게 들렸다.

은행 건물 안에서 벌어지는 혼란이 눈에 보이는 듯했다.

평소와 분위기가 다른가? 유키코의 가슴에 불안이 퍼졌다.

그때 뒷좌석 문이 열렸다.

"어?" 유키코는 깜짝 놀라 룸미러를 보았다. 남자가 뛰어든 것이다.

거울 너머로 보인 남자의 얼굴은 낯설어서, 처음에는 이 차를 택시나 다른 뭔가로 착각한 사람일지도 모른다고 생각했다.

세상에는 부주의한 사람이 넘쳐 나니까 부끄러운 일은 아니지만, 이건 은행 강도의 도주 차량이니 냉큼 내려서 다른 택시를 잡는 게 현명하다.

그렇게 말해 주려다가 남자가 손에 권총을 들고 있다는 사실을 깨달았다.

"어?"

차갑고 무기질적인 총구가 유키코의 뒤통수를 향하고 있다.

"시동을 꺼." 천박한 목소리였다.

"거짓말이지?" 유키코는 비할 데 없는 허탈감에 싸였다.

"여자는 자기가 죽은 뒤에도 거짓말이냐고 묻지." 남자는 굵은 눈썹을 휘며 웃었다.

"간자키?" 유키코는 간신히 그 이름을 말했다.

"내가 너희보다 한 수 위라는 뜻이야."

"그럴지도 모르겠네." 미치고 팔짝 뛸 노릇이었다.

유키코 7

주머니 ①안에 물건을 넣어 입구를 닫도록 만든 도구. ○○○쥐 : 어포섬의 다른 이름. ○○○ 속의 쥐 : 주머니 속에 들어간 쥐. 피할 수 없다는 비유.

유키코는 머릿속이 혼란스러워 어떻게 해야 할지 순간적으로 판단할 수 없었다. 무심코 혀를 찼다. 등에 소름이 쫙 돋는 게 느껴졌다. 공포가 아니라 초조였다. 돌이킬 수 없는 상황이라고 머릿속에서 누가 말했다. "알아" 하고 유키코는 대꾸해 보았다. 이 상황이 바람직하지 않다는 건 누구나 안다.

"시동을 꺼." 간자키가 얼굴을 내밀며 말했다.

머리를 쿡쿡 찌르는 총구에 얼굴을 찌푸리며 열쇠를 돌렸다.

자동차의 진동이 멎자 바로 차 안이 조용해졌다. 공기마저 모자란 것 같았다.

"잘 들어, 너희는 나를 속이려 했겠지." 간자키는 말이 많았다. 흥분한 게 눈에 보였다. "하지만 그렇게 마음대로 될 리가 없지. 그렇잖아? 완벽한 계획은 없어."

"어째서?" 어째서 당신이 여기 있지? 유키코는 악문 잇

새로 목소리를 쥐어짰다.

"너희는 요코하마 관업 은행을 습격한다고 지미치에게 거짓말을 했어."

"역시 그 남자가 떠들었군."

간자키는 그 말에는 대답하지 않았다. "내가 들은 건 완전히 엉뚱한 은행이었다는 뜻이야. 날짜도 달랐어. 그렇지? 지미치가 들은 건 모레였어. 그런데 어째서 내가 지금 여기 있는지 알아?"

혼란이 유키코를 둔하게 만들었다.

은행에 시선을 던졌다. 위가 욱신거렸다. 절망이다. 절망이 유키코의 눈앞에 펼쳐진 경치를 전부 지워 버리려는 것처럼 느껴졌다.

200초 후에는 나루세 일행이 은행에서 나온다. 어쩌면 좋지?

온몸의 수분이라는 수분이 바싹 마르는 기분이었다. 초조와 절망감이 피부 밑에 서서히 퍼져 나갔다.

또 내 탓 아닐까? 이를 악물었다.

"내가 어째서 이 차에 올라탔는지 알아?"

"당신들이 몇 수나 위니까 그랬겠지." 될 대로 되라는 식으로 대답했다.

"그것도 정답이군." 간자키는 웃었다. "지미치가 도청기를 설치했어."

아. 유키코는 소리를 지를 뻔했다.

순간적으로 가방에 넣어 둔 휴대전화가 머릿속에 떠올랐다.

답을 보여 주면 시험 문제의 해법을 이해하는 것과 마찬가지였다.

나루세가 지미치에게 준비하도록 한 휴대전화, 그것이 도청기였던 것이다. 쇼핑몰에서 작전 회의를 할 때 지미치가 희희낙락 나눠 준 일회용 휴대전화. 지미치는 도청기를 설치하는 게 특기라고 자랑하지 않았던가? 요즘 세상에는 휴대전화 모양의 도청기도 있다고 들었다.

"지미치의 아이디어였어. 만일을 위해 도청을 하자더군. 그건 그 녀석치고는 현명했어." 간자키의 콧김이 거칠었다. 입가는 웃고 있지 않은데 콧구멍은 크게 벌어졌다.

"확실히 그러네, 그 남자치고는 현명했네."

며칠 전, 교노의 카페에서 마지막 작전 회의를 했을 때를 떠올렸다. 그녀의 휴대전화에 부재중 전화가 남아 있지 않았던가. 그것은 도청한 흔적이었을지도 모른다.

이렇게 어리석을 데가. 어째서 아무도 그런 의심을 하지 않았나. 절망적인 기분이었다.

"너희한테는 깜빡 속을 뻔했어. 처음에 지미치한테 이야기를 들었을 때는 그 은행에 신고할 작정이었지. 다만 도청기 덕분에 진짜 목적을 알아냈어. 그러면 우리도 다른 아이디어를 생각해야 하지 않겠어?"

간자키의 얼굴에는 정력이 넘쳤다. 웃음에는 품위가 없었다. 사적인 이익을 위해서는 위법행위도 마다하지 않는, 대기업 경영자라고 해도 통할 용모였다.

"아이디어맨은 나도 좋아해."

유키코는 감정을 담지 않고 말하면서 기억을 뒤지고 있었다.

그때 작전 회의에서 무슨 이야기를 했더라? 나루세 일행과 유키코의 합류 타이밍, 유키코가 차를 모는 주행 경로, 차를 세우고 대기할 장소, 차를 갈아탈 지점, 거의 전부 잖아?

"전부야." 마음을 읽은 것처럼 간자키가 말했다. "전부 들었어. 아니, 너희도 대단한 강도들이야. 작전 회의도 꼼꼼히 하고, 그럭저럭 훌륭해." 아이를 칭찬하는 듯한 목소리로 말했다.

"잘 들어, 너는 앞으로 몇 분 후에 저 은행 앞에서 동료들을 태울 예정이야. 그렇지? 그렇다면 네가 그때 저 장소에 없으면 은행에 있는 동료들은 달아날 수 없다는 뜻이지. 돈을 둘러메고 뛰쳐나왔지만, 도착했어야 할 동료의 차가 없어서 우왕좌왕하는 거야. 나쁘지 않지?"

"나쁜 것 같은데."

"나쁘지 않아. 그러다 경찰이 와서 네 동료들을 에워싸겠지. 기껏해야 달려서 도망치는 게 고작이야. 뜀박질로 달아나는 강도만큼 흉한 건 없어. 아니면 혹시 잘못 판단하고 은행으로 되돌아가서 농성을 할지도 몰라. 어쨌거나 주머니 속의 쥐야."

나루세 씨는 당황할까? 상상해 보았다.

5분 뒤에 은행에서 달려 나온 나루세는 차가 도착하지 않은 것을 깨닫고 어떻게 할까? 아마도 무슨 일이 벌어졌는지 바로 알 것이다. 나루세는 상황 판단이 뛰어나다. 상상력도 갖추고 있다. 하지만 상황을 파악할 수 있어도 그다음에는 어쩌지? 택시를 잡아탈까? 그리 때맞게 택시가 지나갈 리도 없다. 간자키 말대로 달려서 도망칠까? 너무 비참하다.

"우리 일을 방해해서 무슨 이득이라도 있어?"

"너희가 체포되면 경찰도 조금은 만족하겠지. 놈들을 조금쯤 기분 좋게 해 주는 것도 나쁘지 않아."

"만족할 리 없잖아. 현금 수송차 잭은 우리보다 훨씬 유명한 데다, 잡힌 우리가 당신들 정보를 경찰에 말할지도 몰라. 나는 이렇게 당신 얼굴도 봤고."

"너희가 아는 건 대수롭지 않아. 게다가 착각하지 마. 네가 무사히 돌아갈 수 있다고 누가 그랬지?"

간자키의 말투는 가벼웠지만 유키코는 오싹했다. "그래?"라고 짤막하게만 대꾸했다.

"넌 내 얼굴을 봤어. 미안하지만 그대로 돌려보낼 수는 없어. 한 가지 더 말하자면 나는 동료도 서슴없이 죽일 수 있어."

유키코는 상대에게 들키지 않도록 침을 삼켰다.

"일단은 구경할 거야." 간자키가 말했다. "이제 금방이지? 은행에서 나오긴 했지만 동료의 차가 오지 않아 당황하는 네 동료들의 모습을 구경할 거야."

터져 나오려는 고함을 참았다. 어쩔 수가 없었다.

"그리고 너를 쏘고 집으로 돌아가 케이블방송으로 영화라도 봐야지."

"재밌는 프로그램을 하면 좋겠네."

앞으로 98초. 아직 늦지 않았다. 유키코는 은행 위치를 고려해 계산했다. 열쇠를 돌려 시동을 켜고 핸드브레이크를 풀고 액셀을 힘껏 밟아 급발진하면 아직 시간은 맞출 수 있다.

시동을 거는 순간에 간자키가 권총을 쏠까?

총에 맞는 건 무섭지 않았다. 하지만 신이치가 마음에 걸렸다. 게다가 총에 맞으면 무엇보다 나루세 일행을 도우러 갈 수 없다.

그때 불길한 소리가 들렸다. "오." 간자키가 짤막하게 외쳤다.

순찰차 소리다. 한 대가 아니다. 흔치 않은 대사건에 용감하게 출동한 순찰차 무리다.

유키코는 무슨 일이 벌어졌는지 알았다. 간자키도 그 답을 말했다. "누가 눌렀군." 그렇게 말하며 웃었다. 껄껄껄, 유쾌하다는 듯 큰 소리로 웃었다. "경보 장치를 누른 거야."

"설마."

"실수한 거지. 빨리 달아나지 않으면 위험해."

"차를 발진시켜도 돼?"

"그건 안 되지."

유키코는 열쇠에 손을 뻗으려 했다. 어떻게든 은행 앞에 차를 댈 수 없을까 필사적으로 고민했다.

간자키를 밖으로 걷어차 버릴 수 있으면 좋을 텐데.

붉은 조명이 비친다고 생각했을 때는 순찰차가 유키코와 간자키의 옆을 지나갔다. 사이렌 소리가 그대로 화음을 이루는 것처럼 들렸다. 세 대의 순찰차가 한 줄로 나란히 차례로 달려갔다.

용의주도하게 방송국 밴도 나타났다. 언제부터 있었을까? 카메라를 멘 남자가 세 명쯤 서 있었다.

이 사이렌은 나루세 일행에게도 들릴까? 유키코는 깊은 한숨을 내쉬었다. 그것밖에 할 수 있는 일이 없었다.

"이게 결정적인 순간이라는 거야. 방송국도 왔어. 네 동료들은 아마 이대로 체포되겠지. 총격전이라도 벌인다면 또 모르지만."

어차피 갱 영화의 마지막은 총격전이라고 한탄하던 구온의 목소리가 되살아났다.

순찰차는 세 대 전부 나루세 일행이 들어간 은행 앞에 서 있었다. 진형을 짜듯 대각선으로 정차했다. 차에서 뛰어내린 경찰들이 모여든 주위 통행인들을 막았다.

경찰관의 동작은 얄미울 정도로 매끄러웠다. 갑작스러운 흉악 사건에 당황하는 기색도 없었다. 방송국 카메라맨은 상황에 어울리지 않게 느긋한 표정이었는데, 그게 더 화가 났다.

앞으로 30초.

머릿속에 들어 있는 데이터를 전부 끄집어냈다. 열쇠를 돌리고 시동이 걸릴 때까지의 시간, 가속, 은행까지의 거리, 급브레이크와 세 사람이 올라탈 시간.

앞 유리를 노려보았다. 심장박동이 빨라진다.

순찰차 사이에 약간의 틈새가 보였다.

맹렬한 스피드로 저 틈새를 파고들면 은행 앞으로 나갈 수 있을지 모른다.

모 아니면 도, 출발해 볼까?

"섣부른 생각은 하지 마." 간자키가 한발 먼저 말했다.

못 들은 척했지만 간자키는 바로 총을 들이댔다. "쏜다. 너를 쏴도 난 괜찮아. 알아?"

"그렇겠지."

"아무렇지도 않아. 다만 그리 되면 총성으로 경찰이 다 가올지도 모르니 내가 여기서 구경을 못 하게 돼. 망설이는 이유는 그뿐이야."

"그렇겠지."

은행을 쳐다보았다. 권총을 거머쥔 경찰 네다섯 명이 은행을 향해 총구를 겨누고 있다.

차라리 여기서 간자키에게 총을 맞는 게 편할지도 모른다는 생각까지 했다.

"알겠지? 멋대로 굴지 마."

간자키의 목소리 톤이 바뀌어 어라 싶었다. 머리에서 총을 뗀 것이다. 그리고 이번에는 좌석 옆에서 유키코의 배를 향해 총을 들이댔다.

왜 저러나 싶었는데 이유는 바로 깨달았다.

시야 구석에 경찰복이 보였다.

유니폼을 입은 남자 두 명이 마치 국가 권력을 어깨에 짊어진 듯 똑바른 발걸음으로 차로 다가온 것이다.

은행 쪽에서 일직선으로 유키코가 있는 차를 향해 다가왔다.

"수상하게 여겼는지도 몰라." 유키코는 저도 모르게 그렇게 말했다. "당신이 쥐고 있는 권총을 봤을지도 몰라."

"잘 들어, 멋대로 굴지 마."

머릿속이 혼란스러웠다. 어째야 할지 몰랐다. 이게 기회인지, 더 큰 역경인지, 판단할 수가 없다.

경찰복이 다가왔다. 눈앞의 남자는 경찰모를 깊숙이 눌러쓰고 어울리지 않는 안경을 쓰고 있었다. 그보다 뒤처져서 또 한 명이 따라왔다. 차도를 가로질러 다가오더니 유리창을 똑똑 두드렸다.

유키코는 스위치를 눌러 차창을 내렸다. 되도록 눈을 마주치지 않으려고 고개를 돌렸다.

"어, 죄송합니다." 경찰이 무엇을 내밀었는지, 유키코는 처음에는 이해하지 못했다. 세로로 여는 가죽 지갑 같았는데 잠시 후에야 경찰수첩이라는 것을 깨달았다.

"잠깐 내려 주시겠습니까?" 기묘하게 높은 목소리로 상대가 말했다.

유키코는 뒷좌석의 간자키를 의식하면서 물었다. "왜 그러시죠?"

"아니, 잠깐 저쪽 은행에서 말입니다, 강도 사건이 발생했거든요."

"어머나." 유키코는 표정을 바꾸지 않고 말했다. 되도록 상대의 얼굴을 보지 않으려 애썼다.

"그래서 형식상 이 부근에 주차한 차는 전부 확인해 두려고요."

"하아."

"잠시 내려 주시겠습니까?"

"우리는 상관없어. 내버려 둬." 뒷좌석에서 간자키가 말했다.

그때 유키코는 비명을 지를 뻔했다.

타임오버다. 그렇게 소리를 지를 뻔했다. 마침 그때, 계획한 시간이 지나고 만 것이다. 5분 30초. 원래대로라면 유키코가 은행 앞에 차를 대야 하는 시간이었다. 타임오버.

다만 은행에서 나루세 일행이 나올 기미는 없었다.

농성하는 것이다.

"밖으로 나와 주시겠습니까?" 상대는 당연히 유키코의 낙담을 알아채는 기색도 없이 높은 목소리로 말했다.

앉아 있는 유키코에게는 경찰관의 유니폼밖에 보이지 않았다. 문이 벌컥 열렸다. 태도는 온화했는데 상당히 강압적이었다.

말투와 달리 이 경찰은 그들을 심히 의심하고 있는지도 모른다고 각오를 굳혔다.

창을 닫고 발을 내디뎠다.

"열쇠를 들고 나와 주십시오." 유니폼이 말했다.

아마도 도주를 우려한 것이리라. 밖으로 나가자 "일단 열쇠를 건네주십시오"라는 말까지 했다.

그 철저함에 기가 막혔지만 유키코는 마음을 가라앉히고 상황을 파악하려 했다.

간자키도 뒷문을 열고 밖으로 나왔다.

문을 닫고 둘이서 차에 등을 대고 유니폼 차림의 두 사람 앞에 섰다.

"우리한테 무슨 볼일이지?" 간자키는 태연한 목소리로 물었다.

유키코는 순간적으로 기회일지도 모른다고 생각했다. 간자키는 몸수색을 우려해 권총을 차 안에 두고 내렸을 게 분명했다. 그 가능성은 높았다. 그렇다면 지금 당장 차에 뛰어 올라타 시동을 걸면 출발할 수 있을지도 모른다. 경찰이 바로 발포할 리도 없고.

하지만 바로 중요한 사실을 깨달았다. 나루세 씨하고 다른 사람들을 어떻게 구출하지?

"잠깐, 적당히 좀 해. 뭔가 묻고 싶은 게 있으면 냉큼 말해. 우리는 바빠." 간자키가 말했다.

유니폼 남자는 난처한 목소리로 대꾸했다. "예, 그렇긴 한데."

"용건은 빨리 끝내. 알겠어? 질문하고 싶으면 해. 지나가려면 지나가. 이런 곳에서 농땡이를 피울 바에야 저쪽 은행 강도에게 권총이라도 겨눠." 간자키는 농담처럼 말하고는 웃었다. "어차피 경찰관은 겁쟁이라 총은 쏘지도 못하겠지만."

그때 눈앞의 유니폼 남자가 예상 못 한 행동을 취했다.

권총을 거머쥔 것이다.

그리고 재빨리 간자키에게 겨누었다.

느리게 재생한 영상을 보는 듯한 감각이었다.

쏠 건가? 유키코는 순간적으로 생각했다. 어째서?

간자키도 그것을 깨달았는지 숨을 삼키는 게 느껴졌다.

남자의 손가락이 망설이지 않고 방아쇠를 당기는 게 보였다.

정말로 쐈다. 유키코는 속으로 외마디 소리를 질렀다. 옆에 있는 간자키도 똑같은 마음이었을 게 틀림없다.

경찰이 이렇게 쉽게 발포하는 시대가 되었나. 아연실색했다.

소리가 울려 퍼졌다.

구온 6

질문 ① 의문 혹은 이유를 따져 묻는 것. ② 설명자가 가장 싫어하는 행위.

손에 든 권총에서 종이테이프가 날아가는 광경을 보면서 구온은 우스워 견딜 수 없었다.

앞에 서 있는 간자키는 갑자기 눈앞에 닥친 총구와 거기에서 튀어나온 꽃종이에 놀랐는지 얼어붙은 것처럼 꼼짝도 하지 않았다.

그 순간을 노려 옆에 있던 교노가 재빨리 움직였다.

자동차 뒷문을 열고 멍하니 있는 간자키를 안에 발길질로 처박았다.

바로 문을 닫았다. 차체가 흔들릴 기세였다.

가지고 있던 자동차 열쇠를 운전석 문에 꽂고 재빨리 돌렸다. 자동차 잠금장치가 일제히 내려갔다.

"구, 구온이야?" 유키코는 겨우 정신을 차린 모습이었다.

구온은 경찰모를 벗고 웃었다. "유키코 씨, 전혀 못 알아보더라니까. 웃음을 참느라 혼났어요."

교노도 다가와서 말했다. "이 유니폼 잘 어울려?"

"이 권총도 진짜 같죠? 파티에서 쏘는 폭죽 같은 거예요. 하지만 진짜하고 똑같이 생겼어."

"어, 어떻게 된 거야?" 유키코는 갈피를 못 잡는 기색이었다. 여전히 혼란스러운 것 같았다.

그러는 사이 뒤에서 또 한 명의 유니폼 남자가 다가왔다. 나루세였다.

"잘 어울려?" 나루세가 말했다. 그 담담한 기색이 구온은 우스웠다.

"어울리냐니, 잠깐, 이게 어찌 된 일이야?"

"경찰복을 가진 녀석이 있어서, 준비해 달라고 부탁했지."

"수수께끼의 경찰 마니아 청년에게." 구온은 허리에 찬 벨트를 만졌다.

그 경찰 마니아 청년은 구온 일행의 의뢰를 받고 몹시 기뻐했다. 전에 훔친 면허증을 이용해 연락한 것이다. 다시 만난 그는 동지를 발견한 듯 행복한 표정으로 구온 일행의 요구에 응해 주었다.

"가, 간자키는?" 유키코가 높은 소리로 외쳤다. 황급히 몸을 돌려 세단을 보았다. "저 남자, 권총을 갖고 있어. 우리를 쏠지도 몰라. 빨리 달아나야 해."

"괜찮아."

거기서 구온이 입을 열고 이렇게 말했다. "이 차, 그루센 카라고 부른대요."

유키코가 고개를 갸웃거렸다.

차를 쳐다본다. 이상한 광경이었다. 안에 있는 간자키가 문을 열려고 마구 두드리고 있다.

사정을 모르는 통행인들은 저 남자는 왜 잠금장치를 풀고 밖으로 나오려 하지 않는지 이상하게 생각할 게 분명했다.

새로운 탈출 쇼라고 착각할지도 모른다.

사실 간자키는 잠금장치를 풀지 않는 게 아니라, 풀지 못하는 것이다. 눌러 보고 잡아당겨 봐도 꼼짝도 하지 않을 터였다.

"저 녀석 왜 못 나오는 거야?" 유키코가 의아하다는 듯이 물었다.

"이거, 이상한 차예요. 평범한 차가 아니야." 구온은 설명했다. "밖에서 열쇠를 잠그면 안에서는 못 열어요."

"진짜?"

"도스토옙스키 카라더군." 교노가 얼굴을 찌푸렸다.

"도스토?" 유키코가 고개를 갸웃거렸다.

"그루센카라니까요. 그런 것도 몰라요? 『카라마조프가의 형제들』에 나오잖아요." 구온 역시 그런 책을 읽은 적은 없지만 말은 그럴싸하게 했다.

"저 녀석은 집에 틀어박힌 표도르 카라마조프인 거야." 나루세는 작은 목소리로 그렇게 중얼거렸다. "저 차는 밖에서 안에 사람을 가둘 수 있어. 구온, 몇 분으로 설정했지?"

"두 시간." 구온이 시계를 보았다.

"두 시간 후면 열려. 하지만 그때까지 안에서는 무슨 일이 있어도 못 나와. 시간제한이 있는 감금 상태지. 하지만 두 시간이라니 꽤 기네."

거기서 교노가 메모장을 꺼냈다. 유니폼 가슴 주머니에서 사인펜을 꺼내며 말했다. "간자키가 권총으로 유리를 쏘려고 하는데? 저 유리는 권총으로는 깰 수 없다고 가르쳐 줘야겠어. 다칠지도 몰라."

확실히 간자키는 시뻘건 얼굴로 차 안에서 날뛰고 있었다. 화가 난 나머지 미쳐 버린 것 같았다. 유리창을 두드리고 있다. 당장이라도 방아쇠를 당길 기세였다.

"저 유리, 권총으로도 못 깨?" 유키코는 아직 상황을 이해하지 못한 것 같았다. "그런 차가 있어?"

"실제로 있는 걸 어쩌겠어?" 교노가 웃었다. 그리고 메모장에 '그 유리는 특수해서 권총으로도 부수지 못합니다'라고 써서 뒷좌석 유리창에 들이댔다. 간자키가 그 메모를 보고 얼굴을 더욱 붉혔다.

"대체 어떻게 된 거야?" 유키코가 물었다.

"나루세 씨는 지미치가 도청하는 걸 알고 있었어요. 처음부터 이번에는 은행을 습격할 생각이 없었던 거예요."

"거짓말이지?" 너무해, 유키코가 얼굴을 일그러뜨렸다.

나루세는 말없이 어깨를 들썩였다.

"어쨌거나 간자키는 경찰에 넘기고, 나머지 일은 느긋하게 하면 돼."교노가 말했다.

"잠깐만."

"질문은 세 개까지만 받도록 하지."교노가 웃으면서 말했다.

자기도 계획을 들었을 때는 놀랐으면서, 교노 씨는 정말 으스댄다니까. 구온은 진심으로 감탄했다.

"저 경찰은 뭐야? 지금 은행을 에워싸고 있잖아. 모두 저 안에 있고, 누가 경보 단추를 누른 줄 알았는데."

보행자들이 모두 멈춰 서서 순찰차를 멀찍이서 바라보고 있었다. 은행으로 서서히 다가가며 확성기로 외치는 경찰들을 흥미롭게 보고 있었다.

"아아, 저거?"교노가 다시 메모장을 쥐고 한 장 넘기더니 사인펜으로 이렇게 썼다.

'오늘은 저 은행의 방범 훈련일입니다.'

유키코에게 그 종이를 보여 주고, 이어서 차 안의 간자키에게 보여 주었다.

"이제 어떻게 할 거야? 간자키는?"유키코가 힘이 빠진 듯 어깨를 늘어뜨리고 두 번째 질문을 했다.

"예예, 그 질문이 왔군."교노는 메모장에 글씨를 쓰는 게 재미있어 죽겠다는 듯이 종이를 넘기더니 이번에는 '경찰에 신고할 겁니다. 트렁크에는 하야시 씨가 들어 있습니다'

라고 썼다.

유키코가 읽은 것을 확인하더니 또 간자키에게 보여 주었다.

간자키는 유리를 마구 두드리고 있다.

"경찰이 와도 이건 안 열려. 두 시간 뒤에나 열리지. 뭐, 트렁크도 함께 열리니까." 나루세가 말했다.

"하야시라니." 유키코가 눈썹을 찌푸렸다.

"시체가 된 하야시 다쓰오 말이야." 교노가 말했다. "나하고 구온 둘이서 도로 파냈다고. 그건 중노동이었어."

유키코는 할 말을 찾느라 한참이나 입을 우물거렸다.

"우리는 어떻게 되는 거야? 간자키가 우리에 대해 경찰에 말할지도 몰라."

"무엇을? 간자키가 아는 정보는 거의 없어. 그렇지? 다행히 지미치 씨는 간자키가 질문한 것 외에는 떠들지 않았어."

"그 지미치가 떠들지도 몰라."

"보스가 사라지면 겁쟁이도 그럭저럭 이성을 찾아." 나루세의 목소리는 여전히 모든 것을 꿰뚫어 보는 듯했다. "어떻게 하는 게 본인에게 가장 이득인지 고민할 테고, 그 사진도 더 걱정하겠지. 그런 타입의 남자는 자기 주인이 사라지면 다음 주인을 찾아서 그 녀석 안색을 살피는 법이야."

유키코는 "뭐가 어떻게 된 건지 모르겠어"라고 어깨를 움츠렸다.

"뭐, 어쨌거나 여기서 벗어나자." 교노가 경쾌하게 말했다. "그리고 경찰에 신고해 줘야지."

"굳이 그러지 않아도 바로 저기에 경찰이 잔뜩 있잖아요." 구온은 은행 주변에 있는 순찰차를 가리켰다.

그 은행 부근에서 요란한 소리가 났다. 박수 소리였다. 보아하니 강도 역할을 맡은 남자들이 손을 들고 투항하는 참인 듯했다. 경찰이 달려들어 요란하게 강도들을 제압하고 있었다. 방송국 카메라를 든 남자들이 엉금엉금 이동하고 있다.

전혀 현실적이지 않네. 구온은 웃었다. "저래서야 디즈니랜드 쇼네요."

"영화 촬영이네, 저건." 교노가 말했다. "낡은 갱 영화야."

"갱 영화는 이미 낡았나?" 나루세가 묻자 교노는 고개를 가로저으며 대답했다. "촬영 방식에 따라 달라."

저런 훈련을 공개해 봤자 신뢰를 회복하기는커녕, 오히려 하지 않는 게 나았을 텐데. 구온은 생각했다.

카메라맨이 셔터를 누르는 소리가 울렸다. 시끄럽다.

"어째서 그런 유니폼을 입고 있는 거야?"

"세 번째 질문이로군." 교노가 끄덕거렸다.

대답은 나루세가 했다. "오늘은 예행연습 때문에 경찰이 잔뜩 있어. 지금 이곳에서 가장 눈에 띄지 않는 건 이 경찰복 차림이야. 게다가 이 차에 간자키를 가두려면 유키코를 차 밖으로 끌어내야 했어. 그러려면 경찰 명령이 제일 자연스럽잖아?"

"게다가 나루세 씨하고 내기했거든요." 구온이 말했다.

"내기?"

"유니폼으로 남을 얼마나 속일 수 있는지."

"보통은 경찰복을 보면 경찰이라고 생각하는 법이야." 나루세가 덧붙였다.

"유키코 씨는 바로 알아차릴 줄 알았는데."

유키코는 뭔가 체념한 듯 한숨을 쉬었다. "한 가지 더 대답해 줘."

"네 번째 질문이지만 특별히 허락하지." 교노는 으스대며 말했다.

유키코는 약간 화난 표정으로 물었다. "어째서 나한테는 알려 주지 않았어?"

"아아." 나루세가 경찰모를 도로 썼다. "당신 전화는 도청당하고 있었으니 자세히 설명할 수 없었어. 게다가."

"게다가?"

"당신을 깜짝 놀래 주려는 목적도 있었지."

나루세 7

갓난아기 갓 태어난 아이. 핏덩어리라는 뜻. 비유적으로 유치하고 세상 물정 모르는 사람을 빗댈 때도 사용한다.

조수석 창문 너머로 바라보아도 바깥은 추울 것 같았다. 눈이 내릴 기미는 어디에도 없었지만 바람이 차가운지 행인들은 코트에 고개를 파묻고 걷고 있었다.

나루세는 유키코가 운전하는 자동차 조수석에 앉아 있었다.

"지바현에는 땅콩이 잔뜩 있을 줄 알았는데 기대가 조금 빗나갔어." 구온이 말했다.

차는 속도를 올려 완만하게 왼쪽으로 커브를 돌았다.

"땅콩은 밭에 있잖아." 교노가 화난 말투로 말했다.

유키코의 표정을 살폈다. 앞쪽을 바라보는 유키코의 시선은 차분했다. 옆모습에도 자신감이 감돌았다. 신호에는 한 번도 걸리지 않았다. 몸속에서 끊임없이 시계가 카운트한다는 건 대체 어떤 감각일까? 나루세도 알 수 없었다.

"그러고 보니 지미치는 어떻게 됐어?" 교노가 물었다.

"도망 다니는 모양이야." 나루세가 대답했다.

"간자키 씨는 지금쯤 하야시 씨 시체도, 현금 수송차 일도, 전부 지미치 씨 탓으로 돌리고 있을지도 모르겠네요." 구온이 말했다.

체포된 간자키의 정보는 때때로 신문이나 텔레비전 뉴스로 들을 수 있었다. '다른 은행 강도에 대해서도 진술하고 있다'는 모양이지만 자세한 정보가 없는지, 아직 수사의 손길이 미칠 기미는 없었다. 공범으로 수배된 지미치는 필사적으로 도망 다니고 있었다.

"그 남자는 의외로 도망에는 익숙해." 유키코는 표정 하나 변하지 않았다. "내게 편지를 보냈는데 지금은 어딘가에 숨어 있는 모양이야."

"편지에는 뭐라고 적혀 있었어?" 나루세가 되물었다.

"미안하다는 말과 도망 다니고 있다는 이야기, 신이치를 만나고 싶다는 이야기. 그리고 우리 일은 절대로 말하지 않겠다던데." 우스워서 못 견디겠다는 투로 말했다.

"실컷 배신해 놓고." 구온이 불만스럽게 말했다.

"하지만 그 남자도 이제 체념한 모양이야. 간자키가 체포되어서 놀랐겠지. 자기가 아무리 계략을 짜도 나루세 씨는 당해 낼 수 없다는 걸 알았는지도 몰라."

"신이치는 어쩌고 있어?" 교노가 뺨에 테이프를 붙이며 물었다.

"잘 지내. 가오루하고 우정을 다졌는지 찰싹 들러붙어서

논다니까. 분명 신이치는 호모야."

"설마." 구온이 쓴웃음을 지었다.

"건강하기만 하다면 호모든 뭐든 상관은 없지만." 유키코는 희미하게 입가에 미소를 머금었다.

나루세는 고개에 힘을 주고 뒷자리에 앉은 두 사람에게 순서를 상기시켰다.

차가 멈춘다.

나루세는 조수석에서 뛰쳐나갔다. 밖으로 나가 몸을 돌려 구온이 던진 보스턴백을 받았다.

인도를 걸었다. 뒤에서 차가 조용히 발진했다.

양쪽 옆에 교노와 구온이 나란히 섰다. 셋이서 정면에 보이는 은행으로 향했다.

"그나저나 지난번 고요 은행 돈은 아까웠어요." 구온이 말했다.

"간자키에게 빼앗긴 돈 말이야?"

"맞아요, 그 4천만 엔. 확실히 간자키가 체포되어서 속은 후련하지만, 그 건에 대해서는 우린 한 푼도 얻지 못했으니까요."

"간자키의 돈은 어차피 대여금고에 들어 있으니 마음만 먹으면 언제든 손에 넣을 수 있지 않을까?"

나루세는 그렇게 답하며 일전에 걸려온 다다시의 전화를 떠올렸다.

그때 전화로 다다시는 대뜸 "순경이 되겠습니다"라고 말했다. "도청을 조심하세요"라는 말도 했다.

그것은 지미치의 도청을 예언한 게 아닐까. 그런 생각을 하지 않을 수 없었다. 그리고 경찰복을 입고 한바탕 연기를 하도록 조언해 준 건지도 모른다.

그 이야기를 하자 교노는 "자기 자식을 과대평가하는 건 인간의 결점 중 하나야"라고 말했다.

"아니, 하지만 다다시는 역시 우리 미래를 알고 있었을지도 몰라."

나루세가 거듭 말하자 구온이 웃었다.

"다다시는 아마 '내 말수가 적다고 멋대로 해석하면 안 돼, 아버지'라고 생각할 거예요."

어쩌면. 나루세는 계속해서 생각하고 있었다. 다다시는 이렇게 말하고 싶은 건지도 모른다. "아버지, 나는 당신이 하는 일에 전적으로 찬성하는 건 아니지만, 그래도 응원하고 있어요. 실수하지 마세요."

"아마도 그렇겠지." 나루세는 중얼거렸다.

"뭐가 그래?" 교노가 옆에서 물었다.

은행 앞은 아담한 공원이었다. 그곳을 빠져나간다. 습격한 다음에는 은행 반대쪽 출구로 나올 예정이었다. 그쪽은 좁은 일방통행로다. 거기서 유키코와 합류할 예정이었다.

왼쪽에는 작은 벤치가 가지런히 있다. 아이를 품에 안은 주부 몇 명이 앉아 있고, 다른 몇 명은 서서 열심히 이야기하고 있다.

갓난아이가 울고 있었다.

저 부인들은 강도 계획이라도 세우고 있는지도 모른다. 그 정도로 진지하게 고개를 맞대고 있었다. 저 갓난아이는 어머니들의 이야기가 너무 거칠어서 울음을 터뜨린 건지도 모른다.

울음소리가 요란했다.

"저 울음소리, 경보 장치 같아서 신경 쓰이네." 교노가 말했다.

벤치를 에워싼 주부들은 입을 크게 벌리고 떠들고 있었다. 어머니가 필사적으로 어르고는 있지만 그칠 기미가 없었다. 어머니는 어지간히 지친 표정이다. 바로 그 옆을 지나갔다. 갓난아이의 울음소리는 그야말로 겨울에 나타난 매미 울음소리에 가까웠다.

"낭만은 어디에!" 교노가 옆에서 중얼거리는 소리가 들렸다.

양복에서 권총을 꺼냈다. 주위에서 보이지 않도록 몸을 바싹 붙이고 그대로 정면 자동문으로 향했다.

성큼성큼 앞으로 나갔다.

은행 문이 열렸다.

그들이 지나간 뒤에 갓난아기가 울음을 그친 것을 나루

세는 알지 못한다.

어머, 갑자기 뚝 그쳤네. 어머니와 그 근처의 부인들이 의아하다는 듯 갓난아기를 들여다보기 시작했을 때, 나루세는 창구 카운터 앞에 서서 옆에서 교노가 "꼼짝하지 마세요"라고 외치는 소리를 듣고 있었다.

작가의 말

90분 정도 되는 영화를 좋아합니다. 물론 그 두 배가 넘는 영화도, 절반쯤 되는 영화도 좋지만 시계가 한 바퀴를 돌아 다시 반 바퀴를 돌아서 끝나는, 그런 길이가 체질에 딱 맞는 것 같습니다.

그리 머리를 쓰지 않아도 되는 내용이라면 그편이 바람직합니다. 안대를 찬 남자가 형무소에 잠입해 중요 인물을 구출해 냅니다. 그런 건 정말 좋아요. 현실미나 사회성은 있어도 되지만 없어도 별로 신경 쓰지 않습니다.

이번에 문득 그런 이야기가 읽고 싶어 은행 강도 이야기를 써 보았습니다.

네 명의 은행 강도가 나와서 시끌벅적 떠들며 소동에 휩쓸려 가는 이야기입니다.

현실 세계와 맞닿아 있는 것처럼 보이지만 실은 그렇지도 않고, 또 우화처럼 느껴질지도 모르지만 우의는 담겨 있지 않습니다. 그런 이야기가 되었습니다.

사실 이 4인조 은행 강도들의 등장은 이번이 처음은 아닙니다. 몇 년 전 산토리미스터리대상에서 가작을 받은 적이 있는데, 그들은 그 이야기에도 등장합니다. 당연하지만 내용은 다른데, 거기서 그들은 은행을 멋들어지게 습격한 뒤에 유괴 사건에 휘말립니다.

그들은 수다스러우면서 때로는 느긋해서, 어쩌면 옆에서 보면 장난치는 것처럼 보일지도 모르지만 본인들은 진지합니다.

저는 진지한 사람들이 싫지 않아서, 그들의 이야기를 쓰는 건 힘들지 않았습니다.

다 읽은 여러분이 때때로 '그러고 보니 그 녀석들 어쩌고 있을까?' 하고 떠올려 주신다면, 그보다 더 기쁜 일은 없을 겁니다.

이 이야기는 현실 세계와 맞닿아 있지 않다고 했지만 그래도 몇 권의 책을 참고했습니다.

인용한 부분도 있거니와 이야기의 세계에 맞춰 각색해 사용한 부분도 있습니다. 마찬가지로 문장 안에 종종 사전 내용이 연상되는 표현이 나오는데, 그 역시 '고지엔 제5판' 신무라 이즈루 편저(이와나미 서점)의 기술을 제가 각색한 것입니다.

부디 그 해석을 진지하게 받아들여 실수하는 일은 없도

록 부탁드립니다.

　마지막으로 은행 업무에 대해 조언해 준 친구 나가오 시게노부, 정말 고맙다. 네 명의 은행 강도들의 계획이 성공한 것도, 실패한 것도, 자네 책임은 아니야.
　또한 바쁠 텐데도 갑자기 읽어 달라는 부탁에 의견을 말씀해 주신 아키야마 도시유키 씨, 정말 고맙습니다.

　　　　　　　　　　　　　　　　　　이사카 고타로

참고 문헌

『페르마의 마지막 정리』(사이먼 신 저, 아오키 가오루 역, 신초샤)

『그들은 왜 천재적 능력을 보이는가』(대럴드 A 트레퍼트 저, 다카하시 겐지 역, 소시샤)

『거짓말을 하는 기억』(기쿠노 하루오 저, 고단샤)

『기억 '상상'과 '상기'의 힘』(미나토 지히로 저, 고단샤)

『뇌와 기억의 비밀』(야마모토 다이스케 저, 고단샤)

『자폐증의 비밀, 마음의 비밀』(구마가이 다카유키 저, 미네르바 쇼보)

『자폐증이 보내는 메시지』(구마가이 다카유키 저, 고단샤)

『자폐증·양지로 향하는 이정표』(사이카와 교코 저, 가쿠엔샤)

『이제는 달아나지 않는다, 자폐증 동생의 가르침』(시마다 리쓰코 저, 고단샤)

『자폐증 아이들』(모기 도시히코 감수, 오타 마사타카 편저, 이나자와 준코 글, 오노빈+다무라 다카시 그림, 오쓰키 서점)

옮긴이 김선영

한국외국어대학교 일본어과를 졸업했다. 다양한 매체에서 전문 번역가로 활동했으며 특히 일본 문학을 소개하는 일에 힘쓰고 있다. 옮긴 책으로는 이사카 고타로의 『러시 라이프』 『목 부러뜨리는 남자를 위한 협주곡』 『종말의 바보』를 비롯하여, 「소시민 시리즈」 『야경』 『왕과 서커스』 『책과 열쇠의 계절』 『꿀벌과 천둥』 『고백』 『쌍두의 악마』 『완전연애』 『경관의 피』 『자물쇠 잠긴 남자』 등이 있다.

명랑한 갱이 지구를 돌린다

지은이 이사카 고타로
옮긴이 김선영
펴낸이 김영정

초판 1쇄 펴낸날 2020년 11월 23일

펴낸곳 (주)**현대문학**
등록번호 제1-452호
주소 06532 서울시 서초구 신반포로 321(잠원동, 미래엔)
전화 02-2017-0280
팩스 02-516-5433
홈페이지 www.hdmh.co.kr

© 2020, 현대문학

ISBN 979-11-90885-39-3 04830
      979-11-90885-38-6 (세트)

* 책값은 뒤표지에 있습니다.